SABINE ZETT

Tausche Schwiegermutter gegen Goldfisch

W0461756

Buch

Elisa ist *thirty something* (also eigentlich schon einige Jahre drüber), verheiratet, Mutter eines 14-jährigen Sohnes, Tochter, Schwiegertochter und von Beruf Grundschullehrerin.
Als hätte sie damit nicht schon genug zu tun, stellt sie eines Tages fest, dass ihr Ehemann sich anders verhält als sonst … Hat Alex etwa eine Affäre? Das muss Elisa unbedingt herausfinden. Von ihrer Familie ist da jedoch keine Hilfe zu erwarten – ganz im Gegenteil. Die Katastrophen häufen sich an allen Ecken, und Elisa muss mehr als nur einmal Erste Hilfe leisten …

Autorin

Sabine Zett wurde 1967 geboren und ist in Westfalen aufgewachsen. Sie absolvierte ein Volontariat bei der örtlichen Tageszeitung und arbeitete als Journalistin in verschiedenen Redaktionen. Nach der Geburt ihrer beiden Kinder begann sie Bücher zu schreiben und eroberte mit ihrer vielfach ausgezeichneten Jugendbuchreihe um den frechen »Hugo« die Herzen von kleinen und großen Lesern. Sabine Zett lebt mit ihrer Familie am Niederrhein.

Sabine Zett

Tausche Schwiegermutter gegen Goldfisch

Roman

blanvalet

MIX
Papier aus verantwortungsvollen Quellen
FSC® C014496

Verlagsgruppe Random House FSC® N001967
Das für dieses Buch verwendete FSC®-zertifizierte Papier
Holmen Book Cream liefert Holmen Paper, Hallstavik, Schweden.

1. Auflage
Originalausgabe Dezember 2013 im Blanvalet Verlag, München,
einem Unternehmen der Verlagsgruppe Random House GmbH, München
Copyright © 2013 by Blanvalet Verlag in der Verlagsgruppe
Random House GmbH, München
Umschlaggestaltung: bürosüd°, München
Redaktion: Margit von Cossart
wr · Herstellung: sam
Satz: Vornehm Mediengestaltung GmbH, München
Druck und Einband: GGP Media GmbH, Pößneck
Printed in Germany
ISBN 978-3-442-38139-5

www.blanvalet.de

Für Jürgen, mit dem ich
am besten lachen kann

Der Anfang vom Ende, oder: thirty something auf Lebenszeit …

Du bist grässlich alt.

Nein, bin ich nicht. Ich bin in den besten Jahren.

Aber es ist endgültig vorbei mit twenty something.

Moment mal. Ich kann immer noch sagen, ich bin thirty something.

Okay, das funktioniert. Auch wenn es schon über zehn Jahre her ist?

Klar, something ist nicht näher definiert … Vergessen wir die vierzig und was danach irgendwann kommen mag – es bleibt thirty something. Auf Lebenszeit. Genial.

Bei »Ü 30« oder gar »Ü 40« denkt man *leider nicht an Überraschungseier, sondern an eine Dauerbaustelle – Cellulite, Falten, graue Haare … Die direkte Umleitung in die Oldie-Abteilung, versüßt mit verbilligten Eintrittspreisen und Abos bei allen Ärzten, die in den Gelben Seiten zu finden sind. Aber thirty something … das klingt nach Abenteuern, Freiheit und einer Zukunft, bei der noch alles drin ist: money,* sex *and surprise!*

Ich will noch sehr lange den vollen Preis bezahlen – im Kino, im Bus und erst recht im Freizeitpark! Und einen Arzt will ich nur sehen, wenn ich eine Grippe habe.

Thirty something auf Lebenszeit.

Gefällt mir.

Kapitel 1

»Sind wir etwa keine Appetizer mehr?«

ELISA

Der Moment, an dem ich feststellte, dass ich nicht mehr als allerhöchstens Anfang dreißig durchgehe, war schockierender als alle Horror- und Katastrophenfilme, die ich jemals gesehen hatte.

Karina und ich wollten »in den Mai tanzen«, wie meine Freundin es beharrlich nannte. Dabei waren wir vom Tanzen Lichtjahre entfernt. Ich hatte höllische Rückenschmerzen vom Bügeln, und Karina wollte auf keinen Fall verrauchte Luft einatmen. Außerdem wollte sie um elf zu Hause sein, um Markus Lanz nicht zu verpassen. Das sei der einzige Mann, den sie seit ihrer Scheidung vor zwei Jahren Abend für Abend wirklich ertragen könne, sagte sie immer.

Und da wir zum wiederholten Mal eine neue Ausrede fanden, warum Pizza und Pasta besser waren als Discos und dämliche Anmache, steuerten wir wieder Casa Giovanni an, den noblen Italiener im Schlosspark. Ich freute mich schon darauf: Die beiden Kellner am Empfang waren immer der Charme in Person, jede von uns bekam eine doppelte Dosis glutäugige Blicke, ausgestreckte Arme und ein überschwängliches »Aaaah, *signorina*! *Bella, bellissima! Ciaaaaooo!*«.

Da fühlte man sich doch wie Claudia Schiffer in ihren besten Jahren! Insbesondere ich, blond gesträhnt, holte mir meine besondere Portion »Aaaah, *bella bionda*! *Ciaaaoooo!* Wiiie geeeht's? *Bellissimaaaa, signorinaaa!*« nur zu gern ab. Es ging mir immer runter wie Öl und entschädigte mich dafür, dass meinem Mann Alexander Strähnen vermutlich erst dann auffallen würden, wenn sie im Schwarz-Gelb-Borussia-Dortmund-Look gefärbt wären.

Da jede Frau weiß, dass Italiener blonde Frauen für Göttinnen halten, war ich sicher, dass ich im Falle einer Scheidung von meinem fußballbesessenen Gatten oder seines vorzeitigen Ablebens nur nach Italien zu fahren brauchte, um Trost in den Armen eines prachtvollen, muskelbepackten, schmachtenden Südländers zu finden. Und zwar auch dann noch, wenn ich bereits auf einen Rollator angewiesen und der Ausflug vom Seniorenstift organisiert wäre.

Dementsprechend traf mich an diesem Abend der Schock völlig unvorbereitet. Nichts ahnend öffnete ich beschwingt die Restauranttür, warf meine Mähne gekonnt nach hinten und setzte mein schönstes Lächeln auf. Das übe ich öfter vor dem Spiegel, wobei insbesondere das Mähnewerfen bei meinem kurzen Bob mittlerweile eine echte Herausforderung ist. Ich hatte mir sogar schon überlegt, mir eine dieser merkwürdigen Haarverlängerungen in der Drogerie zu kaufen, nur damit das Haarewerfen besser klappte.

Das nur so am Rande.

Aber zurück zu meiner persönlichen Weltuntergangskatastrophe. Die beiden Kellner eilten uns wie immer entgegen und hielten höflich die Tür auf. Ich wollte gerade huldvoll nicken und gleichzeitig charmant kichern, meine Spezialität beim Flirten, doch anstatt der erwarteten »Aaaahs« und »Oooohs« kam ein sehr höfliches: »Guten Abend, die Damen.«

Moment mal.

Das musste ein Missverständnis sein.

Wir waren zwar schon einige Monate nicht mehr in der Pizzeria gewesen, aber sah meine Freundin Karina plötzlich wie ihre eigene Oma aus? Hatten die einsamen TV-Abende sie vorzeitig altern lassen?

Die Arme!

Ich jedoch war nicht bereit, mich in denselben Faltentopf werfen zu lassen! Tut mir leid, aber eine echte Freundschaft muss auch die Schönheitsunterschiede aushalten.

Ich ließ also Karina hineingehen und ging wieder hinaus. Jeder Mensch macht mal einen Fehler! Ich wollte den glutäugigen Italienern eine zweite Chance geben.

Einmal tief durchgeatmet, die Pobacken zusammengekniffen, den Bauch eingezogen, die Brust vorgestreckt, trat ich wieder durch die Tür und lächelte die beiden Kellner erwartungsvoll an.

»*Ciao!*«, flötete ich. Mehr Sexappeal ging wirklich nicht.

»Guten Abend, *signora*. Haben Sie etwas vergessen? Ist alles in Ordnung?«

Wie???

Was heißt hier *signora*?

Hallo?!

Ich bin's, *bella bionda*!

Zu viel Pizzamehl auf den Kontaktlinsen heute, oder was?

Eine Frechheit war das, eine absolute Unverschämtheit! Die zwei sahen auch nicht gerade wie die personifizierte, italienische Verführung aus! Klein, stämmig, recht wenige Haare, ganz schön in die Jahre gekommen. Sie sollten froh sein, dass eine blond gefärbte Göttin wie ich sie überhaupt eines Blickes würdigte!

»Aaaah! *Bellaaaaa biondaaa! Ciaoooo!*«, setzten die Italiener plötzlich wieder breit lächelnd ein und streckten die Arme aus.

Na, endlich fiel der Groschen! Es wurde ja auch Zeit!

Hatte sich der Pizzamehlschleier plötzlich gelichtet?

Die beiden Kellner kamen strahlend näher, und ich wollte sie gerade mit meinem kokettesten Augenaufschlag belohnen (auch perfekt eingeübt), musste aber verwundert feststellen, dass sie an mir vorbeieilten!

Ich drehte mich um und sah zwei hochgewachsene Blondinen, allenfalls Mitte zwanzig, durch die Tür kommen. Auf Absätzen, die verboten werden müssten, mit einer Taille, die nur eine optische Täuschung sein konnte, mit Brüsten, die unmöglich ein Geschenk des Universums waren.

Die beiden Italiener prügelten sich fast darum, wer ihnen die Tür aufhalten konnte, während ich mich fragte, warum es nach zwanzig Uhr keine Sperrstunde für unter Fünfundzwanzigjährige gab und wie ich gleich dem Koch einen Zehner zukommen lassen konnte, damit er den Salat der beiden – mehr würde die schlanke Taille sicher nicht vertragen – mit ein paar Magen-Darm-Viren versetzte.

»Elisa? Hierher! Kommst du?«

Karinas Stimme unterbrach meine Mordgedanken. Sie wurde gerade an einen Tisch in einer dunklen Nische geführt, und mir fiel auf, dass mir diese bei Giovanni bisher noch nie aufgefallen war. Ganz klar, wir wurden eindeutig in die Seniorenecke abgeschoben, damit sich die anderen Gäste bei unserem Anblick nicht den Appetit verdarben! Jede Wette, dass die zwei Blondinen einen Tisch in der Mitte bekamen, wo jeder ihre Salatteller und ihre Brüste gleichzeitig bewundern konnte.

»Elisa? Stimmt etwas nicht? Riechst du auch irgendwo Zigarettenrauch? Mir war gerade so! Ich sage dir, wenn die sich hier nicht an das Rauchverbot halten, dann zeige ich sie an!«

Seit Karina ein Jahr zuvor das Rauchen aufgegeben hatte, tat sie so, als ob sie schon vom bloßen Zigarettenanblick Krebs bekommen würde. Sie vergaß dabei völlig, dass sie mich davor bei jeder Party, jedem Kaffeeklatsch und selbst nach jedem Frühstück ungeniert dauerhaft zugequalmt hatte. Nur rein aus Freundschaftsgründen sagte ich auf ihre rhetorische Frage »Dir macht es doch nichts aus, wenn ich eben eine rauche?« jahrelang gar nichts.

»Warum sitzen wir so versteckt?«, wollte ich wissen. »Sind wir etwa keine Appetizer mehr? Wir sollten uns nicht in die letzte Ecke abschieben lassen!«

»Wieso? Wem willst du denn Appetit machen? Hier haben wir wenigstens Ruhe zum Quatschen«, meinte Karina und zuckte die Schultern. »Ich muss mit dir über Georg sprechen – meine Strategie, du weißt schon. Er macht mich wahnsinnig mit seinen bescheuerten Plänen! Jetzt will er mit Daisy und Donald für zwei Wochen nach Mallorca fliegen. Das kann ich unmöglich zulassen! Was ist, wenn mich meine Kleinen brauchen?«

Wer jetzt glaubte, dass eine herzzerreißende Story über Kleinkinder folgte, lag so was von falsch! Donald und Daisy waren die beiden Pudel von Karina und Georg. Die zwei hatten bei ihrer Hochzeit dreizehn Jahre zuvor entschieden, keinen Nachwuchs haben zu wollen und sich lieber ihrem Beruf und dem Dolce Vita zu widmen. Karina arbeitete als Sekretärin, und Georg war Hals-Nasen-Ohren-Arzt.

Als sich langsam herausstellte, dass das Dolce Vita mit Wanderurlauben im Schwarzwald und Wattwanderungen an der Nordsee nicht so wirklich funktionierte, wollten die zwei ihre erste Ehekrise mit »etwas, das uns zusammenschweißt«, kitten, wie Karina es ausdrückte. Sie schafften sich erst einen und dann einen zweiten Hund an, und da sie eine gut bezahlte Haushälterin hatten, waren auch das Gassigehen und ein regelmäßig gefüllter Napf geregelt.

Donald und Daisy wurden zwar zum Mittelpunkt ihres Lebens, aber die Ehe ging dabei trotzdem den Bach runter. Bei der Scheidung kämpften die Anwälte vor allem um das Sorgerecht für die Pudel, wobei Karina mit ihrer Zweidrittelstelle gegenüber dem Vollzeit-HNO-Arzt inklusive Notdienstwochenenden den Richter schließlich überzeugen konnte. Georg bekam ein Besuchsrecht zugesprochen sowie zwei Urlaube im Jahr.

»Karina«, ich verdrehte die Augen. »Georg liebt die Hunde genauso wie du. Außerdem ist Mallorca nicht am Ende der Welt.«

Meine Freundin sah mich vorwurfsvoll an. »Es ist Ausland, Elisa, und nicht direkt mit dem Auto erreichbar. Du verstehst meine Sorgen nicht, weil du eine Jungen-Mutter bist mit einem pubertierenden Sohn, der sich Schritt für

Schritt von dir abnabelt. Wenn man Hunde hat, dann ist das eine ganz besondere Bindung fürs Leben. Außerdem, vergiss nicht, dass sie sensible Scheidungskinder und immer noch traumatisiert sind.«

Ich antwortete nicht, denn ihre Worte trafen mich unvorbereitet. Fristete ich ein Mutterdasein zweiter Klasse? Ich hoffte, dass auch Rick und ich eine ganz besondere Bindung hatten oder demnächst wieder haben konnten, wenn die leidige Pubertät sich auf ein Nimmerwiedersehen verabschieden würde. Mein Sohn Rick war einen Monat zuvor vierzehn geworden und verwandelte sich gerade in ein P-Alien, wie ich es nannte. Ein Pubertätsalien, ein Langhaarmonster, das plötzlich unsere Sprache und unsere Lebensformen verweigerte. Das Einzige, was das P-Alien nicht verweigerte, war unser Essen. Es erinnerte mich an den süßen Blondschopf von früher, der gern auf meinen Schoß kletterte, seine warmen Ärmchen um mich legte und »Mami, kann Ricky etwas Süßes UND einen großen Hamburger mit Pommes haben?« in mein Ohr flüsterte.

Okay, das mit dem Schoßklettern war für immer vorbei, damit hatte ich mich abgefunden, aber ein kleiner Mutter-Kind-Dialog am Tag hätte mich durchaus glücklich gemacht. Stattdessen brummte das langhaarige Etwas auf einmal unverständliche Worte, bevor es sich am Kühlschrank bediente und dann wieder in seiner Höhle in der ersten Etage verschwand, um sich per Skype oder Facebook mit anderen P-Aliens über die Ungerechtigkeit, grausame Eltern zu haben, die ständig redeten und alles wissen wollten und einen sogar in die Folteranstalt, sprich Schule, schickten, auszutauschen. Wahrscheinlich hatten sie längst eine Selbsthilfegruppe gegründet und erörterten jetzt per Chat, wie man es schaffen könnte, einen stets gefüllten Kühlschrank in seinem Zimmer zu haben, das Taschengeld gut gesichert zu wissen und gleichzeitig Lästiges wie Schule oder Eltern dauerhaft auf eine einsame Insel zu verbannen. LOL.

Oh, es gab auch längere, entzückende, tiefsinnige Gespräche! Die sahen so aus, dass ich mir wie eine FBI-Profilerin vorkam, die einen potenziellen Verdächtigen beobachtete, verhörte, analysierte und ständig zum Zugriff bereit war. Ricks Reaktionen kamen mittels eines Wortschatzes, der aus »Nö«, »Jap«, »Läuft«, »Lass mich in Ruhe« und sogar dem vollständigen Satz »Du hast wie immer keine Ahnung von nichts!« bestand.

Zugegeben, trotz der Ray-Ban-Sonnenbrille, die ich in solchen Momenten der Coolness wegen trug, verwandelte sich die Profilerin in mir schlagartig zurück in das Mams, das Stresspunkte im Gesicht bekam und sich vom P-Alien zur Weißglut bringen ließ. Dann stand mir der Schaum in den Mundwinkeln, und ich warf wie beim Polterabend Geschirr an die Wand, schreiend, wütend und dankbar zugleich, dass wir ein Einfamilienhäuschen bewohnen durften und uns daher kein Nachbar die Männer mit den Zwangsjacken vorbeischickte.

Immerhin konnte ich äußerst regelmäßig auf meinen Mann bauen, der mit seiner väterlichen Autorität doch schon ein- bis zweimal im Monat »Männergespräche« mit unserem Sohn führte und für ganze zwölfeinhalb Minuten für Frieden sorgte.

Manchmal kam Alexander mir wie ein Zeitreisender

vor, der nur hin und wieder in unserer Zeitzone eine kleine Pause einlegte, sich kurz in unser Leben einklickte, um sich dann ganz schnell wieder wegzubeamen. Wie die Vater-Alien-Gespräche allerdings genau abliefen, konnte ich nicht sagen, denn wenn ich an der Höhlentür lauschte, herrschte darin entweder Stille, oder man hörte FIFA-Playstation-Geräusche. Jeder hatte nun einmal seine eigenen Erziehungsmethoden.

»Ich muss dir außerdem unbedingt etwas Lustiges von Donald und Daisy erzählen«, unterbrach Karina meine Gedanken. »Was die beiden schon wieder Süßes ausgeheckt haben!«

Normalerweise hätte ich mich jetzt heimlich über meine Pudelmama-Freundin amüsiert, seit jedoch das P-Alien bei uns wohnte, wünschte ich manchmal, ich könnte es gegen Daisy oder Donald im Rahmen eines Schüler-Pudel-Austauschprogramms für mindestens drei Jahre eintauschen.

Ein sparsam lächelnder Kellner, der uns wortlos die Speisekarte aushändigte, bestätigte meine Vermutung, dass in dieser Nische irgendwo Rabattkärtchen eines Beerdigungsinstituts herumlagen. Ich war versucht, nach einem anderen Tisch zu fragen, an dem man als Frau in den besten Jahren mehr Männerbeachtung fand. Vielleicht als Anhängsel der U-25-Blondinen – ich war mittlerweile bereit, ihnen die Salatblätter klein zu schneiden. Da meine Freundin jedoch offensichtlich nichts gegen die tote Ecke hatte, unterließ ich es, schwor mir jedoch, mich zukünftig nach einem anderen Restaurant umzusehen. Möglicherweise war das Caritas-Café in der Nähe der seniorengerechten Wohnungen in der Königsstraße die beste Wahl, denn dort würden wir mit Abstand die Jüngsten sein und nicht als Scheintote abgestempelt werden.

Mein Handy klingelte, und ich ignorierte die pikierten Blicke der anderen Gäste. »Es könnte der Babysitter sein«, sagte ich laut und griff nach meiner Tasche. Sollten ruhig alle hören, dass hier noch eine sehr junge Mutter am Tisch saß.

»Seit wann braucht Rick wieder einen Babysitter?«, fragte Karina, aber ich trat sie unter dem Tisch.

»Aua!«

Sie kapierte wirklich gar nichts! Es ging um meinen guten Ruf als *thirty something*! Ich schnappte mir das Handy. Eine unterdrückte Nummer. Da gab es gleich vier Alternativen. Es konnte entweder der mir noch unbekannte Prinz meiner Träume, mein beruflich in einem schwedischen Hotel weilender Gatte, meine Schwiegermutter oder tatsächlich Rick sein, denn auch unsere Privatnummer wurde unterdrückt. Ich hoffte auf die erste Möglichkeit, erwartete keinesfalls die zweite oder vierte und befürchtete die dritte.

»Hallo?«

»Elisabeth? Warum bist du nicht zu Hause um diese Uhrzeit? Und wo sind mein Sohn und mein Enkel?«

Es war die dritte. Die Schwiegermutterfalle schnappte mal wieder zu. Ich hatte es geahnt. Wäre ich doch nicht rangegangen! So leicht würde sie sich jetzt nämlich nicht abwimmeln lassen, die alte Nervensäge. Schwiegermutter Margret liebte es, mich mit Anrufen zu bombardieren, meine Hilfe einzufordern und sich in alles einzumischen, was sie nichts anging.

»Bestell mir schon einmal ein Glas Rotwein«, flüsterte ich meiner Freundin zu. »Das dauert einen Moment.«

»Rotwein? Du bist offensichtlich um diese Uhrzeit nicht zu Hause und trinkst auch noch Alkohol?«, tönte es lautstark durch den Hörer. »Ist mein Sohn bei dir? Und wo ist mein Enkel? Du hast ihn doch nicht allein gelassen? Hast du nicht den Film vom Zirkusmörder gesehen, der sich als lustiger Clown verkleidet und scheinbar um Spenden für einen Zirkus bittet, um dann ahnungslose Familien auszurauben? Wenn mein Enkel allein zu Hause ist, dann wird er vielleicht auf die Zirkusmasche hereinfallen!«

Ich ignorierte die Fragen, ging hinaus und setzte dabei ein entschuldigendes Lächeln auf, in der Hoffnung, es sagte allen Gästen im Restaurant: Sorry, aber die Babysitterin braucht ein paar Anweisungen der jungen Mami.

Vor dem Restaurant atmete ich tief durch. »Margret? Was kann ich für dich tun? Ich bin gerade in einem wichtigen Gespräch … in der Schule.«

»Ihr trinkt in der Schule meines Enkels Rotwein? Das war früher ein anständiges Gymnasium. Weiß das mein Sohn? Wo ist er überhaupt? Habt ihr die Türen gut verschlossen? Warum erreiche ich euch neuerdings so schwer?«

Ich war versucht, einfach aufzulegen. Margret hatte die Angewohnheit, täglich mehrmals anzurufen, wir hatten das letzte Mal erst mittags telefoniert. Von schwer erreichen konnte also keine Rede sein.

»Ich habe dir doch schon gesagt, dass Alex beruflich in Schweden ist und erst übermorgen zurückkommt. Falls bei uns zu Hause niemand rangeht, dann liegt es daran, dass Rick oben ist und das Telefon nicht gehört hat.«

Oder es wahrscheinlich wie immer ignorierte. Und da du nicht auf seiner Facebook-Freunde- oder Skype-Liste stehst, wirst du ihn auch nie wieder erreichen können, hätte ich am liebsten hinzugefügt.

»Mein Sohn schuftet also wie immer unermüdlich, mein Enkel ist allein zu Hause, wo alle möglichen Gefahren lauern, und du trinkst in der Schule Rotwein?«

Margrets Stimme klang vorwurfsvoll. Wenn sie gewusst hätte, dass ich keineswegs in der Schule, sondern mit einer Freundin beim Italiener saß, dann hätte sie mir vermutlich sofort das Jugendamt und die Polizei auf den Hals geschickt.

»Alles halb so wild. Also, was gibt es? Ich muss mich nämlich kurz fassen«, sagte ich und versuchte, ganz ruhig zu bleiben.

»Es geht um die Konfirmation.«

Die Konfirmation von Rick? Jetzt verstand ich gar nichts mehr.

»Was ist denn damit?«, fragte ich.

»Ich habe mir gedacht, Richard könnte den Anzug von Alexander Heinrich tragen. Den habe ich nämlich aufgehoben und gerade eben vom Speicher geholt. Mein Sohn sah darin richtig schick aus! Dieser Anzug hat bei uns Tradition! Du hast sicher schon die fabelhaften Bilder von seiner Konfirmation gesehen?«

Ich biss mir auf die Lippen, um nicht zu schreien. Unser Sohn hieß Rick, so stand es auch in seiner Geburtsurkunde. Aber meine Schwiegermutter interessierte das nicht. Für sie hieß er von Anfang an Richard, und sie wurde nicht müde, ihn genau so zu nennen. Seit vierzehn Jahren. Margret hasste Abkürzungen aller Art. Niemals Alex, immer nur Alexander, und am allerliebsten Alexander Heinrich, der zweite Vorname meines Gatten war der seines Vaters. Ich war für sie nie Elisa, sondern immer nur Elisabeth, obwohl nur Elisa in meiner Geburtsurkunde stand.

Einen weiteren Spleen hatte sie in Bezug auf den Familiennamen – Wennel. Die Mädchen der Familie hatten alle ihren Nachnamen behalten, ihre Ehemänner mussten diesen annehmen. Wie hatte Margret jubiliert, als wir einen Sohn bekamen! »Ich freue mich. Der Name Wennel wird direkt weitervererbt!«, war das Erste, das sie damals zu mir sagte. Zehn Minuten lang waren wir fast Freundinnen, aber dann fand Margret heraus, dass ich mich weigerte, meinem süßen Baby den Heinrich an den ersten Vornamen anzuhängen, wie sie es angeordnet hatte, und schon war unsere Freundschaft am Ende. Selbst mein Zugeständnis, ihn nach Wennel'scher Familientradition evangelisch und nicht katholisch, wie ich es war, taufen zu lassen, konnte sie nicht besänftigen.

Und jetzt der Konfirmationsanzug! Noch eine so genannte Wennel'sche Tradition. Oh, es gab echt viele davon! Ich war sicher, dass die englische Queen mit nicht halb so vielen aufwarten konnte wie die ehrwürdige Familie Wennel, in die ich hineingeheiratet hatte! Bei jeder wichtigen oder unwichtigen Angelegenheit wurde eine neue Tradition hervorgekehrt oder kreiert.

Aber abgesehen von der Tatsache, dass Ricks »Konfi« in zwei Wochen stattfinden sollte und er längst ein Outfit dafür besaß, kannte ich natürlich die Fotos von der Konfirmation meines lieben Gatten. Er durfte einen knielangen, lächerlichen Matrosenanzug mit weißem Kragentuch tragen, der sogar für die damalige Zeit bescheuert ausgesehen hatte! Es war doch wohl nicht Margrets Ernst, diesen jetzt unserem Sohn andrehen zu wollen!

Ich überlegte, ob die diplomatische oder die Streithähnchenvariante die bessere war. Als Rick vierzehn Jahre zuvor getauft werden sollte, hatte mir Margret bereits ein leicht vergilbtes, spitzenbesetztes langes Taufkleid ihrer Kinder vor die Nase gehalten. »Es hat bei uns eine lange Tauftradition!«, hatte sie gesagt.

Alexander und seine Schwester Cassandra waren darin getauft worden, ihre Cousins und Cousinen ebenfalls und, wenn man Margrets Erzählungen glaubte, auch sie selbst und ihre Schwester Helga – und davor noch mindestens drei andere Wennel-Generationen. Man konnte meinen, es wäre das Taufkleid eines Adelsgeschlechts. So sah es auch aus.

Damals war ich noch die streitbare Schwiegertochter gewesen, die klipp und klar gesagt hatte, dass mir die Wennel'sche Tauftradition schnurzpiepegal sei und ich das Taufkleid hässlich, altmodisch und viel zu albern für meinen kleinen, süßen Sohn fand.

Meine Rede kam echt gut an, sie sorgte noch im Nachhinein für eine Superstimmung auf der Feier! Ich habe selten so viele eisig schweigende Menschen auf einmal bewirtet, und selbst Baby Rick verzichtete auf sein übliches Geschrei – er reihte sich in die Wennel'sche »Wir schweigen beleidigt«-Tradition ein.

Doch im Laufe der Jahre bin auch ich weiser geworden. Margret war nicht zu ändern, und je älter sie wurde, desto schlimmer wurde es mit ihrer rechthaberischen Art. Ihr Mann war schon lange tot, und so hielt sie das Familienzepter fest in der Hand, was bedeutete, dass sie sich in alles einzumischen versuchte, ob es sie nun etwas anging oder nicht. Sie nannte sich tatsächlich hin und wieder selbst Familienpatronin, was mich zu regelrechten Lachattacken veranlasste – ich kam mir vor wie in einer amerikanisch-italienischen Seifenoper!

Alex und Rick zuliebe verzichtete ich immer öfter auf sinnlose Auseinandersetzungen und offene Streitgespräche, denen ein eisiges, beleidigtes Schweigen folgte, und entwickelte eine eigene, neue »Ist-mir-scheißegal-was-du-davon-dir-gibst-ich-mach-sowieso-was-ich-will«-Tradition, die ich nun schon mehrere Jahre lang pflegte und an meine Nachkommen weiterzugeben gedachte. Ganz in deren Sinne entschied ich mich daher nun für die diplomatische Variante.

»Du, Margret«, sagte ich. »Vielen Dank für dein Angebot, aber Rick hat bereits sein Outfit ausgesucht.«

»Was heißt Autfit? Was bedeutet das? Sprich bitte Deutsch mit mir!«, sagte meine Schwiegermutter tadelnd, obwohl sie ganz passabel Englisch sprach und natürlich genau verstand.

»Rick zieht eine dunkle Hose, ein Hemd und ein Sakko an«, erklärte ich nicht ohne Stolz.

Es war schwer genug, dem P-Alien das Hemd und das Sakko einzureden und ihn von dem Jeans-T-Shirt-Chucks-Outfit abzubringen, das ihm eigentlich vorschwebte.

Margrets Stimme wurde schrill. »Ein Sakko und keinen Anzug?! Wie sieht denn das aus? Es ist Tradition, dass die Wennel-Männer zu besonderen Gelegenheiten Anzüge tragen! Genauso wie wir Frauen selbstverständlich einen

Hut aufsetzen! Ich kann mich hoffentlich wenigstens darauf verlassen, dass mein Enkel eine Krawatte tragen wird?!«

Ich seufzte. »Das kann ich dir nicht versprechen, aber ich rede mit ihm.«

Den Hut kommentierte ich lieber nicht, denn ich gedachte keineswegs, einen solchen aufzusetzen, auch wenn alle Frauen der Wennel-Familie mit dem neuesten Ascot-Modell aufwarten würden. Schon bei unserer Hochzeit schockte uns die weibliche Wennel-Verwandtschaft mit der Hüteausstellung, die fast den gesamten Garderobenplatz eingenommen hatte. Allerdings erst nach zweiundzwanzig Uhr, als die Patronin gnädig mit der Hand in die Runde winkte und die monströsen Gebilde endlich abgenommen werden durften. Den Gesichtsausdruck meiner Mutter werde ich nie wieder vergessen. Sie war so beeindruckt, dass sie Margret noch zehn Wochen danach mit »Frau von Wennel« anredete, obwohl ihr diese schon längst das Du angeboten hatte und nun wirklich nicht adlig war.

»Du redest nicht mit ihm, du gibst ihm eine Anweisung, die er zu befolgen hat!«

Ich hatte die Nase voll. Erst ließen uns die italienischen Kellner schmerzhaft fühlen, dass unser Alterslimit erreicht war, dann wurden wir in den toten Winkel verbannt, und jetzt hatte Margret wieder einen ihrer Patroninnen-anfälle. Das war zu viel für einen Abend. Es war Zeit für die »Ich-habe-kein-Netz«-Tradition, auch eine von mir ins Leben gerufene.

»Hallo?«, rief ich. »Hallo! Irgendwie ist die Verbindung gestört, oder mein Akku ist leer! Falls du mich noch hören kannst: Wir reden morgen weiter! Heute Abend wird es spät werden, auf der Tagesordnung stehen noch etliche Punkte! Gute Nacht!«

Ich hörte, wie meine Schwiegermutter »Ich verstehe dich aber sehr gut« rief, und drückte dann genüsslich auf die rote Taste. Ich stellte mein Handy auf Vibrationsalarm und registrierte, dass sie noch dreimal hintereinander versuchte, mich zu erreichen. Tja, Pech gehabt, die Verbindung war aber auch wirklich schlecht!

Als ich bei den U-25-Blondinen vorbeiging, fiel mir auf, dass jede von ihnen statt des von mir erwarteten Salats eine riesengroße Pizza vor sich stehen hatte, und das machte diesen Tag auch nicht besser.

»Das war bestimmt die Patronin, oder?« Karina grinste mich an. »Dass du immer noch so geduldig rangehst! Was wollte sie diesmal?«

Ich grinste zurück. »Nichts Besonderes. Nur, dass Rick bei der Konfi einen Matrosenanzug mit knielanger Hose und Krawatte anzieht und wir alle einen Hut tragen sollen.«

Meine Freundin sah mich entsetzt an. »Wir auch? Einen Hut? Wie bei einer königlichen Hochzeit oder einem Pferderennen?«

Ich nickte und nahm einen großen Schluck von meinem Rotwein. »Ganz genau. Du kannst dir auch wie ich einen Cowboyhut aufsetzen. Oder einen mexikanischen Sombrero. Hauptsache, Hut.«

Karina kicherte. »Elisa, ich weiß, dass du das bringen würdest. Aber ich sage dir als Freundin: Lass es lieber.«

»Aber deine Hunde könnten ein Hütchen aufsetzen.« Ich sah meine Freundin an, und wir prusteten los.

»Dann würde die alte Dame vermutlich einen Herzinfarkt

bekommen, und das wollen wir nun wirklich nicht«, sagte Karina. »Kommt Cassi eigentlich auch?«

»Natürlich, sie ist schließlich Ricks Patentante.«

Cassandra, die Schwester von Alexander, hatte mit uns zusammen Abitur gemacht. Durch sie hatte ich meinen späteren Ehemann kennengelernt. Cassi war eine Zeitlang Mitglied unserer Mädchenclique gewesen. Wir lernten zusammen, gingen shoppen, tanzen und machten all das, was man damals so machte. Dann ging sie für ein BWL-Studium ins Ausland und kam mit einem Doktortitel und furchtbar hochnäsig zurück. Sie behandelte uns auf einmal wie dumme Hühner, die an ihr Niveau nicht heranreichten. Ich als Grundschullehrerin und Karina mit ihrem Chefsekretärinnenjob waren ihr scheinbar nicht mehr gut genug.

Noch bevor Alex und ich heirateten, wollte Cassi nur noch Cassandra genannt werden, und sie beschränkte unseren Kontakt auf die wenigen Familienfeiern, bei denen man sich zwangsläufig sah. Komischerweise hatte sie bis heute weder einen Ehemann noch Kinder, sie wurde nur hin und wieder von jemandem »begleitet«, der meistens zwanzig Jahre älter und hundert Jahre langweiliger war als sie selbst, dafür aber mindestens einen Doktor- oder Professorentitel trug. Oder beides.

Ich ärgerte mich jedes Mal, dass ich mich von Alex dazu hatte überreden lassen, Cassandra als Patentante für Rick auszuwählen, und nicht meine Freundin Karina, aber in Ermangelung eigener Geschwister schien mir die »Blut ist dicker als Wasser«-Geschichte plausibel, die er mir damals auftischte. Vielleicht hätte ich zuerst nach der Blutgruppe fragen sollen. Cassandra verwechselte nämlich das Patentantendasein mit einer Wohltätigkeitsorganisation und zahlte irre hohe Summen in einen Fond ein, auf den Rick mit einundzwanzig Zugriff bekommen sollte, während sie ansonsten nichts mit ihm anzufangen wusste. Falls er bis dahin das P-Alien blieb, wäre er der erste Außerirdische, der sich eine Eigentumswohnung mit Haushälterin leisten konnte.

»Ob sie wieder so einen alten Langweiler mitbringen wird wie bei Ricks letztem Geburtstag?«, fragte Karina und legte sich die Serviette auf den Schoß. »Durch diese Typen ist sie selbst schon genauso langweilig geworden!«

Ich nickte. »Manchmal möchte ich sie am liebsten schütteln und fragen, wo das lustige Mädchen geblieben ist, das während der Oberstufe keine Party ausgelassen hat.«

»Das solltest du aber nicht auf Ricks Konfi machen, sonst bekommt deine Schwiegermutter wirklich eine Herzattacke.«

Wir bestellten Nudeln, und ich lenkte das Thema von Cassi auf etwas anderes, das mir auf der Seele brannte. »Ich denke darüber nach, wieder mehr zu arbeiten. Immer nur für ein paar Stunden als Springer in den Schulen der Umgebung eingesetzt zu werden, war ganz gut, als Rick noch jünger war. Jetzt suche ich eine feste Vertretungsstelle, aus der sich vielleicht etwas Dauerhaftes entwickelt. Wie findest du das?«

»Wenn Rick nicht darunter leidet, warum nicht?«, sagte Karina mit Expertenmiene. Als hätte sie mindestens vier Kinder, um die sie sich kümmern müsste! »Und wenn du nicht Vollzeit arbeitest, hast du für ihn garantiert noch Zeit, die du ihm schenken kannst.«

Ich wollte eigentlich erwidern, dass mein Sohn derzeit leider gar nicht scharf darauf war, Zeit von mir geschenkt zu bekommen, sagte aber nur: »Der Unterricht in den Grundschulen ist ja mittags zu Ende.«

Meine Freundin nickte zufrieden. »Elisa, sieh zu, dass du in einer Schule unterkommst, in der im Lehrerzimmer das Rauchen untersagt ist. Passivrauchen kann tödlich enden.«

Kapitel 2

»Hast du in letzter Zeit ein paar Kilos zugenommen?«

MARGRET

Oma Margrets Hut sieht aus wie ein orangefarbener Kuhfladen«, verkündete Rick, während er an seiner Cola nippte. »Passend zu der Feier hier. Total beschis…«

»Bist du wohl ruhig!«, zischte ich und sah meinen Konfirmanden drohend an. »Ich warne dich, mein Freund. Wenn du weiter Wert auf Taschengeld legst, dann benimmst du dich. Es ist schließlich ein Familienfest zu deinen Ehren. Übrigens wird gleich die Vorspeise serviert. Der Partyservice bereitet in der Küche alles vor.«

»Darauf könnte ich gut verzichten. Meine Buddys sind nicht hier, und ich wette, dass das Essen eklig schmeckt. Bestimmt hast du keine Currywurst mit Pommes bestellt, wie ich es mir gewünscht habe. Das wäre ein gutes Essen gewesen. Lass mich hoch in mein Zimmer gehen.«

Ich entschied mich, nicht beleidigt zu sein. »Du bleibst schön hier sitzen. Currywurst mit Pommes passt nicht zu diesem festlichen Anlass. Und übrigens: Deine Buddys siehst du täglich in der Schule – aber das hier ist deine Familie, die dich feiern möchte.«

»Du meinst: Verwandtschaft. Die ist total ätzend! Oma

Margret, ihre komische Schwester Helga und Tante Cassandra haben mich in der Kirche mit ihren Hüten total blamiert. Die anderen haben sich schiefgelacht. Einer hat gefragt, ob wir heute Karneval feiern, und Pastor Dornbusch wollte wissen, ob wir vielleicht adlig sind.«

Ich seufzte. Ich hatte ganz ähnliche Gedanken gehabt, als ich das Huttrio in Orange, Himmelblau und Pink nebeneinanderstehen sah. Sie hatten es sich nicht nehmen lassen, die scheußlichen Gebilde zu tragen, jedes in einer anderen knalligen Farbe – passend zu ihren Kostümen natürlich. Die Gemeindemitglieder waren schier in Aufruhr, und ich war froh, als wir die Kirche verlassen konnten.

»Mein Gott, Richard! Bist du groß geworden! Ich sehe dich viel zu selten! Hast du schon eine Freundin? Dir laufen die Mädchen doch bestimmt hinterher! Warte, mein Porsche und ich kommen rüber! Ich soll immer mal wieder ein paar Schritte gehen, sagt der Doktor, auch wenn es mir schwerfällt … Mein Rheuma … Es wird immer schlimmer, mich zu bewegen. Aber ich will mir von dem Enkel meiner Schwester unbedingt einen dicken Schmatzer abholen! Ich habe dir an der Kirche noch nicht richtig gratuliert!«

Es war die Stimme von Margrets Schwester Helga, die bisher am anderen Ende des Tisches saß. Sie griff nach ihrem Rollator, und Rick verdrehte die Augen.

»Vergiss es! Ich küsse keinen, und schon gar nicht so eine alte Schacht…«, murmelte er.

»Rick!«, zischte ich. »Achte auf deine Wortwahl! Noch einmal sage ich es nicht!«

»Mein Junge! Lass dich mal anschauen!« Großtante Helga hatte es geschafft, ihren mehr als wohlproportionierten Körper zwischen den Stühlen hindurchzuquetschen. »Du hast ganz schön viele Pickel bekommen, aber mach dir nichts draus, sie verschwinden irgendwann wieder«, sagte sie und machte Anstalten, meinen Sohn auf die Wange zu küssen. »Du musst nur aufpassen, dass bis dahin die hübschesten Mädchen nicht weg vom Markt sind, Richard.«

»Ich heiße Rick und nicht Richard«, korrigierte Rick steif und schaffte es tatsächlich, seinen Kopf im letzten Augenblick aus Großtante Helgas Schusslinie wegzuziehen, sodass ihr dicker Schmatzer irgendwo in der Luft hängen blieb.

»An diesen neumodischen Namen werde ich mich auch nie gewöhnen«, sagte meine Schwiegermutter, die plötzlich auch neben uns stand. »Für meine Schwester und mich bist du der Richard und basta. Deine Mutter hätte mal besser auf mich gehört, als sie dir diesen komischen Vornamen gegeben hat. Die Wennel-Männer haben keine kurzen Vornamen, das ist Tradition. Helgas Tochter Sybilla hat ihre Söhne Valerius-Claudius und Antonius-Nikolaus genannt! Das sind entzückende Namen!«

Helga mischte sich ein. »Es sind ja auch entzückende Kinder, Margret! Schade, dass meine Sybilla heute nicht dabei sein kann!«

Ja, wirklich schade, dachte ich und musste innerlich grinsen. Um die Stimmung nicht kaputtzumachen, kommentierte ich es nicht laut, aber jeder von uns wusste, dass Sybilla nie verheiratet war, ihre Söhne von zwei verschiedenen Vätern stammten und sie von ihrem jetzigen Lebensabschnittspartner Kind Nummer drei erwartete. Bisher hatte ich Sybilla nur selten zu Gesicht bekommen, ich vermutete, dass sie auch keine Lust auf die Wennel'schen

Traditionen hatte. Das machte sie mir aus der Ferne irgendwie doch sympathisch.

»Der Pastor hat eine schöne Predigt gehalten«, sagte meine Schwiegermutter jetzt, »obwohl er für meine Begriffe zu moderne Ausdrücke wählt. Er erinnert mich irgendwie an den Film mit dem Bankräuber, der sich als Pfarrer ausgegeben und dann im Hostienschrank die Goldbarren versteckt hat. Hüte scheinen in eurer Kirche übrigens auch nicht jedermanns Sache zu sein, und einen Anzug hat kaum einer getragen, was ich bei einer Konfirmation sehr befremdlich finde. Aber der heutige Tag gehört natürlich dir, lieber Richard.«

Ihre Augen musterten Rick von oben bis unten und wandten sich dann mir zu. »Elisabeth, meine Liebe! Gut siehst du aus, hab ich dir das schon gesagt? Aber was ich dich schon den ganzen Tag fragen wollte: Hast du in letzter Zeit ein paar Kilos zugenommen? Du kommst total nach deiner Mutter. Nicht, dass es dir nicht stehen würde …«

Ich musste mich schwer zusammenreißen, um weiter freundlich lächeln zu können. Zum Glück hatte meine Mutter sie nicht gehört. Sie saß mit meinem Vater neben Karinas Exmann Georg, den wir trotz Scheidung mit ihrer Erlaubnis weiterhin zu großen Festen einladen durften, und genoss es sichtlich, einem Arzt ihre derzeitigen Hüftprobleme schildern zu dürfen. Dass sein Fachgebiet Hals, Nase und Ohren waren, schien sie nicht zu stören.

»Stellen Sie sich das wie einen Tannenzapfen vor, so hat das MRT-Bild ausgesehen«, hörte ich sie gerade sagen.

»Nein, Annemarie! Eher wie eine ägyptische Pyramide«, korrigierte sie mein Vater. »Der Arzt sagte selbst, dass er so etwas in den ganzen Jahren seiner Praxistätigkeit noch nie gesehen habe!«

Wenn man den beiden Glauben schenkte, war bei ihnen von Gastritis über Arthritis, Osteoporose bis zum Diabetes wirklich alles im Anmarsch. Ich hatte im Laufe der vergangenen Jahre Hunderte neuer medizinischer Ausdrücke kennengelernt – für Krankheiten, von denen ich nicht wusste, dass es sie überhaupt gab. Meine Eltern gingen prinzipiell gemeinsam zu jedem Arzttermin und waren tödlich beleidigt, wenn ich mich nicht jedes Mal sofort danach erkundigte, was »der Doktor« gesagt hatte. Vor lauter Verzweiflung hatte ich mir einen zweiten Taschenkalender angeschafft, in den ich nur ihre Arzttermine eintrug, um ja keinen wichtigen zu verpassen.

Ansonsten führten meine Eltern ein recht vergnügliches Leben mit vielen Hobbys, Freunden, Aktivitäten und Urlauben. Wenn sie nicht gerade über Discitis oder Morbus Schlatter referierten, irgendetwas stand bei ihnen immer »im Augenblick im Verdacht«, erzählten sie von ihren aktuellen Reiseplänen – einer Jeep-Safari nach Kenia oder einer Rollercoaster-Tour nach Florida.

Mein Blick streifte die weiteren Familienmitglieder, die an unserer langen Tafel saßen. Meine Schwägerin Cassandra war mit einem grauhaarigen Mann erschienen, den sie uns als Dr. Dr. Langenfeld-Windenkorn vorstellte, einen Kollegen aus irgendeiner »wichtigen Abteilung«. Sie arbeitete bei einem großen Nahrungsmittelkonzern und hatte immer genügend titelbehaftete Kollegen, die sie mitbringen konnte. Ich muss zugeben, ich habe mal wieder nicht wirklich zugehört.

Der doppelte Doktor zeichnete gerade mit einem silbernen Montblanc-Kugelschreiber etwas auf eine der weißen Stoffservietten, während Cassi wohlwollend dazu nickte. Wahrscheinlich entwickelte er gerade die neue Relativitätstheorie, Einstein sollte wirklich endlich überholt werden. Mal sehen, ob er die Serviette anschließend klauen oder uns Normalsterblichen seine Ausführungen hinterlassen würde. Vielleicht konnte man sie in zehn Jahren ja bei eBay versteigern.

Meine Freundin Karina, ihre Hunde saßen auf einem Stuhl neben ihr, diskutierte mit Alex' Patenonkel Helmut. Ich hörte nur »Gelbfieberimpfung«, »Malaria« und »Hepatitis B«. Es ging wohl schon wieder um die große Pudelfernreise nach Mallorca. Dagegen langweilten sich meine zwei Tanten und die dazugehörigen Onkel sichtlich, sie warteten vermutlich schon auf das Essen.

Wo war eigentlich mein Göttergatte?

Alexander, der es tatsächlich geschafft hatte, schon seit zwei Tagen wieder zu Hause zu sein und noch nicht wieder seinen Koffer zu packen, war in der Kirche ein Musterbeispiel an fürsorglichem Vater und Ehemann gewesen. Immer wenn ich ihn anstupste, hielt er den Fotoapparat hoch und drückte auf den Auslöser. Ich hoffte, dass auf einigen dieser Schnappschüsse wenigstens ein halber Rick zu sehen sein würde, damit wir diesen denkwürdigen Tag – das P-Alien von morgens bis abends nicht in seiner verborgenen Höhle! – für immer festhalten konnten. Außerdem hatte Alexander es dieses Mal tatsächlich geschafft, nur unsere eigenen Gäste per Handschlag zu begrüßen. Als Rick nämlich i-Dötzchen wurde, schüttelte Alex nach der

Einschulungsfeier gefühlten zweihundert fremden Leuten die Hand und lud sie zu unserer »kleinen Feier zu Hause« ein. Gott sei Dank hatten die anderen eigene Pläne, und niemand verirrte sich tatsächlich zu uns.

Seit diesem Erlebnis sorgte ich aber stets vor: Ein paar Tage vor jeder größeren Veranstaltung mit Freunden und Verwandten machte ich DIN-A4-Abzüge von unseren erwarteten Gästen, schrieb darunter Sätze wie »Cassandra, deine Schwester, ledig« oder »Georg, der HNO-Arzt und Exmann meiner Freundin Karina (siehe rechts daneben)« und heftete sie von innen an die Tür der Toilette. Während Alexander seine »Sitzung« hatte, konnte er in Ruhe die Gesichtszüge studieren, damit er vorgewarnt war, wer zu uns gehörte. Zusätzlich lud ich ihm die Bilder auf sein Smartphone, damit er sie bei letzten Unsicherheiten abrufen konnte.

Mein Gatte war nirgends zu sehen, was komisch war, denn alle Gäste befanden sich in unserem Esszimmer. Ich gab vor, nach dem Essen zu sehen, und machte mich auf die Suche. Die Leute vom Partyservice bereiteten gerade alles vor, aber von Alex war auch in der Küche keine Spur. Ich klopfte an die Gästetoilette – gern sein Zufluchtsort – erhielt aber keine Antwort. Einer Eingebung folgend, ging ich die Treppe hinauf. Aus dem Schlafzimmer kamen verdächtige Stimmen.

»Alexander?«

Ich öffnete die Tür. Mein Mann hatte es sich auf dem Bett bequem gemacht. Der Fernseher lief und gab Fußballgeräusche von sich. Sein Sakko hatte er achtlos über eine Stuhllehne geworfen, seine Krawatte war gelockert. Gerade ballte er die Fäuste.

»Die Bayern verlieren! Die Schlusskonferenz ist spannend wie selten! Ich komme gleich, Elisa!«

Ich starrte ihn an. »Das ist doch nicht dein Ernst, oder? Wir haben Gäste.«

»Na und? Ich warte auf einen wichtigen Anruf.« Er deutete auf sein Handy, das direkt neben ihm lag.

»Heute? An einem Samstag?«, fragte ich. »Von wem?«

»Kennst du nicht«, gab mein Göttergatte leicht genervt zurück. »Ist geschäftlich. Geh doch schon mal nach unten, ich komme so schnell es geht nach.«

In diesem Moment ertönte *Strangers In The Night* von Frank Sinatra. Verblüfft registrierte ich, dass es Alexanders Handy war, das da so schmalzig vor sich hin sang.

»Hast du einen neuen Klingelton?«

»Ups!«, rief er und schaltete den Fernseher aus. »Ich muss da wirklich rangehen, Elisa. Wir sehen uns unten, ja? Lässt du mich jetzt bitte allein? Ich komme wirklich gleich nach.«

Es klang wie ein Rauswurf. Aus meinem eigenen Schlafzimmer. Ich verließ gehorsam den Raum und bemerkte, dass Alexander erst jetzt das Gespräch annahm.

»Hallo?! Ich muss mich leider kurz fassen«, hörte ich ihn leise sagen, bevor sich die Tür hinter mir schloss.

Ich registrierte unwillkürlich, dass er meine Frage nach dem Klingelton überhaupt nicht beantwortet hatte. Irgendwo in meinem Kopf bimmelte ein kleines Glöckchen. Jetzt war aber keine Zeit, um sich darüber Gedanken zu machen. Ich wollte wieder hinuntergehen, als ein Schatten an mir vorbeizuhuschen versuchte. Sieh mal an, das P-Alien wollte sich wohl in seinem Raumschiff verkriechen!

»Was soll denn das?«, fragte ich verärgert. »Wo willst du hin?«

»Muss eben meine Mails checken«, antwortete mein Sohn kurz angebunden.

»Musst du nicht.«

»Kannst du nicht beurteilen«, knurrte er.

»Heute bleibst du unten. Es sind deine Gäste, außerdem essen wir gleich.«

Rick bekam einen wütenden Gesichtsausdruck. »Das sind nicht meine Gäste! Ich hab echt keinen Bock, mit denen die ganze Zeit zu quatschen! Den meisten ist der Sargdeckel schon mindestens dreimal ins Gesicht gefallen!«

»Rick!«

Ich unterbrach mich und atmete tief durch. Ganz ruhig, Elisa. Das ist nicht dein Sohn. Das ist das Alien, das von ihm Besitz ergriffen hat. Das aus dem Pubertätsraumschiff. Vergiss es nicht.

»Hast du schon nachgezählt, wie viel Geld du geschenkt bekommen hast?« Ich wechselte schnell das Thema, um nicht hyperventilieren zu müssen.

Das Gesicht meines Sohnes erhellte sich. »Stell dir mal vor: tausendzweihundert Euro! Davon kauf ich mir ein neues Notebook und dann noch …«

Ich griff nach Ricks Arm. »Vorausgesetzt natürlich, dass du das Geld nicht zurückgeben musst.«

»Wieso sollte ich?«

»Wenn du nicht in der Lage bist, dafür ein paar Stunden mit den noblen Spendern zu verbringen, werde ich mich in deinem Namen entschuldigen, die Feier abbrechen und die Umschläge zurückgeben.«

Rick sah mich halb wütend, halb zweifelnd an. »Das würdest du nicht tun!«

»O doch, mein Lieber, verlass dich drauf! Weil sich so ein Benehmen nicht gehört und ich mich für dich schämen müsste. Und da hab ICH keinen Bock drauf!«

»Du bist so eine fiese Mutter! Außerdem bist du total unfair!«

Ja, ich weiß. Ich bin fies und eine Spaßverderberin, dachte ich. Aber ich wette, dass du viel zu scharf auf das Geld bist, als dass du riskierst, in dein Zimmer zu gehen. Und deiner Patentante könnte ich den Hals umdrehen, denn die größte Summe stammt garantiert von ihr.

Ich lächelte. »Es wäre unfair, die Geschenke anzunehmen und sich zu verdrücken. Also, was meinst du: Hältst du es noch ein wenig unten aus, redest freundlich mit allen und behältst das Geld, oder sind dir deine Mails wichtiger?«

Rick starrte mich schweigend an. »Das ist Erpressung, und das weißt du ganz genau«, zischte er, bevor er mit hängendem Kopf die Treppe wieder hinunterging.

Stimmt, die halbe Kindererziehung besteht aus Erpressung, dachte ich und ballte triumphierend eine Faust.

Yes!

Sieg!

Unten empfingen mich himmlische Essensgerüche. Die Leute vom Partyservice hatten begonnen, den ersten Gang zu servieren. Ich nahm wieder Platz und entspannte mich. Bis auf Alexander, der immer noch oben weilte, war jetzt jeder mit seinem Essen beschäftigt. Die drei Möchtegerngräfinnen hatten ihre Hüte abgelegt, obwohl es noch lange nicht zweiundzwanzig Uhr war. Sogar mein Sohn sah freundlicher aus, als die Rinderkraftbrühe vor ihm stand.

»Jedes noch so miese Fest erscheint direkt besser, wenn das Essen schmeckt, oder? Es sind zwar keine Pommes, aber Oma Margret und Tante Helga verstummen, und das ist doch auch was«, flüsterte ich und zwinkerte ihm zu.

Oh, was für ein Wunder, mein Sohn grinste zurück! Das Alien schien ein Mittagsschläfchen zu halten.

Sobald das allgemeine Mampfen und Schmatzen losging, kam Alexander die Treppe herunter. Seine Wangen waren gerötet, und er schien blendender Laune zu sein, denn er setzte sich nicht neben mich, sondern freiwillig auf den freien Stuhl gegenüber meinen Eltern und erkundigte sich sogar nach dem letzten Check beim Hausarzt.

»Na, Annemarie, Alfred! Alle Werte okay?«

Meine Mutter ließ den Suppenlöffel fallen. »Alfred!«, rief sie aufgeregt. »Jetzt, wo Alex mich daran erinnert: Wir haben heute Nachmittag unseren Blutdruck noch nicht gemessen!«

Mein Vater wurde blass. »Wie konnten wir das vergessen? Das war die Aufregung wegen der Konfirmation.«

»Hast du das Messgerät eingesteckt?«, wollte meine Mutter wissen, und als mein Vater verneinte, wurde sie panisch.

»Aber Mama«, sagte ich beruhigend. »Es ist doch nicht schlimm, das macht ihr einfach nachher, wenn ihr wieder zu Hause seid.«

»Der Doktor hat uns empfohlen, jeden Tag um die gleiche Zeit zu messen, damit wir Vergleichswerte haben!«, protestierte meine Mutter. »Wir machen das immer vor- und nachmittags! Und jetzt ist schon früher Abend!«

»Und wenn ihr unterwegs seid?«, fragte Rick.

»Dann gehen wir in eine Apotheke und lassen das dort machen«, belehrte ihn mein Vater. »Oder wir nehmen unseren Notfallkoffer mit.«

Hatte ich schon erwähnt, dass meine Eltern besser ausgestattet sind als das Deutsche Rote Kreuz und jede Krankenhausambulanz zusammen?

»Außer heute, denn wir waren sehr in Eile«, erklärte meine Mutter und sah sich in der Runde um. »Hat vielleicht jemand ein Blutdruckmessgerät dabei? Meine Tochter besitzt nämlich immer noch keins. Dabei gehört das eigentlich zur Grundausstattung jeder Hausapotheke. Man wird schließlich nicht jünger.«

Bedauerlicherweise hatte niemand ein Blutdruckmessgerät als Handtaschenmodell dabei. Vermutlich genauso wenig wie einen Defibrillator oder eine kleine Katheterauswahl. Doch wenn ich geglaubt hätte, dass mir jemand zu Hilfe eilen und mich in Sachen »Grundausstattung der Hausapotheke« verteidigen würde, so irrte ich mich.

Schwiegermutter Margret sah sich ob meiner Unzulänglichkeiten offenbar bestätigt, denn sie schürzte die Lippen und machte »Ts, ts, ts«, während meine Tanten und Onkel nickten und ihre Suppe noch lauter löffelten. Schwägerin Cassandra ließ sich die Bemerkung nicht nehmen, wie wichtig es sei, auf seine Gesundheit zu achten, und erntete ein zustimmendes Murmeln sowohl von ihrem Begleiter als auch von Georg, den ich augenblicklich auf die *Persona-non-grata*-Liste setzte.

Mein Sohn grinste schadenfroh, dass seine Erpresserin auch mal eins auf die Nuss bekam, während mein lieber Gatte, der diesen kleinen Aufstand eigentlich verschuldet hatte, wie immer den Anschein erweckte, nichts mitbekommen zu haben. Er ließ sich mit einem seelenruhigen Gesichtsausdruck vom Partyservice den zweiten Teller Suppe geben.

Lediglich Karina unternahm einen kläglichen Versuch, für Frieden zu sorgen. »Ach, Annemarie, nimm es nicht so ernst. Es ist einfach dumm gelaufen«, sagte sie, aber dies war nicht die Art Zuspruch, die sich meine aufgelösten Eltern erhofft hatten.

Meine Mutter fuchtelte panisch mit ihrem Suppenlöffel herum. »Dumm gelaufen ist keine nette Bemerkung, Karina«, tadelte sie meine Freundin. »Ich will hoffen, dass das nicht das Einzige ist, was du denkst, wenn Alfred und ich eines Tages unter der Erde liegen.«

Karina machte ein entsetztes Gesicht.

Mir reichte es. »Mama, es ist doch wirklich nicht so schlimm!« Ich sprang auf und fing an, die leeren Suppenteller einzusammeln, obwohl das eigentlich auch die Aufgabe des Partyservices war. »Euch beiden geht es doch sehr gut.«

Bevor meine Mutter entrüstet das Gegenteil behaupten konnte, mischte sich Helga ein. »Zumindest seid ihr noch sehr gut zu Fuß, wie ich heute wieder sehen konnte. Ich dagegen komme ohne meinen Porsche schon lange kein Stück mehr voran.«

Dieses Kompliment ging an meiner Mutter herunter wie Öl, das konnte ich sehen, denn im Grunde genommen hielt sie sich noch immer für zwanzig Jahre jünger als Gleichaltrige. Damit war sie fürs Erste mit ihren eigenen Waffen geschlagen und konnte sich auch nicht mehr über das Fehlen des Rettungswagens in unserer Garage beschweren.

»Ja, das stimmt. Unser Hausarzt sagt auch immer, so gute Werte wie bei uns sieht er in seiner Praxis nur selten. Sonst könnten wir auch gar nicht mehr so viel reisen, nicht wahr, Alfred?«

Der Frieden am Esstisch war zum Glück wiederhergestellt. Ich wunderte mich ein wenig, dass meine Schwiegermutter die Gelegenheit nicht ergriff und eine verbale Feuersalve auf mich eröffnete, vermutete aber, dass sie zu stolz war zuzugeben, dass auch sie als Patronin sicherlich ihre Zipperlein hatte und möglicherweise ebenfalls ab und zu einen Arzt aufsuchen musste. Margret gab sich gern als ein fester Fels in der Brandung, der allem standhielt.

Beim Hauptgang passierten zwei Dinge gleichzeitig. Zuerst meldeten sich wieder die *Strangers In The Night* aus Alex' Hose, worauf er erst rot anlief und dann schnurstracks das Esszimmer verließ. Das Glöckchen in meinem Kopf bimmelte wieder, und ich überlegte, ob ich meinem Gatten hinterhergehen sollte, um festzustellen, ob mein Talent als Spionin nicht nur für das P-Alien, sondern auch für meinen Mann und seinen »Fremden in der Nacht« (oder etwa seine »Fremde«???) reichte. Doch in diesem Moment ließ Helga ihre Gabel auf den Teller fallen.

»Ich muss euch allen etwas sagen«, sagte sie aufgeregt. »Ich kann keine Minute länger warten. Da wir hier als Familie versammelt sind und ihr es sowieso bald erfahren werdet, kann ich es genauso gut gleich erzählen …«

»Was ist los? Hast du Krebs?«, fragten Margret und meine Mutter gleichzeitig, während alle anderen Margrets Schwester entsetzt anstarrten.

»Nein, nein, nichts dergleichen.« Helga lächelte und griff

nach ihrem Rollator. Sie kramte in der daran angebrachten Tasche und zog einen Prospekt hervor, den sie sogleich wie eine Trophäe hochhielt. »Ich habe mich entschlossen, ins Haus Sonnenblume zu ziehen.«

»Du willst umziehen? Gefällt es dir nicht mehr in deiner Wohnung?«, fragte ich erstaunt.

Mein Vater zog die Augenbrauen hoch. »Auf die alten Tage willst du dir das antun?«

Auch Cassandra ließ sich zu einer Bemerkung herab. »Tante Helga, ein Umzug ist anstrengend. Dein Zuhause ist doch so schön.«

Nur Margret schien mehr zu verstehen als wir alle zusammen, denn sie schoss von ihrem Stuhl hoch. »Hast du gerade Haus Sonnenblume gesagt? Du hast es doch noch nicht getan, oder? Helga, es ist hoffentlich nicht das, wovon du mir vor einiger Zeit erzählt hast! Ich habe es dir verboten! Sag mir sofort, dass du über eine Landvilla am Rande der Stadt sprichst und nicht über dieses Ding!«, herrschte sie ihre Schwester an.

Wir starrten alle von Helga zu Margret, weil wir spürten, dass da etwas im Gange war, wovon wir noch keine Ahnung hatten. Helga schob trotzig ihre Unterlippe vor.

»Nein, es ist keine Landvilla am Rande der Stadt. Es ist dieses ›Ding‹, Margret. Ein Altersruhesitz, ein Haus für Senioren, mitten in der Innenstadt, aber mit Garten, jawohl! Und ich würde mir wünschen, dass du mit mir dorthinziehst, Margret! Das habe ich dir schon mehrmals gesagt!«

Ich kam mir vor wie in einem Theaterstück. Wir waren das Publikum, und die beiden Schwestern spielten gerade die Hauptrollen in einem Drama. Helga sah plötzlich aus, als würde sie gleich in Tränen ausbrechen, während Margrets Augen eiskalt blitzten. Ich hatte Angst, dass sie jeden Moment nach dem Steakmesser greifen würde, um ihre Schwester damit zu erstechen.

»Du willst in ein Altersheim gehen? Bist du total verrückt geworden?«, rief meine Schwiegermutter. »Weißt du eigentlich, dass damit dein Leben zu Ende ist? Du bist doch erst dreiundsiebzig!«

Helga seufzte. »Und du zwei Jahre älter! Ich wusste, dass du es immer noch nicht verstanden hast. Aber das ist meine Sache. Haus Sonnenblume wurde vor Kurzem neu erbaut. Es ist ein schön gelegener Altersruhesitz, in dem es seniorengerechte Kleinapartments gibt, medizinische Betreuung rund um die Uhr, Ernährungsservice und ein nettes Unterhaltungsprogramm. Ich bin nicht mehr gut zu Fuß, und bevor es mir noch schwerer fallen wird, mich anzuziehen, zu putzen oder etwas zu kochen, will ich es bequem haben. Ich habe bereits alles in die Wege geleitet, ich werde schon bald umziehen.«

»Ohne mit mir vorher zu sprechen?«

Margrets Stimme überschlug sich fast. Helga hatte es tatsächlich gewagt, etwas so Wichtiges selbst zu entscheiden, das konnte unsere Patronin offenbar nicht fassen.

»Du wolltest mir nicht zuhören, also habe ich es nach Absprache mit Sybilla allein beschlossen.«

Meine Schwiegermutter setzte sich wieder und stieß einen verächtlichen Ton aus. »Pah, Sybilla. Klar, dass sie dich abschieben will, dann braucht sie sich nicht mehr um dich zu kümmern.«

»Niemand schiebt mich ab. Ich gehe freiwillig! Dort ist es

schön! Ich werde es als Langzeiturlaub all-inclusive betrachten. Margret, du bist doch auch nicht mehr die Jüngste. Vergiss nicht, dass du letztens hingefallen bist, und wenn wir nicht zufällig verabredet gewesen wären, dann hätte dich womöglich niemand gefunden!«

»Mutter, du bist hingefallen?«, riefen Cassandra und ich gleichzeitig.

»Wann ist das passiert?«

»Warum hast du nichts gesagt?«

»Weiß Alexander davon?«

Meine Schwiegermutter sah erbost aus. »Es war nicht der Rede wert! Ich habe lediglich einen Stuhl übersehen. Helga, du hast mir versprochen, das für dich zu behalten!«

Aber Helga ließ sich nicht mehr bremsen, sie kam jetzt richtig in Fahrt. »Du bist meine Schwester, Margret, und ich mache mir Sorgen um dich. Das war doch nicht das erste Mal! Bitte, komm mal mit mir zum Haus Sonnenblume! Sieh es dir wenigstens an. Sie haben dort so hübsche Doppelapartments. Wir wären ganz für uns allein, jede mit einem eigenen Zimmer, und doch so nah beieinander.«

Margret schüttelte entschieden den Kopf. »Vergiss es. Ich komme mit, aber nur, um dir zu helfen abzusagen. Wir beide in einem Altersheim! Was für eine absurde Idee!«

»Vor allem, weil dort bestimmt niemand Hüte trägt«, murmelte Rick halblaut.

Keine Ahnung, ob es meine Schwiegermutter gehört hatte. Doch plötzlich schien sie sich zu erinnern, wo sie war, und ihr wurde klar, dass sie von mehreren Augenpaaren angestarrt wurde.

»Es tut mir leid, dass wir euch mit unseren persönlichen

Angelegenheiten belästigt haben«, sagte sie huldvoll und sah uns alle der Reihe nach an. »Ich möchte nun darum bitten, meine Privatsphäre zu respektieren und das, was gerade besprochen wurde, nicht mehr zu erwähnen.«

Ein unangenehmes Schweigen entstand. Erst Alexander, der mit seinem Handy in der Hand das Esszimmer betrat, unterbrach es.

»Hab ich das Dessert verpasst?«, fragte er besorgt.

Kapitel 3

»Man kann niemandem mehr trauen, am allerwenigsten seinem Ehemann!«
KARINA

Stell dir vor, Georg hat ein Betthäschen!« Die Stimme meiner besten Freundin überschlug sich fast. »Deshalb die geplante Reise nach Mallorca! Und meine Babys sollen dorthin mit! Nur über meine Leiche! Die kriegt meine Süßen garantiert nicht in ihre rotlackierten Krallen!«

Mir schwirrte der Kopf. Es war eine Woche seit der Konfirmationsfeier vergangen, und bei uns kehrte endlich wieder so etwas wie Alltag ein. Margret hatte sich entgegen ihrer Angewohnheit seit Samstag nur dreimal kurz telefonisch gemeldet und dabei jede Frage nach Helga im Keim erstickt. Meine Eltern waren für vier Tage nach München aufgebrochen und schickten lauter begeisterte MMS, die sie vor den Sehenswürdigkeiten zeigten. Auf einigen Fotos meinte ich, ein Stethoskop an der Schulter meines Vaters erkannt zu haben, aber vielleicht war es auch nur eine optische Täuschung.

Ich lauerte eigentlich darauf, Alexanders Handy einmal allein in die Hände zu bekommen, um den *Strangers* auf den Grund zu gehen und das Glöckchen in meinem Kopf zum Verstummen zu bringen, denn es gab sicher eine ganz harmlose Erklärung für den Klingelton. Aber mein Mann, der sonst alles herumliegen ließ und stets auf der Suche nach seinen Sachen war, schien sein mobiles Telefon plötzlich wie einen Schatz zu hüten.

Gab es dafür einen Grund?

War es möglich, dass er mir etwas verheimlichte?

Nach sechzehn Ehejahren?

Ich konnte es zwar nicht so recht glauben, aber sicher war ich mir nicht mehr. Man ordnete doch so eine Melodie nicht einem Geschäftspartner zu, oder? Aber wem denn dann? Erst dachte ich, dass Alexander einen kreativen »*Pimp my Handy*«-Schub und dabei seinen Klingelton geändert hatte, aber als ich den Test machte und ihn vom Badezimmer aus erst vom Festnetz, dann von Ricks und schließlich von meinem Handy aus kurz anrief, ertönte aus seiner Hosentasche jedes Mal Beethovens *Bagatelle*, wie schon seit vier Jahren.

Okay, immer noch besser als die zwei Lieder, die mein technikbegeisterter Vater aktuell Anrufern zuordnete. *Herzilein* für alle, die er gern hatte, und *Schnaps, das war sein letztes Wort* für alle anderen. Waren wir zusammen im Restaurant, kroch ich jedes Mal unter den Tisch vor Scham, wenn sein Handy in der maximalen Seniorenlautstärke losdudelte.

In Sachen *Strangers* war also außer meiner Notlüge, dass ich eine Netzstörung überprüfen müsse, noch nichts herausgekommen, die Spionin in mir war keinen Schritt weiter.

An diesem Spätnachmittag wollte ich mich eigentlich

auf ein Vorstellungsgespräch mit dem Rektor einer Grundschule vorbereiten. Es handelte sich um die katholische Sankt-Martin-Grundschule in der Nachbarstadt. Ich war froh, dass sie mich zum Gespräch eingeladen hatten, denn es gab derzeit kaum Stellen in unserem Einzugsgebiet. Die Schule suchte für ein Jahr eine Deutschlehrerin, und das zu Beginn des neuen Schuljahres. Mir blieben also drei Monate. Eine Option auf eine Verlängerung gab es obendrauf. Ich hatte meiner Bewerbung die Taufurkunde beigelegt und war einmal mehr froh, nicht aus der Kirche ausgetreten zu sein. Ich war katholisch. Ich zahlte brav meine Kirchensteuer. Ich war hoffentlich geeignet.

Alex war noch im Büro und wollte danach bei seiner Mutter vorbeischauen. Nachdem ich ihm erzählt hatte, sie sei gestürzt und seine Tante ziehe in ein Seniorenheim, hatte er einen kurzen Verantwortungsgefühlsanfall und wollte unbedingt »nach dem Rechten sehen«.

Doch ich kam nicht weit. Karina hatte angerufen und hysterisch geschluchzt, sie müsse mich dringend sprechen. Da es sich um einen Notfall zu handeln schien, ging meine Freundin natürlich vor. Jetzt saß sie an unserem Küchentisch, schlug wütend mit der Faust darauf und erzählte zum zehnten Mal, dass Georg in den Mallorca-Urlaub nicht nur Daisy und Donald, sondern auch seine Sprechstundenhilfe Cora mitnehmen wolle.

»Er hat es mir einfach so ins Gesicht gesagt! Es hat sich angeblich langsam etwas zwischen ihnen entwickelt! Dieser elende Schuft!« Karina fing von Neuem an zu schluchzen. »Nein, eigentlich ist es ihre Schuld! Diese Schlampe denkt sich, dass der Doktor bestimmt eine gute Partie ist! Das berechnende Miststück! Und der alte Bock wollte sich was Jüngeres angeln! Die Männer stehen doch alle auf junges Gemüse – und wir sind abgeschrieben!«

Ich war froh, dass Rick beim Basketballtraining war. Wenn Karina in Rage war, dann nahm sie auf nichts Rücksicht. Ich erinnerte mich schemenhaft an Georgs Sprechstundenhilfe Cora. Klein, pummlig, eher unauffällig. Und als jung konnte man sie wirklich nicht bezeichnen.

»Wie alt ist sie denn?«

»Neununddreißig«, antwortete meine Freundin. »Drei Jahre jünger als ich und vier Jahre jünger als Georg! Die hat sich den einfach so gekrallt, dieses Luder!«

Ich atmete tief durch und überlegte, ob ich Karina in ihrem aufgelösten Zustand sagen konnte, dass eine Frau, die ein paar Jahre jünger war, nicht unbedingt als junges Gemüse bezeichnet werden konnte. Außerdem waren Georg und sie bereits zwei Jahre geschieden, und er hatte sich wirklich mit einer neuen Beziehung Zeit gelassen. Es hätte auch Karina sein können, die sich neu verliebte.

Sollte ich mich an die Freundschaftsregeln halten, die besagten, dass man seiner besten Freundin erst einmal in allem recht gab?

»Du Ärmste«, sagte ich zunächst mitfühlend und nahm Karina in den Arm. »Der Georg ist wirklich gemein. Und dass er direkt die Hunde in die neue Beziehung einführt! Echt unmöglich!«

»Sein Betthäschen hat ihn bestimmt dazu angestiftet! Pass auf, die konnte früher bestimmt keine haben, daher will sie jetzt meine Kleinen! Aber ich mach da nicht mit, hab ich ihm gesagt! Er kann mich gern vor Gericht ziehen!

Gemeinsames Sorgerecht hin oder her! Es war von Anfang an klar, dass Daisy und Donald bei mir leben sollen! Jeder Richter wird mir zustimmen!«

Ich musste mich kurz sortieren und daran erinnern, dass wir hier über Pudel und nicht über Kinder sprachen.

»Bist du denn sicher, dass das alles schon feststeht und die Fronten zwischen euch so verhärtet sind? Am Samstag habt ihr noch einen ganz friedlichen Eindruck gemacht«, sagte ich vorsichtig.

Karina hob den Kopf. »Daran siehst du, wie verschlagen Männer sein können. Sie machen jahrelang einen auf superdoof! Und dann, schwuppdiwupp, betrügen sie dich plötzlich mit der erstbesten Jüngeren, die zufällig um die Ecke kommt! Ich sage dir, Elisa: Man kann niemandem mehr trauen, am allerwenigsten seinem Ehemann!«

In meinem Kopf bimmelte plötzlich eine ganze Glockenreihe, obwohl ich der Logik meiner Freundin nicht ganz folgen konnte. Und jemand schien soeben auf Play gedrückt zu haben, denn *Strangers In The Night* dudelte wieder los. Jetzt wusste ich, warum es Ohrwurm hieß. Dieser Parasit fraß sich gerade durch mein Gehirn.

Karina war mein Gesichtsausdruck nicht entgangen, sie sah mich prüfend an. »Ist irgendetwas? Du siehst so komisch aus.«

Ich seufzte. »Wahrscheinlich ist es gar nichts, aber man weiß ja nie …«

»O nein. Irgendwas ist immer.«

Ich erzählte ihr die Story von dem komischen Klingelton und der merkwürdigen Reaktion Alexanders, in der Hoffnung, meine beste Freundin würde mich beruhigen und es als harmlos abtun. Aber Karina schien die Freundschaftsregeln falsch zu interpretieren, denn sie wackelte bedächtig mit dem Kopf.

Mit Grabesstimme sagte sie: »Oh. Das hört sich nicht gut an. Du musst unbedingt herausfinden, wer dahintersteckt. Und mach dich auf das Schlimmste gefasst, dann bist du nicht so geschockt, wenn du herausfindest, dass dein Mann auch ein Betthäschen hat. Du kannst übrigens meinen Anwalt haben. Leopold ist der Beste! Nimm dich nur nach der Scheidung in Acht, er ist eingefleischter Junggeselle und Schürzenjäger und steht auf blond. Bei dem brauchst du einen Keuschheitsgürtel mit doppeltem Schloss. Vor allem wenn er ›Grrr‹ macht.«

Ich sah sie ungläubig an. »Hast du gerade ›Grrr‹ gesagt? Und der soll der Beste sein?«

Meine Freundin lachte. »Er trennt so lange Berufliches von Privatem, bis seine Mandantinnen wohlhabend geschieden sind. Dann greift Leo der Löwe an. All seine Flammen haben ihm ein sorgloses Leben nach der Scheidung zu verdanken.«

»Hattest du auch was mit ihm?«

Sie winkte ab. »Nein, Gott bewahre! Er ist gegen Hunde allergisch, damit war er gleich aus dem Rennen. Außerdem bin ich nicht blond, ich passe nicht in sein Beuteschema. Du schon.«

Anwalt, Scheidung, Schürzenjäger. Das ging mir alles zu weit. Ich ärgerte mich, überhaupt etwas gesagt zu haben. »Vielleicht brauche ich ihn ja gar nicht. Wahrscheinlich ist das mit Alex ganz harmlos …«

»Du musst der Sache auf jeden Fall auf den Grund gehen,

Elisa. Die hinterhältigen Schlangen, die dir deinen Mann wegnehmen wollen, lauern überall.«

Karina bot an, mit mir zusammen Alex zu beschatten, aber das lehnte ich erst einmal ab. Ich nahm mir vor, zuerst das Handy zu checken und mir dann weitere Schritte zu überlegen. *Step by step*, lautete die Devise.

Zwei Stunden später war meine Freundin moralisch so weit aufgebaut, dass sie nicht mehr traurig, sondern nur noch wütend war. Sie beschloss, ihre Pudel nicht auf die große Mallorca-Expedition zu schicken und Georg das Leben mit Cora so schwer wie möglich zu machen. Bevor sie ging, sah sie mich mahnend an.

»Und denk dran: Du solltest das alleinige Sorgerecht für Rick verlangen. Ich habe damals den Fehler gemacht und mich auf das gemeinsame eingelassen. Jetzt siehst du, was dabei herausgekommen ist. Jede x-beliebige Schlampe kann bei der Erziehung meiner Kleinen mitmischen.«

»Hey, nicht so vorschnell«, bremste ich sie. »Ich will erst einmal herausfinden, wem der Klingelton gehört. Wahrscheinlich ist es ganz harmlos. Ich kann mir Alex als Ehebrecher beim besten Willen nicht vorstellen«, sagte ich.

Doch Karina schüttelte den Kopf. »Elisa, sie sind alle gleich: Wir sind über vierzig und trocknen langsam aus. Die Jungs sind über vierzig und stehen noch voll im Saft. Das passt einfach nicht mehr zusammen.«

Sie schien vergessen zu haben, dass ihre Scheidung damals friedlich und im besten Einvernehmen vollzogen wurde und keine neuen Partner im Spiel waren. Georg und sie hatten sich einfach auseinandergelebt und in aller Freundschaft getrennt. Warum sie jetzt so hysterisch wurde, war mir schleierhaft.

Ich dachte noch eine Weile über Karinas Worte nach und versuchte mir Alexander voll im Saft und mit einer Affäre vorzustellen. Mein Mann, der privat bequem bis faul war, beim Sex ganz gern Socken und T-Shirt anbehielt und »danach« am liebsten eine Sportsendung schaute, hatte doch bestimmt keine Lust auf Heimlichkeiten. Das wäre ihm garantiert zu anstrengend!

Oder???

Ich nahm mir vor, direkt am Abend der *Strangers*-Sache auf den Grund zu gehen. Ich wollte nicht an meinem Mann zweifeln, musste aber Gewissheit haben. Vertrauen ist gut, Kontrolle ist besser, dachte ich und entwarf einen Plan, bei dem ich mir den Wecker auf drei Uhr nachts stellte, um mich in Ruhe an Alex' Handy heranwagen zu können.

Das Telefon unterbrach die Detektivarbeit, die ich gerade im Kopf verrichtete. Es war ausgerechnet mein Mann, was ziemlich komisch war. Wenn er im Büro war, rief er nie an. Ich erwartete daher eine besonders schlimme Nachricht.

»Elisa? Ich wollte dir nur sagen, dass ich Mutter im Auto habe. Wir sind auf dem Weg zu uns. Cassandra ist auch schon unterwegs. In zehn Minuten sind wir da – wenn du vielleicht etwas zu essen machen könntest? Es gibt was Wichtiges zu besprechen …«

»Es gibt nichts zu besprechen! Ich bestehe darauf, dass du mich zurück nach Hause fährst!«, krakeelte meine Schwiegermutter aus dem Hintergrund.

»Gleich sind wir da«, unterbrach mein Mann sie und trennte die Verbindung.

Oh, ha.

Das war ja ganz neu. Es schien tatsächlich etwas passiert zu sein, denn ich konnte mich nicht erinnern, wann Alexander das letzte Mal seine Schwester angerufen und seine Mutter von irgendwoher abgeholt hatte. Die Taxilizenz für Söhne und Schwiegermütter hatte ich – genauso wie die Oberaufsicht über Familienpflichttelefonate. Außerdem gab er am Telefon selten mehrere klare Sätze hintereinander von sich.

Die belegten Brote und der Tee waren gerade fertig, als die beiden eisig schweigend zur Tür hereinkamen. Ich konnte nicht sagen, wer wütender aussah – Mutter oder Sohn.

»Stell dir vor, Mama ist im letzten Monat vier Mal gestürzt, das habe ich erst heute erfahren«, platzte es aus Alex heraus, sobald die Haustür geschlossen war.

Margret sah aus, als ob sie ihm an die Gurgel gehen wollte. »Ich hatte dich gebeten, das nicht jedem zu erzählen!«

Na, danke aber auch, dachte ich. Ich sollte mir den *Strangers*-Song auch aufs Handy aufspielen und ihn direkt meiner Schwiegermutter zuordnen.

»Heute Morgen hat mich Tante Helga angerufen und es mir erzählt. Sie macht sich Sorgen. Mutter, du wirst nicht jünger! Allein in einem Haus zu leben hat lauter Nachteile. Deine Stürze hätten richtig schlimm ausgehen können!«

Meine Schwiegermutter setzte sich würdevoll auf einen Stuhl und winkte mit der Hand ab. »Helga ist eine alte Petze, und du übertreibst, Alexander. Da waren diese blöden Teppichkanten oder ein Stuhl im Weg …«

Alex biss in ein Schinkenbrot. »Aber vier Mal? In einem Monat? Es war richtig, dass sie es mir erzählt hat. Ich finde, Tante Helga ist vernünftiger als du, weil sie in das Seniorenheim zieht. Sie sagte, das Doppelapartment sei noch frei und wie für euch beide gemacht. Lass es uns gemeinsam anschauen. Ich werde das auch Cassandra vorschlagen.«

Margret griff nach ihrer Teetasse. »Alexander, mit vollem Mund spricht man nicht, das habe ich dir bereits als Kind beigebracht. Nur weil du jetzt anderen Einflüssen ausgesetzt bist, heißt das nicht, dass du es vergessen solltest.«

Ich zuckte zusammen. Sollte ich mich aufregen oder belustigt sein? Das war eindeutig ein kleiner Hieb in meine Richtung, weil ich die mit den »anderen Einflüssen« war.

»Mama! Wir reden nicht von mir, sondern von deiner Gesundheit!« Alex wirkte genervt.

»Ich bin topfit und durchaus in der Lage, mich selbst zu versorgen! In ein Altersheim gehe ich nicht! Da könnt ihr euch auf den Kopf stellen!«

Ich mischte mich ein. »Aber Margret! Ich habe mir Helgas Prospekt angesehen – im Haus Sonnenblume sieht es aus wie in einem Hotel. Du solltest zumindest einmal in Ruhe darüber nachdenken und es nicht sofort kategorisch ablehnen!«

»Tu nicht so scheinheilig, Elisabeth. Du wartest doch schon darauf, dass ich endlich den Löffel abgebe. Aber da müsstest du schon Zyankali in mein Essen mischen.«

Jetzt blieb mir die Luft weg. »Weißt du was? Das ist eine gute Idee! Schade, dass ich nicht schon selbst auf den Gedanken gekommen bin!«

»Elisa! Wie kannst du zu Mama nur so etwas sagen!«

Klar. Anstatt mich zu verteidigen, fiel mir mein Mann

jetzt auch noch in den Rücken. Bestimmt war er gerade dabei, mich gedanklich abzuservieren, um sich der Fremden in der Nacht zuzuwenden. Ich wollte schon bissig antworten, registrierte jedoch, dass sich meine Schwiegermutter genüsslich zurücklehnte und sich ein Käsebrot schmecken ließ.

Den Gefallen, sich jetzt mit meinem Mann zu streiten, würde ich ihr nicht tun. Ich nahm an, dass sie nur darauf wartete, um von sich selbst abzulenken. Ich beschloss daher, mich zurückzunehmen, und auch Alex schien sich wieder auf den Hauptgrund der Diskussion zu besinnen.

»Fakt ist, dass hier niemand irgendwohin abgeschoben werden soll. Wir warten auf Cassandra und reden in Ruhe über alle Optionen. Vielleicht ist eine dauerhafte Haushaltshilfe ja die Lösung.«

»Bloß nicht! Mir reicht schon meine Putzfrau, die einmal die Woche kommt! Sie steckt ihre neugierige Nase in alles hinein – obwohl ich die ganz Zeit neben ihr stehe! Eine Fremde, die täglich an meinem Herd kocht, meinen Kühlschrank benutzt und mein Geschirr anfasst? Nur über meine Leiche!« Margret schüttelte entschieden den Kopf.

Womit wir wieder beim Thema Zyankali wären, dachte ich ironisch, sagte aber nichts. Eine Weile saßen wir schweigend und kauend am Tisch, dann klingelte es an der Tür. Meine Schwägerin stand da, im schwarz-weißen Businesslook gekleidet, eine Hermès-Aktentasche in der Hand.

»Ich habe nicht viel Zeit und gleich noch ein Geschäftsessen, also fasst euch kurz«, begrüßte sie mich in ihrer gewohnt herzlichen Art, während sie die obligatorischen Luftküsschen rechts und links in den freien Raum hinter mein Ohr hauchte. Sie spazierte ins Esszimmer und verteilte weitere vier Luftküsse.

»Mutter sieht doch ganz gut aus. Wo ist das Problem?«

Cassi nahm Platz, schlug die Beine übereinander und zog die Augenbrauen hoch.

»Sag ich doch! Helga und Alexander übertreiben maßlos, und Elisabeth sieht mich schon unter der Erde. Aber natürlich ist das alles vollkommener Unsinn«, meinte meine Schwiegermutter.

»Also, warum verschwende ich dann meine kostbare Zeit hier?« Cassandra war ganz die Tochter ihrer Mutter.

Alex schnalzte ungeduldig mit der Zunge und sah auf seine Uhr. Bestimmt fing gerade irgendwo auf der Welt ein Fußballspiel an, das ein Satellitensender zeigte und das er sehen wollte, egal ob es in den Anden, in Timbuktu oder der vietnamesischen Provinz stattfand, und er musste sich hier mit seiner Sippschaft herumschlagen! Mit säuerlichem Gesicht berichtete er seiner Schwester von Margrets mehrfachen Stürzen und Helgas Vorschlag, ein Doppelapartment im Haus Sonnenblume zu beziehen.

Seine Mutter sah währenddessen missbilligend drein, ließ ihn aber ausreden – ganz wie es ihr die Wennel'sche Erziehung gebot. Als er fertig war, blickte sie Cassandra um Verständnis heischend an.

»Du verstehst sicher, dass ich auf keinen Fall in eine solche Anstalt gehe, meine Liebe.«

»Es ist doch keine Anstalt!«, entfuhr es mir, obwohl ich mir vorgenommen hatte, mich nicht einzumischen. »Jetzt übertreibst du aber maßlos!«

Margret strafte mich mit einem bösen Blick. »Elisabeth,

überlass das bitte meinen Kindern und mir. Du kannst diese Problematik mit deinen eigenen Eltern diskutieren, die, wie ich neulich mitbekommen habe, wesentlich mehr gesundheitliche Probleme als ich haben. In meine Angelegenheiten musst du dich nicht einmischen. Ich respektiere ja auch deine Privatsphäre.«

Ha! Das war ja wohl die Höhe.

»Nun, Mutter«, warf meine Schwägerin ein, bevor ich etwas erwidern konnte, »dann lass uns über Alternativen nachdenken. Ich gebe Alexander recht, dass du nicht jünger wirst. Natürlich bist du mit deinen fünfundsiebzig Jahren noch sehr fit, aber das Haus ist groß, und wer weiß, wie lange du alles noch in Schuss halten kannst.«

»Cassandra! Willst du mir etwa unterstellen, ich sei gebrechlich?« Margret sah ziemlich aufgebracht aus, was Cassi registrierte und diplomatischer werden ließ.

»Natürlich nicht. Wir wären einfach nur ruhiger, wenn wir dich gut aufgehoben wüssten. Es ist offensichtlich Fakt, dass du mehrfach gestürzt bist. Vielleicht solltest du in Erwägung ziehen, nicht mehr allein zu wohnen, zumal wir alle nicht so viel Zeit haben, um ständig bei dir vorbeizuschauen. Oder wie wäre es mit einer Haushälterin, die täglich nach dir sieht?«

Alex sah wieder auf seine Uhr. »Sie will keine Fremden im Haus«, sagte er ungeduldig. »Also fällt Essen auf Rädern oder dergleichen auch aus.«

»Ich bitte dich!« Meine Schwiegermutter sah entrüstet aus. »Ich bin doch nicht pflegebedürftig!«

Cassi seufzte. »Mama, ich muss gleich weg. Ich finde Alexanders Vorschlag, sich Helgas Seniorenresidenz anzusehen, ganz gut. Unverbindlich, natürlich«, fügte sie rasch hinzu, als sie den Gesichtsausdruck ihrer Mutter sah. »Sagen wir, übermorgen in der Mittagspause? Morgen hab ich keine Zeit.« Sie blickte zu Alex, der erleichtert nickte.

»Aber …«, protestierte Margret, der es natürlich gar nicht passte, dass ihre Tochter in die gleiche Bresche schlug wie ihr Sohn, »… aber ich möchte betonen, dass ich überhaupt nicht vorhabe …«

Weiter kam sie nicht, denn mein Mann sprang plötzlich wie von der Tarantel gestochen auf und fiel ihr ins Wort. »Dann ist das beschlossene Sache. Wir fahren übermorgen Mittag gemeinsam zum Haus Sonnenblume. Seid mir nicht böse, aber ich habe etwas im Büro vergessen und muss noch einmal dringend hin. Cassandra, kannst du Mutter nach Hause fahren?«

Meine Schwägerin schüttelte den Kopf. »Ich muss in eine ganz andere Richtung und bin sowieso schon spät dran. Mama, Elisa kann dir doch ein Taxi bestellen, oder?«

Alex küsste sie zum Abschied auf die Wange. »Das ist nicht nötig. Elisa kann Mutter schnell nach Hause fahren. Ein Taxifahrer würde sie ja auch nicht bis zur Haustür begleiten und nach dem Rechten sehen.«

Schön, dass ich so nett gefragt wurde.

Und interessant, dass mein Mann doch kein Fußballspiel in Anatolien oder Kambodscha sehen wollte, sondern plötzlich noch mal ins Büro musste.

»Natürlich fahre ich nicht mit dem Taxi! Nachher gerate ich noch an so einen Taxifahrermörder, der mich ausraubt, vergewaltigt und ersticht.« Meine Schwiegermutter hatte offensichtlich genug Krimis gesehen, um sich auszukennen.

»Gerade neulich sah ich einen Bericht im Fernsehen, welche Tricks diese Leute anwenden. Sie verschließen von innen alle Türen des Wagens, sprühen einem Chloroform ins Gesicht und fahren mit ihren Opfern in einen dunklen Wald. Und nach Jahren findet man dann dort zerstückelte Körperteile, die so verwest sind, dass die DNA-Spezialisten ein Freudenfest veranstalten, weil sie endlich wieder eine knifflige Aufgabe zu lösen haben …«

Cassandra sah Alexander vielsagend an. »Und du meinst, das Doppelapartment im Haus Sonnenblume ist eventuell noch frei?«, fragte sie, um einen neutralen Tonfall bemüht.

Ich ahnte, dass sie von nun an genauso wie ich nie wieder sorglos in ein Taxi steigen würde.

Keine fünf Minuten später waren die beiden verschwunden. Mir fiel auf, dass ich von meinem Mann den gleichen liebevollen Kuss bekommen hatte wie von Cassi. Die Luft hinter meinem linken Ohr vibrierte von Chanel- und Boss-Düften. Ich schnappte mir den Autoschlüssel und gab Margret ihren Trenchcoat.

»Das hast du ja fein hingekriegt«, sagte die schnippisch. »Jetzt muss ich mir dieses Altersheim ansehen, obwohl ich morgen zur Maniküre wollte. Die Wennels waren niemals in irgendwelchen Anstalten, merk dir das bitte.«

Mir blieb wieder die Luft weg, aber leider konnte ich nicht antworten, denn in diesem Moment kam Rick durch die Tür.

»Hi.«

Ich wollte ihm einen Begrüßungskuss geben, aber der landete hinter seinem linken Ohr. Aha, das P-Alien hatte wie immer Oberhand. Anschließend wurde ich Zeugin eines herzlichen Enkel-Oma-Gesprächs, oder sollte ich sagen, Alien-Oma-Gesprächs? Margret stürmte auf Rick zu, der entsetzt zwei Schritte zurückwich.

»Richard!«

»Oma.«

»Wie geht's dir?«

»Läuft.«

»Isst du genug?«

»Jap.«

»Du siehst so dünn aus.«

»Nö.«

»Richard …«

»Rick! Wann kapierst du das, Oma?«

»Ich würde es bevorzugen, wenn du mich Großmutter nennen könntest. Oma klingt irgendwie so … alt.«

»Du *bist* alt, Oma.«

»Richard!«

»Nur Rick. Dann sag ich auch nicht mehr Oma. Deal?«

»Wie bitte?«

»Haben wir einen Deal? Eine Abmachung?«

»Eine Abmachung? Also gut … Haben wir.«

»Give me five!«

»Wie bitte?«

»Gib mir fünf!«

Rick hielt seine Hand zum Abklatschen hin, und meine Schwiegermutter griff in ihre Manteltasche. Sie kramte einen Fünf-Euro-Schein daraus hervor.

»Hier. Mehr gibt es auch nicht. Ich finde es ziemlich ungezogen, einfach so Geld zu fordern, aber für deine Erziehung sind deine Eltern verantwortlich, vor allem deine Mutter!«

»Margret, er wollte kein Geld von dir, sondern eure Abmachung durch Abklatschen besiegeln«, erklärte ich.

Rick grinste und steckte den Geldschein schnell in seine Hosentasche. »Mams hat recht, aber ich sage nicht Nein. Danke, Oma.«

»Gern geschehen, Richard.«

So viel zum Thema Abmachungen.

Kapitel 4

»Wenn ich die Firma erbe, dann arbeite ich von elf bis fünfzehn Uhr, drei Tage die Woche.«

RICK

Während der Fahrt zu Schwiegermutters Haus waren meine Gedanken bei Alexander und seinem plötzlichen Verschwinden. Normalerweise hätte ich mir nicht viel dabei gedacht, aber seitdem die *Strangers* Besitz von seinem Handy ergriffen hatten, ertappte ich mich dabei, gewisse Sachen ganz anders zu sehen als zuvor. Roch er nicht auf einmal verdächtig gut? War er schon immer so perfekt rasiert? Hatte er beim letzten Sex die Augen zu, damit er meinen Anblick nicht ertragen musste?

»Hast du dir Helgas Prospekt von diesem Sonnenblumenhaus mal genauer angesehen?«, fragte Margret in meine Gedanken hinein. »Hat man da tatsächlich noch seine Privatsphäre?«

Ich sah meine Schwiegermutter überrascht von der Seite an. Nach den kleinen und großen Hieben gerade hätte ich jetzt nicht erwartet, dass sie ausgerechnet mich darauf ansprach und auch noch recht interessiert aussah.

»Ja, das wurde sogar darin betont. Das Haus sieht sich als eine Art Pension oder Dauerhotel für Senioren, in dem neben den normalen All-inclusive-Leistungen auch medizinische Betreuung und – wo es benötigt wird – Pflege rund um die Uhr angeboten wird. Die Bewohner wählen zwischen Einzel- und Doppelapartments mit Bad und Kochecke, obwohl es auch ein großes Restaurant gibt. Es hört sich wirklich sehr nett an …« Ich unterbrach mich kurz, weil ich eigentlich einen keifenden Kommentar erwartete, aber der blieb dieses Mal aus. »Bist du denn nicht da gewesen?«, fragte ich vorsichtig. »Helga wollte doch, dass du mit ihr hingehst.«

Margret schüttelte den Kopf. »Ich hatte zu tun. Aber dass sie auf Privatsphäre großen Wert legen, das ist gut. Haben sie auch einen Sicherheitsdienst?«

»Das weiß ich nicht, zumindest ist Tag und Nacht jemand vom Betreuungspersonal im Haus«, antwortete ich.

Die Patronin nickte. Dann wechselte sie plötzlich das Thema. »Sag mal, Elisabeth, arbeitet mein Sohn immer so viel? Er muss aufpassen, dass er nicht am Brenn-aus-Syndrom erkrankt. Totale Erschöpfung, verstehst du? In seiner Position passiert das vielen. Du solltest mehr auf ihn achten.«

»Ich bin mir nicht sicher, ob er wirklich arbeitet«, rutschte es aus mir heraus.

»Wie bitte? Was soll er denn sonst im Büro tun? Er ist selbstständig. Sein Vater war auch immer beschäftigt, als er die Firma noch leitete. Das hat ihn letztlich viel zu früh ins Grab gebracht.«

Eine Pause entstand, in der jede von uns ihren Gedanken nachhing. Ich atmete tief durch, dann entschloss ich mich, die Frage zu stellen, die mir die ganze Zeit schon auf den Lippen brannte.

»Meinst du, man könnte Alex zutrauen, sich für andere Frauen zu interessieren?«

Meine Schwiegermutter schnalzte mit der Zunge. »Mein Sohn? Er ist ein Wennel! Wie kommst du auf diese absurde Idee? Die Wennel-Männer sind Ehrenmänner. Familie geht ihnen über alles. In dieser Tradition habe ich ihn erzogen – und ich hoffe, dass du es bei meinem Enkel genauso tust. Im Grunde genommen ist deine Frage eine Beleidigung unseres guten Namens!«

Ich versteifte mich hinter dem Lenkrad. Das war wieder die alte Patronin. Für sie bestand die Welt nur aus den Wennel'schen Gesetzen und Traditionen. Sie konnte sich offenbar nicht vorstellen, dass etwas nicht nach diesem großartigen Plan lief. Ich biss mir auf die Lippen und sagte nichts mehr, bis wir vor Margrets Haustür ankamen.

Sie wartete seelenruhig, bis ich um den Wagen herumging und ihr die Tür aufhielt. Dann lief sie erhobenen Hauptes vor, und ich folgte ihr wie eine Zofe bis zum Eingang.

»Geh doch hinein, und mach in den Räumen alle Lichter an«, sagte meine Schwiegermutter im Befehlston und reichte mir die Schlüssel. »Ich habe gelesen, dass die neueste Masche der Einbrecher darin besteht, in der Wohnung der Opfer auf sie zu warten. Falls du überfallen wirst, schrei bitte laut, damit ich die Polizei rufen kann. Aber zieh deine Schuhe vor der Tür aus, die Teppiche sind frisch gereinigt.«

Das war äußerst beruhigend. Falls man mich umbrachte, würde nur mein Blut Margrets Teppich ruinieren, nicht aber der Dreck unter meinen Schuhen. Sie schaffte es tatsächlich, dass mir mulmig zumute wurde. Glücklicherweise wartete jedoch kein Verbrecher auf uns. Bevor ich ging, ließ ich alle Rollläden hinunter und vergewisserte mich, dass meine Schwiegermutter ihre Haustür von innen sorgfältig verriegelte. Als ich kurz danach wieder wohlbehalten im Auto saß, beschloss ich, Alex im Büro anzurufen. Nach fünfmaligem Klingeln nahm er endlich ab.

»Wennel.«

»Hallo, Schatz, ich bin's«, flötete ich. »Ich habe gerade Margret nach Hause gebracht. Vielleicht zieht sie die Seniorenresidenz doch noch in Erwägung.«

»Aha. Gut.«

»Soll ich uns noch eine Pizza besorgen? Du kommst doch sicher bald nach Hause?«

»Äh … Das dauert … Muss noch was überarbeiten …«

Klang seine Stimme irgendwie anders als sonst? Okay, Telefonieren ist noch nie Alex' Stärke gewesen. Bei uns zu Hause ging er prinzipiell nicht an den Festnetzanschluss – mit der Begründung, es sei sowieso nicht für ihn. Und bei den Telefonaten, die wir führten, wenn er auf einer seiner Geschäftsreisen weilte, lautete stets seine Devise: Je kürzer die Sätze und einsilbiger die Antworten, desto schneller kann man auflegen.

»Wenn sonst nichts ist … Bis nachher.«

Es klackte. Alexander hatte aufgelegt.

Es war seine übliche Verabschiedungsart, die ich sonst eigentlich als liebevoll empfand, weil er immerhin mit einer Floskel das Gespräch beendete und nicht einfach wortlos auflegte wie Markus, der Mann einer früheren Arbeitskollegin, ein richtiges Ekelpaket.

Trotzdem bimmelte wieder das Glöckchen in meinem Kopf. War da ein komischer Unterton in seiner Stimme?

Hatte Alex wirklich zu tun, oder war das nur eine Ausrede? War er allein? Befand sich mein Mann überhaupt im Büro, oder hatte er nur die Anrufweiterleitung aktiviert?

Ich beschloss, das zu überprüfen – ich würde Alexander einen Überraschungsbesuch in der Firma abstatten. Doch dafür brauchte ich einen Vorwand. Einfach so dort aufzutauchen wäre viel zu auffällig. Ich war schon eine Ewigkeit nicht mehr in seinem Büro gewesen. Und was sollte ich sagen? »Hi, Schatz, ich wollte nur mal nachsehen, ob du vielleicht eine Affäre hast, weil du genau wie die italienischen Kellner bei Giovanni festgestellt hast, dass ich eine alte Schachtel geworden bin«, war als Eröffnungspointe vielleicht ein wenig zu drastisch.

Dann kam mir eine Idee: Was, wenn unser Kind plötzlich seinen Papa bei der Arbeit überraschen wollte? Rick war genau wie ich schon seit Urzeiten nicht mehr in Alex' Büro gewesen.

Grandios, Elisa.

Jetzt musste ich nur noch den kleinen Rick dazu bringen, Alex ganz plötzlich zu vermissen und besuchen zu wollen. Ich ahnte, dass ich dafür tief in der Trickkiste kramen oder auf das gute alte Erziehungsmittel Erpressung würde zurückgreifen müssen.

Als ich die Haustür aufschloss, empfing mich gespenstische Stille.

»Rick?«, rief ich.

Keine Antwort.

Obwohl er auf dem Pubertätsraumschiff weilte, würde er es nicht wagen, einfach so abends auszugehen, ohne mir Bescheid zu sagen, dachte ich.

Oder etwa doch?

Ich rief noch einmal: »Rick! Hallo! Bist du in deinem Zimmer?«

Wieder nichts.

»Riiiiick!«

Kein Mucks.

So wirst du nur heiser, Elisa, denk an die Trickkiste, dachte ich.

»Welche Pizza möchtest du? Ich bestelle gerade!«

Es war gar nicht nötig zu rufen. »Schinken, Champignons, Salami!«, ertönte plötzlich die liebliche Stimme meines Sohnes.

Schau an. Aliens aßen also auch gern Pizza und waren keineswegs taub.

Jetzt stellte ich mich dumm. »Ich verstehe kein Wort! Du musst schon herunterkommen!«

Eine Tür schlug zu, eilige Schritte auf der Treppe kündigten die Ankunft des P-Aliens an.

»Bei welchem Italiener bestellen wir?«

Rick sprach tatsächlich einen ganzen Satz, das war gut. Es hätte nämlich sein können, dass er nur seine Bestellung aufgab und sich wieder verzog. Alles schon mal dagewesen.

»Pizzeria Roma. Die liegt auf dem Weg zu Papas Büro. Er muss noch arbeiten, wir bringen ihm die Pizza vorbei«, erklärte ich.

»Das kannst du allein machen. Ich bleib hier«, sagte Rick. »Schinken, Champignons, Salami, XXL.«

Ich seufzte. Hatte ich wirklich geglaubt, er würde sofort freudestrahlend Ja rufen? Die Zeiten waren seit Jahren vorbei. Irgendwann hatte Rickyboy nämlich geschnallt, dass nicht jeder Einkauf ein großes Abenteuer war, wie ich ihm vor jedem Supermarktbesuch vorzumachen versucht hatte.

»Ach komm! Wer weiß, wann Papa heute Abend heimkommt. Dann siehst du ihn noch vor dem Schlafengehen«, startete ich einen weiteren Versuch.

Mein Sohn sah mich an, als hätte ich den Verstand verloren. »Hä? Ich weiß auch so, wie er aussieht. Ich bleib hier.«

»Nein, die Pizza gibt es nur im Büro«, sagte ich streng.

»Wieso das denn? Warum müssen wir dahin? Er kann sich doch die Pizza liefern lassen.«

»Wir überraschen ihn. Das ist doch mal 'ne gute Idee, oder?«

»Ich will ihn nicht überraschen! Das ist total verrückt!«

Konnte ich einem Vierzehnjährigen sagen, dass die Pizza nur ein Vorwand war und ich seinen Vater nur kontrollieren wollte? Und dass ich ihn als Köder brauchte? Ich fürchtete, dass Rick weder als Köder noch als Komplize geeignet war und mir bei der nächstbesten P-Alien-Gelegenheit eins auswischen und alles ausplaudern würde. Das war zu riskant. Ein Agent ging mit Sicherheit anders vor.

»Hör mal, ich diskutier nicht mit dir. Dein Vater arbeitet viel und hart«, begann ich. Hoffentlich bezieht sich das »viel und hart« nur auf die Arbeit und nicht auf die Aktivitäten eines gewissen Körperteils, dachte ich kurz, bevor ich nachsetzte: »Wir gehen jetzt zu ihm und essen zusammen eine Pizza. Als Familie. Ein Pizzafamilienarbeitsessen sozusagen.«

Das P-Alien bekam einen trotzigen Gesichtsausdruck. »Ey, Mama, das ist voll bescheuert. Ohne mich!«

Okay, jetzt kam der trotzige Pubertätsanfall, darauf war ich schon vorbereitet. Ich musste ihn im Keim ersticken und meinen »Trumpf des Tages« ausspielen, und dieser hieß heute: Pizza schlägt Butterbrot. Bei Rick stand Essen nämlich immer an erster Stelle.

»Es ist ganz einfach: Willst du eine Pizza, dann kommst du jetzt mit. Wenn nicht, dann mach dir ein Brot. Ich bin weg.«

Ich drehte mich um und betete, dass ich recht hatte. Ohne Rick würde meine »Überraschungsaktion« ins Wasser fallen. Einen Plan B hatte ich nicht.

»Das ist so doof von dir! Du bist echt gemein!«, schrie mein Sohn.

Ich hielt den Atem an und machte einen weiteren Schritt in Richtung Haustür.

»Ich komme mit, aber nur, weil ich ein warmes Essen brauche! Das ist so eine blöde Aktion!«

Yesss!

Mit Pizzakartons und Getränken bewaffnet, kamen wir vor dem grauen Gebäudekomplex an, wo Alex' Firma im zweiten Stock untergebracht war. Ich griff nach dem Reserveschlüssel, den mein Mann zu Hause aufbewahrte, öffnete zuerst die untere Eingangstür, dann das Schloss am Fahrstuhl, um diesen in Gang zu setzen. Rick schwieg die ganze Zeit und versuchte missmutig, die duftende Pizza zu ignorieren. Ich nahm an, dass ihn nur der Hunger davon abhielt, mir hier und jetzt eine Szene zu machen.

Wir stiegen aus. Ich musste einen Moment überlegen, hinter welcher grauen Tür in dem schmalen Gang sich das Büro meines Mannes befand. Das letzte Mal war ich dort gewesen, als Rick noch die Grundschule besuchte.

»Sind wir endlich da?« Das P-Alien ließ sich zu einem weiteren vollständigen Satz herab, funkelte mich aber wütend dabei an. »Das ist so eine Zeitverschwendung! Ich muss noch voll viel für die Schule tun!«

Ist klar, dachte ich. Erzähl das mal deiner Großmutter, oder seit wann steht »voll viel Facebook« auf dem Stundenplan deutscher Schulen?

Eine Tür ging auf, und eine dunkelhaarige junge Frau kam heraus. Sie sah uns überrascht an. »Kann ich Ihnen irgendwie helfen? Wie sind Sie überhaupt hier hereingekommen?«

»Durch die Tür«, brummte mein Sohn, und bevor ich etwas hinzufügen konnte, kam hinter der Frau mein Gatte zum Vorschein. Bei unserem Anblick riss er die Augen weit auf.

»Elisa? Rick? Was macht ihr denn hier? Ist was passiert? Wo ist Mutter?«

»Überraschung!«, rief ich übertrieben laut.

Und dann registrierte ich zwei Dinge: Erstens, mein Mann war zwar im Büro, aber nicht allein, und zweitens, die Dunkelhaarige war nicht nur jung und hübsch, sondern auch elegant gekleidet. Ich merkte, dass sie mich von oben bis unten musterte, und ärgerte mich, dass ich nur Jeans, Strickpullover und Turnschuhe trug.

»Wir haben Pizza mitgebracht! Und Rick wollte dir gute Nacht sagen!«

»Wollte ich gar nicht!«, protestierte mein Sohn. »Was erzählst du denn für 'n Mist?«

»Das muss dir nicht peinlich sein, Schatz. Papa freut sich doch.« Ich gebe zu, das war ziemlich fies von mir, aber ich musste mir von ihm auch einiges gefallen lassen, und jetzt brauchte ich Rick einfach als Alibi. »Ihr habt bestimmt beide Hunger?«

Das war das richtige Stichwort. Rick verstummte nickend, und Alex setzte ein gequältes Lächeln auf. »Frau Feldhoff, wir machen dann gleich weiter. Eine Viertelstunde Pause«, sagte er zu der Dunkelhaarigen, deren Blick ich nicht deuten konnte.

»Ach so, ja … natürlich, Herr Wennel«, antwortete sie und strahlte Alexander an. Etwas zu übertrieben für meine Begriffe.

»Übrigens: Das sind meine Frau und mein Sohn. Elisa, Rick – das ist unsere neue Mitarbeiterin aus der Marketingabteilung, Fiona Feldhoff. Ich glaube, ihr kennt euch noch nicht.«

Immerhin, man siezte sich. Zumindest vor mir.

»Wennel.« Ich gab Fiona Feldhoff die Hand und hinterließ eine kleine Tomatensaucespur auf ihren Fingern, was mir sonderbarerweise eine große innere Befriedigung verschaffte. »Entschuldigung, die Pizzakartons sind nicht dicht, fürchte ich …«

Sie nickte. »Ich geh dann mal. Sie sagen mir Bescheid, wann wir weitermachen, Herr Wennel?«

»Es dauert nicht lange.«

Während ich noch überlegte, ob das ein Geheimcode für »Gleich machen wir mit dem Liebesspiel weiter, sobald meine Alte das Feld geräumt hat« war, rauschte Frau Feldhoff von dannen, und wir drei marschierten in Alex' Büro.

»Es ist nett, dass ihr das macht, aber es wäre nicht nötig gewesen. So einen großen Hunger hab ich gar nicht«, sagte

Alexander. »Außerdem mag ich keine Unterbrechungen bei der Arbeit.«

Unser Sohn grinste triumphierend. »Siehst du. Das war eine blöde Aktion, hab ich dir gleich gesagt. Lass uns die Pizza mitnehmen und wieder fahren. Weißt du, Papa, das mit dem Gutenachtsagen war Mamas bescheuerte Idee. Die wird echt komisch auf ihre alten Tage, das musst du doch jetzt mal zugeben.«

Wenn ich erwartet hatte, dass mein Mann die glänzende Ritterrüstung anlegte und mich glühend verteidigte, dann war ich auf dem Holzweg. Die zwei sahen sich an, als würden schon die Männer mit den Zwangsjacken auf mich warten, und machten sich dann einträchtig über die Pizza her.

»Na ja, die Idee war sicher gut gemeint, aber es war absolut unnötig«, meinte Alex kauend. »Ich verreise schließlich erst nächste Woche wieder.«

Davon wusste ich zwar noch nichts, aber momentan beschäftigte mich etwas anderes: Ich versuchte so unauffällig wie möglich, das Büro in Augenschein zu nehmen und mögliche verdächtige Spuren auszumachen. Alexanders Schreibtisch sah ziemlich chaotisch aus, die Papiere darauf gaben jedoch keine Hinweise auf nackte Körper, die sich hier leidenschaftlich herumgewälzt hatten. Auch der Besprechungstisch sah harmlos aus, wobei dort vermutlich nur eine DNA-Analyse geholfen hätte. Ich ärgerte mich, keine Gummihandschuhe und Plastikbeutel mitgenommen zu haben, um ein paar Beweisstücke einzusammeln. Allerdings wurde mir schlecht bei dem Gedanken, dass ich gerade hier meine Thunfischpizza verzehrte.

Andererseits konnte ich mir Alexander beim Sex nicht auf einem Aktenstapel oder einem harten Tisch vorstellen. Selbst der kleine Teppich sah nicht einladend aus – vermutlich scheuerte man sich da die Knie auf. Ich nahm mir vor, in der Nacht nicht nur Alex' Handy, sondern auch seine Knie genauer anzusehen. Jetzt konnte ich nur eine theoretische Befragung durchführen und versuchen, zwischen den Zeilen zu lesen.

»Sind noch mehr Mitarbeiter um diese Uhrzeit hier?«, begann ich scheinbar harmlos mein Verhör, obwohl ich am liebsten eine Hundert-Watt-Birne, wenn man sie noch bekommen würde, auf das Gesicht meines Gatten gerichtet hätte, damit mir bloß keine Regung entging.

»Der Reschke ist vorhin nach Hause gegangen, alle anderen sind natürlich schon lange weg. Du weißt doch, wie das ist: Ein guter Chef geht immer erst nach seinen Angestellten«, antwortete Alexander mit vollem Mund. Schwiegermutter hätte glatt wieder meinen schlechten Einfluss bemängeln können.

»Wenn ich die Firma erbe, dann arbeite ich von elf bis fünfzehn Uhr, drei Tage die Woche«, verkündete Rick und trank einen Schluck Cola. »Die Angestellten müssen natürlich die volle Zeit bleiben.«

Alex und ich wechselten einen belustigten Blick. Das konnte ja heiter werden. »Vorausgesetzt, dass du die Firma erbst«, verbesserte Alexander. »Ich überlasse sie dir nur, wenn du vorher ein Studium abgeschlossen und gelernt hast, wie man ein Unternehmen leitet.«

»Wozu denn? Für die Drecksarbeit hat man doch seine Leute. Ich zähl die Kohle und geb sie aus. Also, sieh zu, dass hier genug Kapital drinsteckt, bevor du dich verabschiedest.« Unser Sohn grinste und bediente sich ungefragt an meiner Pizza. »Ein Glück, dass du Tante Cassi ausbezahlt hast, Papa, denn falls sie schwanger werden sollte, würden ihre Kinder hier auch noch mitreden. Ich bin lieber der alleinige Juniorchef!«

»Es sei denn, du bekämst noch ein Geschwisterchen«, sagte ich.

»Was? Bloß nicht! Das wär voll peinlich! Du bist doch uralt!«, rief Rick entrüstet.

Jetzt wurde ich trotzig. Mein lieber Göttergatte tat nämlich nichts, um meine Jugendlichkeit zu bezeugen. Ich fragte mich, ob er vielleicht insgeheim überlegte, dass alte Mütter zwar peinlich, alte Väter jedoch immer mehr auf dem Vormarsch waren, wie uns die Promis weismachten. Wer sich eine junge zweite Ehefrau suchte, schien seinen Daseinsberechtigungsschein als Oldie-Dad zwangsläufig zu erhalten, ganz egal, ob er den Abiball seines Nachwuchses noch auf Erden erlebte oder nicht.

»So ein Quatsch!«, protestierte ich daher. »In Italien hat letztens sogar noch eine Siebzigjährige ein Baby bekommen.«

»Das ist einfach nur ekelhaft«, meinte Rick.

»Ja, pervers ist das«, stimmte ihm Alexander zu.

Ich wollte erst erwidern, dass nie jemand die siebzigjährigen frischgebackenen Väter als pervers bezeichnete, aber für so eine schwachsinnige Diskussion war ich nicht hergekommen, daher beschloss ich, den Faden wieder aufzunehmen und mein diplomatisches Verhör fortzusetzen.

»Sag mal, Alex, muss die arme Frau Feldhoff eigentlich

deinetwegen so lange hier bleiben?«, fragte ich scheinheilig. »Sie hat doch sicher auch längst Feierabend, oder?«

Ich beobachtete genau das Gesicht meines Mannes und meinte, einen Wimpernschlag zu viel gesehen zu haben. Hatte nicht letztens ein Mentalist im Fernsehen erzählt, dass sich dadurch Lügner selbst entlarvten?

»Wir bereiten gerade den neuen Kundenkatalog vor, deshalb muss F. F. Überstunden machen.«

»F. F.?«

Alexander grinste. »Fiona Feldhoff – F. F. So nennen wir sie hier.«

Ich fand, dass das F. F. aus seinem Mund irgendwie zärtlich klang. Mich hat er noch nie mit meinen Initialen genannt. E.W. hörte sich aber auch nicht halb so erotisch wie F. F. an, das musste ich zugeben.

»Die Überstunden machen ihr aber nichts aus, F. F. ist Single.«

Danke, das war genau die Information, die ich jetzt gar nicht gebrauchen konnte! Jung, hübsch und Single. Das Einzige, was mich beruhigte, war ihre dunkelbraune Haarfarbe, denn Alexander war bekennender Blondinenfan.

»Sie ist nett.« Rick, der sonst alle Erwachsenen ätzend oder langweilig fand, fiel mir also auch noch in den Rücken.

»Das kannst du doch gar nicht beurteilen!«, entrüstete ich mich. »Sie hat dir nur Hallo gesagt.«

Und dann schoss mein Gatte den Vogel des Abends ab.

»Er meint das sicher anders. Kannst ruhig zugeben, dass F. F. ziemlich gut aussieht, Ricky. Du kommst jetzt in ein Alter, wo einem junge, attraktive Frauen auffallen.«

Rick und ich liefen gleichzeitig knallrot an, wenn auch

aus verschiedenen Gründen. Mir blieb vor Wut die Pizza im Hals stecken, während unser Sohn seinen Kopf vor Scham in den Karton steckte.

»Können wir jetzt endlich gehen? Ihr nervt!«, murmelte er.

Ich nahm einen Schluck Cola und versuchte ruhig zu bleiben. »Alex, sagtest du vorhin, dass du bald wieder auf Geschäftsreise gehen musst?«

Mein Mann nickte. »Mhm«, murmelte er mit vollem Mund. »Für vier Tage.«

»Wohin?«

»Paris.«

Paris? Die Stadt der Liebe? Funkelnder Eiffelturm, romantische Seine-Brücken, Shoppingparadies?

»Ich komme mit«, sagte ich spontan.

»Ja, ja!«

»Nein, nein!«

Rick und Alexander sprachen gleichzeitig. Ich musste gar nicht erst überlegen, wer was gesagt hatte. Das P-Alien wollte mich eindeutig loswerden, während mein Gatte gar nicht erbaut war!

»Was bitte, heißt ›Nein, nein‹?« Ich merkte selbst, dass meine Stimme ziemlich schrill klang.

»Aber, Elisa, Rick kann doch nicht vier Tage lang allein zu Hause bleiben. Er ist noch minderjährig.«

Ich fand Alex' Erklärung ziemlich fadenscheinig. »Na und?« Unser Sohnemann schien Freiheit zu wittern, daher würde er nicht so schnell aufgeben. Ich übrigens auch nicht. »Er hat Großeltern und Patentanten.«

Rick spuckte ein Stück Pizza aus. »Keine Patentanten! Keine Großmütter mit Hut! Und deine Eltern sind bestimmt sowieso nicht da. Kann ich nicht bei O. J. schlafen?«

O. J. hieß Otto Josef Harich und war seit einem Jahr Ricks bester Freund. Seine Eltern mussten wohl in einem Zustand geistiger Umnachtung gewesen sein, als sie dem armen Kind diese beiden Vornamen gegeben hatten. Otto Josef ließ sich laut Legende in Kindergarten und Grundschule so lange von den anderen Kindern hänseln, bis er in der dritten Klasse mit Judo anfing und gleichzeitig herausfand, dass Hape Kerkeling eigentlich Hans-Peter hieß, JLo für Jennifer Lopez stand und es in den USA einen gewissen O. J. Simpson gab, der von seinen Eltern eigentlich Orenthal James genannt worden war. Otto Josef war tot, O. J. war geboren. Wer ihn noch Otto Josef nannte, lebte gefährlich.

Ich mochte Ricks besten Freund nicht besonders, auch wenn ich nicht genau sagen konnte, warum. Vielleicht lag es daran, dass O. J. so übertrieben höflich war. Ich hatte stets das Gefühl, er führe etwas im Schilde. Möglicherweise mochte ich aber auch nicht sein überproportional großes Selbstvertrauen. Wenn O. J. bei uns zu Gast war, bediente er sich ungefragt am Kühlschrank, lümmelte sich auf dem Wohnzimmersofa herum und ging sogar ans Telefon. Ich stand jedes Mal kurz davor zu explodieren, wenn er das tat. Nur um ihn zu ärgern, nannte ich ihn daher hin und wieder Otto, manchmal sogar Oh.Jot, und freute mich innerlich wie ein Kleinkind, wenn er dann rot anlief und mich überaus höflich daran erinnerte, er wolle doch O. J. genannt werden. Hi, hi, hi.

»Übernachtungen bei Freunden unter der Woche sind tabu, das weißt du doch«, gab ich deshalb energisch zurück.

Ottos Eltern waren beide berufstätig, und ich traute ihnen nicht zu, dafür zu sorgen, dass mein P-Alien um zehn Uhr im Bett liegen würde. Ich war sicher, dass O. J. schon lange selbst bestimmte, wie sein Tag ablief.

»Papa?«, wandte sich Rick Hilfe suchend an Alexander. »Das wär doch eine Ausnahme, oder?«

»Keinesfalls«, mein Göttergatte gab mir recht. Doch bevor ich ihn dankbar anlächeln konnte, fuhr er fort: »Deshalb wäre es wirklich besser, wenn du zu Hause bleiben würdest, Elisa.«

Na, toll. Ich biss mir auf die Unterlippe, fest entschlossen, mir Paris nicht so schnell durch die Lappen gehen zu lassen.

»Wir schauen mal. O. J. kommt nicht infrage, aber ich werde mit Cassi oder deinen Großeltern reden. Irgendjemanden finden wir bestimmt.«

Kapitel 5

»Ein wenig frische Liebesbrise könnten unsere Beziehungsmottenkugeln sicher vertragen.«

ELISA

Tut mir leid«, winkte Cassandra ab, als würde sie ein lästiges Insekt vertreiben. »Du weißt, ich bin immer für mein Patenkind da, aber für vier Tage zu euch zu ziehen, das geht gar nicht. Das ist viel zu weit von meinem Büro entfernt. Ich muss Tag und Nacht abrufbereit sein.«

War sie unter die Notärzte gegangen? Mir lag eine bissige Bemerkung auf der Zunge, denn ich konnte mir nicht vorstellen, dass sie in einem Lebensmittelkonzern Nachtbereitschaft hatte, aber ich wollte mir die Paris-Chancen nicht verbauen.

»Dann könnte Rick so lange bei dir bleiben«, gab ich daher freundlich zurück. »Zur Schule würde er eben den Bus nehmen.«

Meine Schwägerin fuchtelte wieder mit dem Arm, als wäre ich eine Fliege. »Nein, das geht wirklich nicht. Du musst das verstehen, Elisa. Mein Penthouse ist nicht kindersicher ausgestattet.«

»Rick ist vierzehn. Du musst kein Treppengitter aufstellen, einen Steckdosenschutz kannst du dir auch sparen.«

Langsam wurde ich sauer. Ein kindersicheres Penthouse? Die hatte sie doch nicht alle! »Er kann auch schon allein Treppen steigen und muss nicht mehr gewickelt werden. Du hast doch ein Gästezimmer. Rick braucht ein Bett, einen Tisch, einen Stuhl, einen Fernseher und einen Computer. Und jede Menge Essen. Du musst auch nicht auf den Spielplatz mit ihm.«

Cassandra sah auf die Uhr. »Mein Gästezimmer ist derzeit vollgestopft mit wichtigen Sachen und daher nicht begehbar. Tut mir leid, sonst immer gern, das weißt du doch, Elisa. Alexander? Können wir? Es ist schon spät, und ich habe gleich noch ein Meeting. Hoffentlich sind wir schnell fertig. Mutter will doch sowieso nicht in diesen Kasten ziehen. Eher bringt sie Tante Helga noch von ihrem Vorhaben ab.«

Alex kam die Treppe herunter und nickte mir zu. »Wir sind dann wie besprochen mit Mutter im Haus Sonnenblume. Von da aus fahre ich direkt wieder ins Büro. Es wird wahrscheinlich spät heute Abend.« Ein flüchtiger Kuss, und weg waren sie.

Ich kochte vor Wut. Paris schien gerade weiter entfernt als Australien. Ich konnte nicht glauben, dass niemand bereit war, vier Tage auf unseren Sohn aufzupassen. Meine Eltern hatten spontan eine Last-Minute-Flusskreuzfahrt auf der Donau gebucht, Karina war mit Pudelproblemen beschäftigt, Schwiegermutter mit den Vorbereitungen für den Umzug ihrer Schwester ins Haus Sonnenblume, und Cassandra hatte soeben deutlich gemacht, wie sehr sie helfen wollte.

Vielleicht sollte ich doch auf O. J. zurückgreifen, der gerade oben in Ricks Raumschiff weilte? Ich könnte zumindest seine Mutter anrufen und schon mal vorsichtig anfragen, ob sie eventuell bereit wäre, nicht nur ihrer eigenen, sondern auch der Aufsichtspflicht über meinen Sohn vertretungsweise für vier Tage nachzukommen. Nachdem ich wegen der *Strangers* noch immer keinen Schritt weitergekommen war (Alex' Handy hatte ich noch nicht checken können), war ich entschlossener denn je, mit nach Paris zu fahren. Ein wenig frische Liebesbrise könnten unsere Beziehungsmottenkugeln sicher vertragen. Und Paris war dafür prädestiniert.

Während ich noch über die O.-J.-Option nachdachte, hörte ich eine Stimme von oben. »Wir haben Hunger!«

»Die Köchin hat heute frei«, murmelte ich und antwortete: »Dann holt euch was!«

»Wir lernen«, kam postwendend die Antwort. »Haben wir noch Nachos? Kannst du uns welche bringen?«

»Ich denke, ihr habt Hunger!«, rief ich zurück. »Wir haben auch Brot und Käse.«

»Nachos mit Käsedip! Läuft!«

Ich beschloss, nichts mehr zu sagen. Dieses Herumschreien zwischen den Etagen ging mir sowieso auf die Nerven. Sollten sich die jungen Herren doch selbst versorgen, ich war hier nicht das Dienstmädchen. Ich griff zum Telefonhörer und wählte die Nummer von Familie Harich, wo natürlich wie immer niemand abnahm. Das schien mir ein Omen zu sein, und ich beschloss, Rick doch bei Margret einzuquartieren. Sie konnte sich vormittags um ihre Schwester kümmern, da war ihr Enkel schließlich in der Schule.

Zehn Minuten später passierten zwei Dinge gleichzeitig: Rick und O. J. kamen tatsächlich die Treppe herunter, und an der Tür klingelte es.

»Boah ey, wo sind die Nachos?«, beschwerte sich mein Sohn. »Wir warten die ganze Zeit darauf.«

Es klingelte wieder. O. J. ging wie selbstverständlich zur Tür, und ich hörte ihn diese öffnen und sich mit jemandem unterhalten. »Kommen Sie bitte herein«, sagte er gerade. »Frau Wennel ist in der Küche, sie kann Ihnen sicher Auskunft geben.«

Ich wollte ihm folgen, doch das war nicht nötig. Der Besuch stand schon in der Küchentür, offenbar sehr zum Entzücken der beiden Jungen, die ihn begeistert anstarrten. Es war Fiona Feldhoff, gestylt wie ein Topmodel, mit einem schwarz-weißen Cocktailkleid, auf schwarzen High Heels und so süß duftend, dass mir sofort die Nasenschleimhäute anschwollen. Das Einzige, was nach Arbeit aussah, war eine schwarze Aktentasche in ihrer Hand.

»Verzeihen Sie bitte die Störung«, flötete sie, und ihr selbstbewusstes Lächeln ließ nicht eine Spur von Reue erahnen. »Ich bin Fiona Feldhoff, Sie erinnern sich sicher an mich, wir sind uns vorgestern in der Firma begegnet. Ich bin auf der Suche nach Alexander Wennel, kann ihn aber nirgendwo erreichen. Dabei ist heute Deadline für ein wichtiges Konzept, das er abzeichnen muss. Ist er vielleicht hier?«

Ich registrierte ihre Wortwahl sehr wohl. Sie sagte nicht »Ich suche Ihren Mann« oder »Ist er vielleicht zu Hause?«, und ich hatte das Gefühl, dass diese Tussi das extra machte, um mir zu demonstrieren, dass sie mich als Ehefrau von Alex gar nicht ernst nahm.

»Nein, Herr Wennel ist vorhin mit seiner Schwester weggefahren«, antwortete O. J. an meiner Stelle. »Möchten Sie vielleicht auf ihn warten? Wollen Sie etwas trinken?«

»Na ja …«, stammelte die Feldhoff.

Ich erholte mich schnell von meiner Überraschung. »Otto Josef, danke für deine Hilfe«, sagte ich, »aber geh bitte zusammen mit Rick wieder nach oben.«

O. J. machte den Mund auf, doch ich ließ ihn nicht zu Wort kommen. »Oh.Jot, Rick, na los! Kinder, ihr sollt doch lernen.«

Jetzt sahen mich beide Jungs böse an, aber da mussten sie durch. Ich wandte mich an unseren Besuch. »Mein Mann ist aus wichtigen privaten Gründen unterwegs«, sagte ich. »Haben Sie es auf seinem Handy versucht?«

Zu gern hätte ich gewusst, ob dabei die *Strangers* zu hören waren!

»Ja, aber er hat es wohl ausgeschaltet.« Fiona Feldhoff zuckte mit den Schultern. »Ich habe ihm schon vier Nachrichten auf die Mailbox gesprochen.«

Betont freundlich lächelte ich sie an. »Nun, die wird er sicher irgendwann abhören und Sie zurückrufen. Ich würde Ihnen ja anbieten hierzubleiben, aber das ist sinnlos. Es wird noch lange dauern, bis mein Mann nach Hause kommt. Ich bringe Sie dann zur Tür.«

Ich konnte der Marketingtussi ansehen, dass sie nicht wirklich zufrieden war. Sie stöckelte vor mir her zur Tür und verabschiedete sich dann. Ihr Gesichtsausdruck erinnerte mich ein wenig an meinen Sohn, wenn er seinen Willen nicht bekam. Ich war froh, die Tür hinter ihr schließen zu können.

»Boah, wer war das denn? Die sah ja heiß aus«, hörte ich O. J. sagen.

»Das war F. F., die Marketingassistentin von meinem Vater«, antwortete Rick.

Mir entging nicht der Stolz in seiner Stimme. Ich konnte mich schwach an den Tonfall erinnern: Das letzte Mal, als dieser mir gegolten hatte, brachte ich gerade einen riesigen Piratenschiffkuchen in den Kindergarten und machte meinen Sohn damit zum King des Tages. Lang, lang war es her.

»F. F.?«

»Jap, so wird sie von allen genannt. Das steht für Fiona Feldhoff. Geil, oder?«

O. J. pfiff anerkennend. »Voll geil. Wie O. J.! Ist die bei Facebook? Können wir die adden?«

In dem Moment betrat ich die Küche, Rick blieb seinem Freund die Antwort schuldig.

»Otto Josef, versteh mich bitte nicht falsch, aber ich möchte zukünftig nicht, dass du einfach so an unsere Haustür gehst«, sagte ich zu ihm. »Wir lassen nämlich nicht jeden herein.«

O. J. sah mich entgeistert an. »Das versteh ich natürlich, Frau Wennel, aber das war doch F. F., 'ne wichtige Mitarbeiterin von Ihrem Mann! Außerdem sollen Sie mich doch O. J. nennen.«

»Wie auch immer«, entgegnete ich. »Ich möchte selbst unsere Haustür öffnen.«

»Ich wollte nur höflich sein.«

Langsam verlor ich die Nerven. »Das brauchst du nicht! Also … ich meine … doch … höflich zu sein ist gut. Aber an die Haustür oder ans Telefon gehst du hier bitte nicht mehr. Verstehst du?«

»Warum? Ich kann doch helfen.«

»Nein!«, rief ich. »Nicht beim Haustüröffnen und beim Telefonannehmen. Das mache ich hier!«

O. J. starrte mich an, als hätte ich nicht alle Tassen im Schrank. »Rick und Ihr Mann auch nicht?«

»Nein. Nur ich.«

Meine Reaktion war kindisch und trotzig, ich hörte es selbst. Keine Ahnung, was mich so aus dem Konzept brachte.

Mein Sohn zog seinen Freund am Ärmel. »Hab Nachos. Lass nach oben gehn.« Nach dieser sprachlichen Verrenkung gingen sie aus der Küche, und als sie glaubten, außer Hörweite zu sein, fügte Rick hinzu: »Hab doch erzählt, dass die manchmal spinnt. Neulich wollte sie noch 'n Kind bekommen. Echt peinlich. Es ist wohl das, was wir in dem Film in Bio gesehen haben. Klimakakterium oder so.«

Ich kochte mir einen Tee und dachte nach. Das Verhalten und die nervigen Sprüche von Otto Josef bestätigten mich in meiner Meinung, dass Rick bei dessen Familie keineswegs vier Tage verbringen sollte. Am Abend würde ich bei Margret anrufen und sie darum bitten, den Aufpasser für meinen Sohn zu geben. Ich musste ihr nur schmackhaft machen, die Wennel'schen Gesetze vier Tage lang ihrem Enkel einimpfen zu können, das würde sie garantiert in höchste Verzückung versetzen. Und dem P-Alien, das mich gerade beleidigt hatte, würde es ganz recht geschehen, wenn Oma ihn mit ihrem Getue um das richtige Verhalten bei Tisch und weitere Manieren nerven würde. Ich war sogar ein wenig schadenfroh und schämte mich nicht dafür. Da musste das Monster jetzt durch!

Klimakterium – dass ich nicht lache!

Allmählich entspannte ich mich. Die Aussicht, bald

schon Paris genießen zu können, stimmte mich froh. Ich beschloss, mich umgehend auf das Vorstellungsgespräch in der Schule vorzubereiten, das am kommenden Tag anstand. Es war Zeit, sich mit den Schulinfos vertraut zu machen und mit dem Lehrplan zu beschäftigen, den der Rektor mir zugesandt hatte.

Als sein Freund ging, zwang ich Rick dazu, mit mir zusammen zu Abend zu essen. Nachdem er mich fünf Minuten mit Schweigen gestraft hatte, sprudelte es plötzlich aus ihm heraus.

»Warum bist du so gemein zu O. J.? Er wollte nur höflich sein und helfen.«

Ich rollte mit den Augen. »Er nimmt sich zu viel raus, finde ich. Das ist nicht höflich, sondern aufdringlich. Oder gehst du auch bei anderen Leuten ans Telefon und an die Tür, wenn es läutet?«

Er schüttelte den Kopf. »Nö. Da hab ich keinen Bock drauf. Aber wenn O. J. Bock hat? Why not?«

Bevor ich es erklären konnte, wechselte mein Sohn das Thema. »Krieg ich den neuen iPod?«

»Warum? Du hast doch nicht Geburtstag.«

»Weil er cool ist. Bitte!«

Ich seufzte. Jetzt bloß keine Konsumdiskussion. Für heute hatte ich genug.

»Du kannst dir überlegen, ob du ihn von deinem Konfirmationsgeld kaufen möchtest. Ein Teil geht aufs Sparbuch, das andere kannst du ausgeben«, beschwichtigte ich.

»Aber ihr lasst mir viel zu wenig übrig! Das ist so fies! Ich will doch auch einen neuen Computer! Einen echten Mac oder so ein Hightechnotebook!«

»Mac wie McDonalds?«

Rick verdrehte die Augen. »Deine Witze werden auch immer lahmer, Mama. Jedenfalls reicht es nicht für alles. Also … kaufst du mir den iPod?«

»Nein.«

»Du bist gemein. Wie damals, als du mir den Goldfisch nicht erlaubt hast, den ich mir so sehr gewünscht habe!«

»Rick, du warst sieben und wolltest ihn in einem Gurkenglas aufbewahren!«

»Na und? Dann hättest du dir etwas einfallen lassen können!«

Ich seufzte. »Willst du denn noch immer einen Goldfisch haben?«

»Nö. Der iPod wäre mir lieber.«

Eine Weile aßen wir schweigend weiter, dann blickte mich Rick über sein Glas hinweg an. »Die F. F., die hatte ganz schön hohe Schuhe an, was? Hast du gesehen? Der Absatz war bestimmt fünfzehn Zentimeter hoch.«

»Wenn du meinst«, murmelte ich.

Jetzt nannte sie mein vierzehnjähriger Sohn auch schon F. F. Und wie genau er sich die Tussi angesehen hatte!

»Warum trägst du nie solche Schuhe?«

»Weil sie unbequem sind«, gab ich ehrlich zurück.

Rick nickte. »Aber sie sehen gut aus.«

»Mhm«, murmelte ich wieder.

»Die F. F. kam doch aus dem Büro hierher, oder?«

»Mhm.«

Mein Sohn trank einen Schluck Wasser. »Dann hatte sie die unbequemen Schuhe schon den ganzen Tag an?«

Ich seufzte. »Vermutlich. Warum?«

»Wenn die so unbequem sind, warum tragen Frauen solche Dinger?«

Ich legte mein Besteck zur Seite. »Weil sie schön sein möchten. Und sexy.«

»Und du möchtest das nicht?« Bevor ich etwas sagen konnte, gab sich Rick selbst die Antwort. »Okay, du bist schon älter. Du trägst auch fast nie Kleider oder Röcke wie die Feldhoff. Als wir in Papas Büro waren, hatte sie auch einen Rock und hohe Schuhe an. Aber das waren andere. Sie will wohl immer schön und sexy sein. Na ja, sie ist ja auch jung. Warst du früher auch schön und sexy?«

Jetzt reichte es mir. »Interessant, dass du dir die Mitarbeiterin deines Vaters so genau angeschaut hast, dass du sogar ihre schwarzen High Heels auseinanderhalten kannst«, sagte ich. »Und ich bin wohl immer noch schön und sexy, oder?«

Rick grinste. »Deine Witze werden echt immer ätzender, hab ich ja schon gesagt. Also, was ist jetzt mit dem iPod?«

»Ich hab doch Nein gesagt.«

»Boah, ey! Ich frag Papa. Oder noch besser: Tante Cassi.«

»Untersteh dich!«

»O Mann! Ich geh in mein Zimmer.«

Rick knallte sein Glas auf den Tisch und verschwand mit einem säuerlichen Gesichtsausdruck Richtung Treppe. Ich seufzte zum wiederholten Mal an diesem Tag, räumte den Tisch ab und wollte gerade noch einmal den Ordner mit den Grundschulunterlagen holen, als das Telefon klingelte. Es war Karina, die von einem ohrenbetäubenden Bellen begleitet wurde.

»Was ist denn bei dir los?«, schrie ich gegen den Lärm an.

»Hallo?« *Wuff, wuff, wuff!* »Aus!« *Wuff, wuff, wuff!*, hörte ich. Dann schien meine Freundin meine Stimme gehört zu haben. »Elisa? Aus! Sitz!«

Ich setzte mich gehorsam hin. »Ich sitze. Hallo?«

»Platz! Donald und Daisy spielen verrückt! Immer wenn sie von Georg kommen, sind sie total durcheinander. Das macht sicher die Anwesenheit dieses Flittchens. Sie können sie nicht ausstehen.« *Wuff, wuff, wuff!*

»Woher weißt du das?«, rief ich.

»Hallo?« *Wuff, wuff!*

»Woher du das weißt, dass sie sie nicht ausstehen können! Vielleicht sind sie nur auf Georg sauer, weil er ihnen nicht den neuesten iPod kaufen möchte!«

Das Gebell hörte schlagartig auf. »Deine Witze waren auch schon mal besser«, meinte meine Freundin.

Das hatte ich doch irgendwo schon mal gehört. »Hast du die Pudel geknebelt, oder warum ist es auf einmal so still?«

Karina kicherte. »Wenn etwas hilft, dann ist es dein alter Erziehungstrick, Elisa.«

»Ins Gästeklo sperren und Fernsehverbot androhen?«

»Nö. Die Leckereienkiste rausholen. Hat bei Ricks Trotzanfällen auch immer funktioniert.«

Ach ja? Ich konnte mich zwar nicht daran erinnern, ihm Hundeleckerlis gegeben zu haben, war aber zu schwach, um zu protestieren.

»Ich habe beschlossen, diese männermordende, sexbesessene Cora aus der Praxis zu ekeln«, sagte meine Freundin, während ein Schmatzen im Hintergrund verriet, dass Donald und Daisy es sich gut gehen ließen. »Die Patienten sollen ruhig wissen, wie sie sich meinen Mann gekrallt hat. Wir müssen uns unbedingt treffen und eine Strategie ausarbeiten. Vielleicht kann ich ihr die Krankenkassen auf den Hals hetzen und behaupten, dass sie die Praxisgebühren nicht ordnungsgemäß abrechnet.«

»Aber dann fällt es auf Georg zurück«, gab ich zu bedenken. »Er ist ja schließlich ihr Chef.«

»Stimmt. Dann brauche ich sofort einen neuen Plan!« Karina war auf dem Kriegspfad, das konnte man hören. »Wie weit bist du eigentlich mit der Beschattung deines zukünftigen Ex? Ist er auch schon im Club ›Jedem Mann sein Lustobjekt‹? Wir können den Schlachtplan direkt für beide entwerfen. Nieder mit den untreuen Kerlen!«

Normalerweise hätte ich jetzt gelacht und Alexander in Schutz genommen, aber allmählich nagten die Zweifel auch an mir.

»Ich hab bisher nichts Konkretes herausgefunden, aber jemanden kennengelernt, der in Alex' Dunstkreis arbeitet.«

»Der oder die?« Karina kam wie immer direkt zur Sache.

»Eine Sie. Fiona Feldhoff, auch F. F. genannt.«

»Warum? Weil sie so schnell kommt? Wie aus dem Effeff?« Meine Freundin lachte schallend über diesen blöden Witz, verstummte aber gleich wieder. »Erzähl.«

Ich begann bei meiner Pizzaaktion und endete bei ihrem merkwürdigen Besuch. »Also, es ist nichts Bestimmtes, ich hab einfach nur ein komisches Gefühl bei ihr«, gab ich zu. »Sie ist jung, sie ist hübsch, sie ist sexy. Mehr nicht.«

Karina pfiff leise durch den Hörer. »Das reicht doch schon. Sieh dich vor, Elisa! Ich finde es auch ungewöhnlich, dass sie einfach so bei dir zu Hause aufgetaucht ist! Vielleicht wollte sie dir etwas zu verstehen geben!«

»Was denn?«

»Dass sie in deinem Privatleben kräftig mitmischt, ohne dass du davon weißt!«

Ich atmete tief durch. »Meinst du? Ich hätte sie gar nicht erst hereinlassen sollen, ich blöde Kuh! Dieser bescheuerte O. J.! Du hättest sehen müssen, wie neugierig sie unsere Einrichtung gemustert hat.«

Karina stieß einen Seufzer aus. »Süße, ich will dich nicht beunruhigen, aber das klingt gar nicht gut! Du musst etwas unternehmen!«

»Ich weigere mich zu glauben, dass mein Mann und dieses …«

»… Flittchen, Miststück, Bitch!«, half meine Freundin.

»… Weibsstück«, fiel ich ihr ins Wort, bevor sie noch ausfallender wurde, »etwas miteinander haben. Aber unsere Ehe könnte eine Auffrischung gebrauchen. Deshalb will ich mit Alex nach Paris!«

»Nach Paris?«

Ich berichtete von Alexanders Geschäftsreise und meinem Vorhaben, ihn zu begleiten. Meine Freundin ließ mich ausreden, bis ich zu der Stelle kam, an der Cassandra sich weigerte, auf Rick aufzupassen.

»Diese Frau ist so eine Idiotin«, unterbrach sie mich. »Eines Tages wird sie in ihrem schicken Penthouse ganz allein sein, weil ihre so genannten ›Begleiter‹ alle unter der Erde liegen und ihre Familie sich längst von ihr abgewendet hat. Denk an meine Worte! Rick kommt natürlich zu mir, mach dir keine Sorgen, Elisa.«

Meine Laune besserte sich schlagartig. »Echt? Das wäre natürlich super! Aber deine Probleme mit Donald und Daisy und Georg und Cora …«

»Die können einen viertägigen Aufschub durchaus vertragen. Vielleicht kann Rick für mich im Internet nach modernen Foltermethoden für diese blöde Kuh fahnden.«

»Karina!«

Meine Freundin lachte am anderen Ende der Leitung. »Reg dich ab, war nur Spaß!«

»Und du darfst diverse vulgäre Wörter nicht in seinem Beisein verwenden, versprich es mir bitte!«

Karina seufzte theatralisch. »Ja, ist schon gut. Siehst du, unter anderem habe ich auch deshalb keine Kinder, sondern Pudel. Hunde können nämlich ›alte Hackfresse‹ und ›fette Schlampe‹ nicht nachsprechen.«

Als wir aufgelegt hatten, ging es mir direkt besser. Jetzt stand dem romantischen Kurztrip nach Paris nichts mehr im Weg. Rick würde auch viel lieber zu Karina als zu Großmutter Margret gehen, das war mir klar. Mein erster Impuls war, Alexander anzurufen und ihm die gute Neuigkeit zu erzählen, doch dann dachte ich, dass es besser wäre, es ihm zu Hause in Ruhe zu erzählen. Vielleicht konnten wir die Romantik sogar schon ein wenig vorziehen?

Ein Blick in den Spiegel sagte mir allerdings, dass ich nicht wie die personifizierte Verführung aussah, also beschloss ich, mich ein wenig aufzuhübschen, wie meine Mutter es immer nannte. Ich duschte, schminkte mich, zog eine weiße Hose und ein rotes T-Shirt an und steckte mir die Haare hoch.

»Elisa, du siehst immer noch gut aus«, sagte ich halblaut. »Wer braucht schon High Heels und kurze Röcke? Schön und sexy bist du auch so.«

Zufrieden ging ich zur Monsterhöhle, um meinen Sohn

daran zu erinnern, dass sein Bett rief. Ich war außerdem gespannt, ob er meine Verwandlung wahrnehmen würde. An der Tür hing ein riesengroßes Schild: AUF KEINEN FALL NIEMALS EINTRETEN! Ohne anzuklopfen, ging ich hinein. Rick saß natürlich vor dem Computer. Ich hätte wetten können, eben noch eine andere Seite gesehen zu haben, nun prangte auf dem Bildschirm nur das Foto eines knallroten Lamborghini.

»Du musst nicht sofort alles wegklicken, was du dir anschaust«, sagte ich. Diese Heimlichtuerei ging mir höllisch auf den Geist. »Wir hatten sowieso die Abmachung, dass du nur Internet in deinem Zimmer haben darfst, wenn ich hin und wieder kontrolliere, was du dort so treibst.« Ich erwähnte nicht, dass ich das noch nie getan hatte.

»Voll ätzend«, brummte Rick. »Es reicht, dass du mein Facebook-Passwort kennst. Du bist so unfair! Alle anderen haben ihre Privatsphäre, nur ich nicht. Aber bevor du auch das kontrollierst: Es ist immer noch dasselbe.«

»Gut«, sagte ich fröhlich. »Jetzt mach aus, sonst zieh ich den Stecker.«

Mein Sohn verzog sein Gesicht. »Du bist die einzige Mutter, die so ein Kontrollfreak ist.«

»Weil ich nicht verstehen kann, was dieser ganze Schwachsinn soll. Ich brauch kein Facebook-Profil, ich hab noch reale Freunde.«

»Du bist total altmodisch.«

Ich wollte nicht schon wieder die gleiche Grundsatzdiskussion führen, also wechselte ich das Thema.

»Ich werde mit Papa nach Paris reisen, du gehst in der Zeit zu Karina«, erklärte ich ihm. »Die Alternative ist Oma

Margret. Ein Nein wird nicht akzeptiert. Und mit O. J. brauchst du gar nicht erst anzufangen.«

Rick, der eben den Mund geöffnet hatte, schloss ihn wieder. Vermutlich hatte er sich blitzschnell überlegt, dass Karina das kleinere Übel war.

»Hat sie WLAN? Kann ich dein Notebook haben? Sind die doofen Köter auch da?«

»Dreimal ja. Aber du weißt: Schule geht vor! Und du nennst Donald und Daisy nicht ›doofe Köter‹.«

Mein Vierzehnjähriger winkte ab. »Mama, wenn du mir das jetzt bis zu eurer Abreise noch hundertmal vorbeten willst, dann dreh ich ab. Also lass es gleich!«

Er hatte recht. Ich neigte dazu, alle Ermahnungen und Anweisungen mehrmals zu wiederholen. Eine alte Angewohnheit, normalerweise reagierte in diesem Haus niemand auf die erste Ansage, auch Alexander nicht. Wenn ich Glück hatte, wurde nach der sechsten Wiederholung reagiert, normalerweise drehte sich die kaputte Schallplatte aber gefühlte fünfzigmal.

»Gehst du noch einkaufen?«, riss Rick mich aus meinen Gedanken.

»Nein. Wieso?«

»Weil du dich umgezogen hast.«

Also ist es ihm aufgefallen. Stolz drehte ich mich hin und her. »Und? Wie seh ich aus?«

Er sah mich verständnislos an. »Wie immer?«

Ich war irritiert. »Fällt dir keine Veränderung an mir auf?«

»Nö. Was denn?«

»Mein Outfit!«

Mein Sohn zuckte mit den Schultern. »Hä? Was meinst du? Du siehst aus, als ob du noch einkaufen gehst. Bring Nachos mit, die sind alle. Und eine Packung Kekse, aber die mit der Vollmilchschoko, nicht die dunklen.«

»Bitte«, korrigierte ich automatisch.

»Was?«

»Bring bitte Nachos mit.«

Rick verdrehte die Augen. »Meinetwegen. Bring bitte Nachos mit und bitte Schokokekse. Und geh jetzt endlich. Bitte. Hat der Supermarkt noch auf, oder fährst du zur Tankstelle?«

»Ich geh doch gar nicht einkaufen«, antwortete ich.

Jetzt sah mein Sohn aus, als ob ich nicht mehr alle beisammen hätte. »Warum sagst du das dann? Du hältst echt keine Versprechen, das ist ätzend. Und irgendwie bist du ganz schön schräg drauf.«

»Mach dich jetzt bettfertig, und geh schlafen. Morgen früh …«

»… wartet die Schule«, fiel Rick mir ins Wort. »Weißt du eigentlich, dass dein Wortschatz voll eingeschränkt ist und du jeden Tag immer nur die gleichen Sätze sagst? Das muss doch stinklangweilig sein. Mich nervt das echt.«

Eine halbe Stunde später kamen endlich keine Geräusche mehr aus Ricks Zimmer. Alexander hatte nichts von sich hören lassen, was nicht ungewöhnlich war, wenn er abends länger arbeitete. Ich war aber mehr als beunruhigt, denn der Besuch von Fiona Feldhoff nagte immer noch an mir. Ich schaltete den Fernseher ein und zappte mich durch die Programme. Auf einem der Privatsender lief *Sex and the City*. Eine stark geschminkte Blondine erklärte ihren Freundinnen, wie sie sich innerhalb von zehn Minuten so verführerisch verwandeln könne, dass ihr die Männer zu Füßen lägen.

Ha! Das war doch genau mein Thema! Ich hörte ihr eine Weile zu und ärgerte mich, dass man an der Tankstelle um die Ecke keine durchsichtigen Negligés, schwarzen Netzstrümpfe und hochhackigen Pantoffeln kaufen konnte. Ein Erotiknotset für kurzentschlossene Hausfrauen sozusagen. Eine Marktlücke!

Ich beschloss, mir diese geniale Geschäftsidee zu merken. Vielleicht sollte ich mein Outfit doch noch einmal überdenken. Die Hose und das Shirt waren, gemessen an der blonden Verführerin, wirklich nicht das Richtige, um meinen Mann in Vorfreude auf Paris zu versetzen.

Ich öffnete meinen Kleiderschrank und kramte in der Unterwäscheschublade. Unter dem Baumwollstapel fand ich einen dunkelblauen BH mit Spitze und den dazu passenden Slip, und ich zog mich gleich um. Sah ganz gut aus. Ein Paar blaue Pumps fand ich auch noch. Sie waren zwar nicht ganz so hoch wie F. F.s High Heels, aber besser als die Birkenstocksandalen, die ich sonst zu Hause trug, waren sie allemal. Da ich kein durchsichtiges Negligé besaß, beschloss ich, nur in Unterwäsche auf meinen Gatten zu warten, um die Botschaft unmissverständlich zu vermitteln.

Vive l'amour!

Ich baute auf den festen Schlaf von Rick, dem ich trotz aller Aufklärung meine Verkleidung nicht erklären wollte, und stöckelte in die Küche, wo ich mir ein Glas Rotwein einschenkte. Dass ich nicht vorhatte, zum Supermarkt zu fahren, war jetzt offensichtlich. Ich fuhr mir mit der Zunge über die Lippen. Auf einmal fühlte ich mich sexy. Richtig verrucht sogar. Ich kicherte in mich hinein. Wenn die Patronin mich so sehen würde, sie wäre sicher schockiert – von meiner eigenen Mutter ganz zu schweigen!

Im Wohnzimmer schob ich eine Till-Brönner-CD in den Player, stellte das rechte Bein auf die Lehne unseres Ledersofas und übte einige verführerische Posen ein. Die Blondine von *Sex and the City* konnte einpacken. Ich war Elisa, die Erotik-Queen der Nacht. Nach diesem Abend würde Alex die Stunden bis Paris zählen! Mein ganzes Pulver wollte ich nämlich nicht verschießen, sondern ihm nur einen Vorgeschmack auf die Stadt der Liebe geben.

Aber wo blieb mein Mann bloß?

Mein rechter Fuß schlief langsam ein, also nahm ich ihn herunter. Kühl wurde es auch. Da ich keine Lust hatte, wieder nach oben zu gehen, inspizierte ich den Garderobenschrank im Flur, in der Hoffnung, eine Strickjacke zu finden. Doch neben meinem schwarzen Trenchcoat und einer alten Regenjacke von Rick fand ich dort nur Alexanders königsblaue Trainingsjacke, die er manchmal zum Joggen anzog. Ich zog sie fröstelnd über und setzte mich aufs Sofa. Wenn ich ihn die Tür öffnen hörte, würde noch genug Zeit bleiben, sie abzustreifen und mich wieder in eine erotische Pose zu werfen. Dann würden wir uns wortlos in einer leidenschaftlichen Umarmung …

»Elisa? Wach auf! Warst du joggen?«

Alex' Stimme riss mich aus meinen Träumen. War ich etwa eingeschlafen? Ich versuchte, mich kurz zu sortieren, während mein Mann mich musterte.

»Wo warst du so lange?«, stammelte ich. In meinem Kopf drehte sich alles. Verdammt! Was wollte ich noch mal? Ach ja, verführen. *Sex and the City* und meine Unterwäsche unter der Adidas-Jacke fielen mir wieder ein. Und dann die Feldhoff und Paris. Ich war schlagartig wieder wach. »Ein Glas Rotwein, Schatz?«

»Jetzt noch?« Alexander schüttelte den Kopf und ließ sich schnaufend neben mich auf das Sofa fallen. »Nein, danke. Es war ein langer Tag. Mutter bringt mich zur Weißglut! Das Apartment, das uns Helga gezeigt hat, wäre optimal für die beiden, aber sie hat nur kritisiert. Das Badezimmer war ihr zu klein, die Küchenzeile zu schlecht ausgestattet, der Gemeinschaftsgarten hatte die falschen Pflanzen, und die Leute, die wir dort getroffen haben, fand sie zu alt. Dabei könnten sich Mutter und Helga dort wirklich schön einrichten und hätten einen tollen Service rund um die Uhr. Aber du kennst sie ja.« Er seufzte wieder. »Als ob ich nicht schon genug Stress im Büro hätte.«

Das war mein Stichwort. Ich war hellwach und zu allem entschlossen. Langsam stand ich auf und öffnete den Reißverschluss meiner Trainingsjacke. »Schatz … du solltest dich entspannen«, sagte ich und versuchte, einen erotischen Unterton hinzukriegen. Bei der Blondine im Fernsehen hatte das irgendwie besser geklungen, aber im Tonstudio konnte man ja bekanntlich tricksen.

Ich zog die Jacke aus und stellte mein Bein auf die Sofalehne. »Ich muss dir etwas sagen.«

»Meine Güte, Elisa, du erkältest dich noch! Zieh doch die Jacke wieder an. Nach dem Sport sollte man nicht halb nackt herumlaufen. Wir können es uns nicht leisten, dass du ausfällst, wenn ich in Paris bin. Du musst dann nach Mutter schauen. Und übrigens: Stretchübungen hättest du sofort nach dem Joggen machen müssen und nicht erst jetzt. Deine Muskeln sind längst kalt.«

So ein Blödmann! Mein Mann erkannte eine willige Frau noch nicht mal, wenn sie halb nackt vor ihm stand. Solche Probleme hatten die bei *Sex and the City* garantiert nicht. Ich wusste nicht, ob ich lachen oder schreien sollte. Dass sich Alexander um meine Gesundheit sorgte, damit ich während seiner Abwesenheit nach seiner Mutter schauen konnte, versuchte ich zu ignorieren, ich musste den Abend unbedingt noch retten.

»Alex, ich war nicht joggen. Ich hab auf dich gewartet, weil ich dir erzählen wollte, dass ich mit dir nach Paris fahren werde«, sagte ich. »Es ist alles geregelt: Karina passt auf Rick auf. Ist das nicht toll? Wir beide in Paris, das wird total romantisch!«

Mein Mann lächelte, aber ich fand, dass er nicht sonderlich begeistert aussah. »Schön, schön. Aber willst du dir das wirklich antun? Ich muss dort arbeiten. Jede Menge Meetings, das ist keine Spaßreise, Elisa. Keine Ahnung, ob ich überhaupt Zeit für dich finden werde.«

»Halb so wild«, beruhigte ich ihn. »Tagsüber werde ich die Stadt erkunden, und wenn du abends Zeit hast, lassen wir uns etwas einfallen, wie wir sie verbringen können …« Ich lachte, setzte mich neben ihn und legte meinen Kopf an seine Schulter. »Stell dir nur mal vor, wie toll das wird. Wir beide abends am funkelnden Eiffelturm in einem romantischen Bistro oder Hand in Hand am Ufer der Seine …«

»Nur, was ist dann mit Mutter?«, wandte Alex ein.

Allmählich wurde ich ungeduldig. Seine Mutterliebe in Ehren, aber was war mit mir? Mit uns? Würde er endlich einen Funken Begeisterung für die gemeinsame Reise zeigen?

»Darf ich dich daran erinnern, dass deine Mutter eine Tochter hat? Cassi muss eben vier Tage lang ihre Termine so umdisponieren, dass sie nach Margret schauen kann. Ich fahre mit dir nach Paris«, sagte ich. Dann fiel mir meine erotische Mission wieder ein, und ich kuschelte mich enger an ihn an. »Das wird ganz toll, Schatz. Wir kommen hier aus dem Trott einmal raus, und ich bin sicher, dass du trotz deiner Termine die eine oder andere Stunde für mich findest«, gurrte ich einschmeichelnd und rieb meinen Kopf in seiner Armbeuge. »Und die sollst du nicht bereuen … Denk nur an die schönen Pariser Nächte, in einem Hotel, nur wir zwei … Wir erfinden uns neu und probieren etwas aus … So eine Art *baguette d'amour*, ja? Ich kauf mir was Hübsches und überrasch dich jeden Abend mit einem aufregenden Outfit. So wie heute. Wenn du mich noch einmal genauer anschaust, dann fällt dir sicher etwas ein … Erinnerst du dich, wann ich das letzte Mal diese Dessous getragen habe?«

Alex schwieg.

»Schatz? Soll ich deinem Gedächtnis auf die Sprünge helfen? Alexander?«

Seine Antwort war ein lautes Schnarchen.

Merde!

Kapitel 6

*»Er sieht echt zum Anbeißen aus, aber ich …
ich möchte einfach nur ein bisschen knabbern …«*

ELISA

Die katholische Sankt-Martin-Grundschule lag in einer ruhigen Sackgasse. Sie umfasste zwei graue Gebäude in L-Form, einen kleinen Sportplatz sowie einen bunten Schulgarten, in dem ich Blumen und Obstbäume sehen konnte, aber auch viel Unkraut. Auf der vorderen Seite lag der Schulhof mit eingezeichneten Hüpfekästchen, einem Klettergerüst, das seine besten Tage hinter sich hatte, und einem Basketballkorb ohne Netz. Etwa zweihundert Kinder liefen wild umher, warfen mit Schaumstoffbällen und spielten Fangen.

»Du! Von wem bist du die Mutter?«, fragte ein dunkelhaariges Mädchen, als ich den Schulhof, den Schaumstoffgeschossen ausweichend, in Richtung Eingang überquerte. »Welche Klasse?«

»Ich habe keine Kinder auf dieser Schule, ich muss zum Sekretariat, weil ich mit eurem Rektor, Herrn Festbalter, verabredet bin«, antwortete ich. Mehr wollte ich zu diesem Zeitpunkt nicht verraten.

»Die will zum Fett-Alter, ey!«, rief ein Junge, der hinter dem Mädchen stehen geblieben ist.

»Der Fett-Alter ist aber im Urlaub«, meinte ein anderer und grinste mich frech an.

Das dunkelhaarige Mädchen schüttelte den Kopf. »Der Fett-Alter ist da. Wir hatten vorhin bei dem Englisch.«

Ich lächelte sie an. »Okay. Kannst du mir den Weg zeigen?«

»Nö. Such selbst!«, sagte das Mädchen und lief davon.

»Fett-Alter! Fett-Alter! Fett-Alter ist im Urlaub!«, rief der freche Junge und streckte mir die Zunge heraus. »Du kannst ihn suchen!«

Also das ging ja gar nicht. Hoffentlich waren hier nicht noch mehr von diesen schlecht erzogenen Kids. Ich würde Herrn »Fett-Alter« direkt darauf ansprechen. Hatte er etwa seine katholische Schule nicht im Griff?

Ich betrat das Schulgebäude durch den Haupteingang, wo ich beinahe mit einer schlanken, rothaarigen Frau mit einem spitzen Gesicht und einer Hornbrille zusammenstieß. Ich schätzte sie auf Ende fünfzig.

»Verzeihung, geht es hier zum Sekretariat?«

»Rechts, links, rechts«, antwortete sie wie ein General, der einen Befehl erteilte. »Clark-Noah, Hamit, Karel und Steven-Jeremiah! Lasst sofort die Bastelscheren fallen und die Zöpfe von Caprice-Joyce los!«

Bevor ich noch etwas sagen konnte, war die Frau zielstrebig nach draußen geeilt. Also befolgte ich ihre Anweisung, lief nach rechts, dann einen schmalen Gang nach links und fand auf der rechten Seite eine Tür mit der Aufschrift S KRETAR T, ÜRO HER FE T ALTER, BIT E ANM LD N.

Na bitte. Die fehlenden Buchstaben passten perfekt zu dem ersten Eindruck, den ich von dieser Schule hatte. Freche Kinder, komische Lehrer, defektes Mobiliar. Dieser Festbalter war wahrscheinlich kurz vor der Pensionierung und hatte keine Lust mehr, um Gelder bei der Stadt zu kämpfen. Oder bei der Kirche.

Ich klopfte und trat ein. Hinter einem Schreibtisch saß eine waschechte Ordensschwester und tippte etwas in einen Computer. Ohne damit aufzuhören, drehte sie den Kopf zu mir und sah mich prüfend an.

»Grüß Gott. Kann ich Ihnen helfen?«

Dass es sich um eine katholische Grundschule handelte, war klar, aber dass sie hier eine Nonne als Sekretärin beschäftigten, wäre mir nicht in den Sinn gekommen. Ich dachte vielmehr, dass die Konfessionsgebundenheit rein pro forma wäre. Leider hatte die Sankt-Martin-Schule keine Internetpräsenz, sodass ich nicht viel über sie herausfinden konnte.

»Elisa Wennel, guten Tag. Ich habe einen Termin mit Rektor Festbalter.«

Die Nonne musterte mich von oben bis unten, und ich überlegte, ob irgendetwas mit meinem hellgrauen Twinset und der dazu passenden dunkelgrauen Stoffhose nicht stimmte. »Er ist am Kopierer und kommt gleich zurück. Nehmen Sie bitte Platz. Ich bin Schwester Bernadette. Mathematik und Religion.«

Sie war also nicht die Sekretärin, sondern eine Kollegin? Gab es hier auch Priester im Lehrerzimmer? Worüber würde ich mich mit denen in den Pausen unterhalten können? Über die Bibel? Ich sah eine Kirche von innen meist nur zu Weihnachten.

Bevor ich etwas erwidern konnte, ging eine weitere Tür auf, und ich hielt ungläubig die Luft an. Herein kam nämlich mein absoluter Lieblingsschauspieler Matthew McConaughey.

War das zu fassen?!

Okay, es war nicht wirklich Matthew McConaughey, das gebe ich zu, aber dieser Mann sah ihm sehr ähnlich. Das gleiche umwerfende Lächeln, die Grübchen, die stahlblauen Augen, die blonden Haare, die leicht gebräunte Haut … Er war außerdem der bestaussehende Typ, dem ich je begegnet war. Ein High-Fashion-Model, nur wesentlich durchtrainierter.

In diesem Moment merkte ich, dass ich ihn anstarrte. Hoffentlich hatte ich meinen Mund nicht aufgeklappt! Und hoffentlich war er kein Pfarrer!

Es sah nicht danach aus. Matthew, wie ich ihn ab sofort in Gedanken nannte, war vielleicht Mitte dreißig, trug eine Jeans, ein weißes Hemd und ein dunkelblaues Sakko. Wer war er? Ein Kollege? Ein Referendar? Oder gar ein Vater, der von einem Lehrergespräch zurückkam? Egal. Rektor Fett-Alter tat gut daran, sich ganz schnell eine Homepage zuzulegen und Matthews Foto in Großauflösung zu zeigen. Das würde reichen, um die Mütter in Scharen anzulocken und ihre Kinder an der Sankt-Martin-Schule anzumelden. Das würde ich ihm gleich mal vorschlagen.

»Schwester Bernadette, hier sind die Elternbriefe für Ihre Klasse«, sagte Matthew gerade. »Der Drucker hatte mal wieder einen Papierstau.«

Dann sah er mich an. »Sie müssen Frau Wennel sein, Deutsch und Musik. Festbalter, Rektor. Englisch und Sport. Willkommen in der Sankt-Martin-Schule.«

Ich schwankte leicht.

Matthew war »Fett-Alter«?

Warum hatte ich keinen Lippenstift aufgelegt?

Würde er mein Boss werden?

Stellten sich hier alle mit ihren Fächern vor?

Steckte mir auch nichts zwischen den Zähnen?

Wurde von mir erwartet, dass ich die Sankt-Martin-Lieder auswendig konnte?

Würde mein Ehering noch zu sehen sein, wenn ich meinen Daumen fest auf meinen Ringfinger drückte?

War er auch wirklich kein Pfarrer?

Wie mochte er in Badehosen aussehen?

Tausend Fragen gingen mir durch den Kopf, und ich lief knallrot an, während mir gleichzeitig der Schweiß ausbrach. Hoffentlich versagte mein Deo nicht!

Matthew bat mich in sein kleines Büro, das mit Akten, Büchern, Heften und anderen Schriftstücken vollgestopft war. Ich beschwor mein Inneres, cool zu werden, und wir nahmen an einem runden Besprechungstisch Platz. Fieberhaft überlegte ich, wie ich den besten Eindruck auf den Rektor machen konnte, damit ich das neue Kollegiumsmitglied in der Sankt-Martin-Schule werden konnte.

»Grüß Gott«, sagte ich – das war das Einzige, was mir in diesem Moment einfiel.

Sehr originell, Elisa.

Erde, tu dich auf.

Aber Matthew lachte. »Ich bevorzuge das ›Hallo‹. Schwester Bernadette ist die einzige Anhängerin dieser Begrüßungsformel, sie stammt nämlich aus Bayern.«

Wenn das überhaupt möglich war, wurde ich noch röter. »Verzeihung, ich hatte nicht … erwartet, dass hier auch geistige … ich meine … geistliche Kollegen arbeiten. Dumm von mir, bei einer katholischen Schule … Aber ich habe Ihr Profil vergebens im Netz gesucht. Ich meine natürlich nicht Ihr Profil, sondern das Profil Ihrer Schule, obwohl … wenn ich mein Sohn wäre, würde ich Sie jetzt sicher fragen, ob Sie ein Profil bei Facebook haben.«

Was redete ich denn da für einen Schwachsinn?

Ich verstummte. Der Mann musste mich für total bescheuert halten. Aber zu meiner Überraschung lachte Matthew wieder.

»Ich bin tatsächlich bei Facebook, aber zum Glück sind die meisten unserer Schüler noch zu jung, um sich dafür zu interessieren. Und Sie?«

»Oh, ich interessiere mich sehr dafür. Man muss ja mit der Zeit gehen«, log ich und schwor mir, am Abend direkt ein Facebook-Profil zu erstellen – in der Hoffnung, das Datum des Beitritts stand nicht dabei.

»Dann können Sie mich ja adden.«

»Sehr gern! Wann und wo?«, antwortete ich ein wenig zu schnell und überlegte fieberhaft, was genau das noch mal bedeutete.

Matthew sah mich irritiert an. »Bei Facebook?«

Wovon redete er? Bevor ich mich vollends mit meiner Unsicherheit blamierte, wechselte ich schnell das Thema. »Die Schule gefällt mir. Nette Kinder«, log ich erneut.

»Wir geben uns Mühe.« Der Modelrektor lächelte und entblößte eine Reihe perfekter weißer Zähne. »Darf ich Ihnen jetzt ein paar Fragen stellen?«

Du kannst mich alles fragen, dachte ich und entspannte mich ein wenig. Meine Lieblingsblumen, mein

Lieblingsessen, mein Lieblingsfilm, mein Lieblingsrestaurant …

Leider war Matthew aber nur an meinem beruflichen Werdegang interessiert. Er schien erst Verständnis dafür zu haben, dass ich nach der Geburt meines Sohnes die feste Stelle in der fünfzig Kilometer entfernten Schule aufgegeben hatte und mich nach der Elternzeit nur noch als Springerin stundenweise in den näher gelegenen Grundschulen hatte einsetzen lassen, runzelte jedoch kurz die Stirn, als er feststellte, dass in der Zwischenzeit vierzehn Jahre vergangen waren. Ich versicherte ihm, mich trotzdem weitergebildet zu haben.

»Durch die Vertretungen bin ich auf dem Laufenden, was den Unterricht anbelangt. Außerdem habe ich in den letzten Jahren viele ehrenamtliche Aufgaben übernommen, die im weitesten Sinne mit Schule zu tun haben«, sagte ich.

Was nicht ganz gelogen war, schließlich hatte ich hin und wieder in der Stadtbibliothek ausgeholfen und beim Infoabend in Georgs HNO-Praxis zum Thema »Tinnitus, die neue Volkskrankheit?« Prospekte verteilt und Sekt eingeschenkt.

Dann kamen wir auf meine mögliche Anstellung in der Sankt-Martin-Schule zu sprechen. Matthew stand auf und hockte sich vor mich auf den Tisch. »In der vergangenen Woche haben sich unsere Modalitäten verändert. Die schwangere Kollegin fällt früher als erwartet aus.«

»Aus unehelichen Gründen?«

»Wie bitte?«

Ich räusperte mich. »Ob das Kind unehelich ist und sie

deswegen entlassen wird? Wegen des ganzen katholischen Krams?«

Matthew lachte wieder. »Sie wurde nicht entlassen, sie sollte nach den Sommerferien ganz regulär in den Mutterschutzurlaub respektive die Elternzeit gehen. Aber sie wurde krankgeschrieben, sie wird mehrere Wochen ausfallen. Wir gehen davon aus, dass sie in den knapp zwei Monaten bis zu den Sommerferien nicht mehr zurückkommen wird. Also will ich die Stelle nach Möglichkeit schon früher besetzen. Außerdem braucht ihre Klasse eine Klassenlehrerin. Wären Sie bereit, diese Aufgabe zu übernehmen?«

Baby, ich wäre noch zu ganz anderen Dingen bereit, wenn ich nicht verheiratet wäre, wollte ich schon erwidern, schaffte es zum Glück jedoch rechtzeitig, meinen Mund zu halten und nur zu nicken.

»Dann führe ich Sie jetzt herum, und Sie können mir Ihre Fragen stellen.«

Wir gingen durch das nun ruhige Schulgebäude, die Pause war vorbei. Matthew zeigte mir das Lehrerzimmer, die Turnhalle, den Theaterraum und die Mensa. Ich wollte die gute Stimmung zwischen uns nicht trüben, also kommentierte ich nicht die fleckigen Wände und die zerkratzten Türen. Ich hatte schon viele Schulen gesehen und wusste, dass dies der Normalfall war. Er erzählte, dass die Jahrgangsstufen dreizügig seien und ich, sofern ich die Stelle bekäme, eine dritte Klasse übernähme, in der ich Deutsch, Sachkunde und Musik unterrichten müsste. Hinzu kämen noch Musikstunden in anderen Klassen, in dem Bereich habe die Sankt-Martin-Schule momentan Lehrerdefizite.

Insgeheim war ich erleichtert, dass nichts Fremdes auf mich zukam. Ich hatte schon befürchtet, jeden Samstag zur Beichte gehen zu müssen oder etwas Ähnliches. Aber besondere Auflagen wegen der Konfessionszugehörigkeit der Schule schien es nicht zu geben. Als ich diesen Punkt ansprach, erklärte mir der Rektor, dass der Schulträger jetzt die Stadt sei und nicht mehr die angrenzende Kirchengemeinde, man aber nach wie vor engen Kontakt pflege.

»Wenn Sie so wollen, sind wir eine Bekenntnisschule«, erklärte er. »Wir versuchen religiöse respektive ethische Werte zu vermitteln, veranstalten Schulgottesdienste, feiern Sankt Martin, die Geburt Jesu und so weiter.«

Er erzählte noch weiter, aber ich hörte ihm nicht zu. Ich war fasziniert von seiner Wortwahl und überlegte, ob man als Lehrerin mit seinem Boss flirten durfte. Bisher hatte sich mir diese Frage noch nie gestellt, denn es waren entweder Frauen oder übergewichtige respektive (ha!) ältere Herren, die eher zu meiner Schwiegermutter gepasst hätten, meine Vorgesetzten gewesen.

Als wir wieder in seinem Büro ankamen, sah Matthew mich ernst an. »Frau Wennel, ich will ganz offen sein: Sie sind recht lange aus dem regulären Schulbetrieb heraus, haben aber durch Ihre Springerjobs den Kontakt zur Basis nicht verloren, und das ist gut. Außerdem haben Sie sogar die richtige Konfession, was zwar nicht Bedingung ist, aber auch nicht schadet. Wir sind ein wenig in Not, deshalb kann ich nicht lange suchen. Ihre offene Art gefällt mir, und da Sie derzeit die einzige Bewerberin sind, würde ich die Stelle mit Ihnen besetzen, wenn Sie sich für uns entscheiden. Sie ist erst einmal für ein Jahr befristet, aber es bestünde die Möglichkeit zu verlängern, die Kollegin wird vielleicht die volle Elternzeit nehmen. Sie dürfen nur nicht zu lange überlegen, es geht schließlich um die Kinder. Spätestens ab übernächsten Montag hätte ich Sie gern hier.«

Der letzte Satz gefiel mir. Die leise Kritik, dass ich zu lange aus dem regulären Schulbetrieb ausgeschieden war, versuchte ich zu ignorieren, alles andere dazwischen hatte ich direkt wieder vergessen.

Ich nickte. »Danke für Ihr Vertrauen. Ich könnte mir das ganz gut vorstellen, aber ich möchte eine Nacht darüber schlafen und mich morgen bei Ihnen melden.«

Matthew lächelte. »Natürlich. Rufen Sie mich bitte an. Ich gebe Ihnen auch meine Handynummer.«

Ja, bitte tu das, dachte ich. Dann werde ich mir für dich eine extra scharfe Anruferkennungsmelodie aussuchen. Vielleicht *Sex Bomb* oder *Sex On Fire* … Alexander mit seinen *Strangers* war so was von out!

Der smarte Rektor griff in eine kleine Box, die auf seinem Schreibtisch stand, und holte eine Visitenkarte heraus. »Hier haben Sie alle Daten. Bis morgen also?«

Wieder dieses umwerfende Lächeln. Meine Kehle war ganz trocken, und mir wurde wieder heiß. »Klimakakterium« würde Rick jetzt tippen, aber ich hoffte doch, dass es nur die Aufregung war. Meine verschwitzte Hand wollte ich Matthew nicht reichen, deshalb kramte ich umständlich in meiner Tasche und bewegte mich dabei rückwärts in Richtung Tür.

»Ja, bis morgen. Vielen Dank.«

Noch im Auto rief ich Karina an. »Du glaubst es nicht! Halt dich fest! Ich habe Matthew McConaughey getroffen!«

Meine Freundin senkte die Stimme. »Was? Wo denn? Wirklich? Ich bin noch im Büro! Soll ich mich krankmelden? Wo ist er? Kann ich ihn auch sehen? Stellt er einen neuen Film vor? Konntest du ihm an den Hintern fassen? Ist er wirklich so knackig?«

Wenn Karina etwas mit mir teilte, dann meine Vorliebe für Matthew McConaughey. Ich musste kichern. »Ich habe seinen Hintern nicht angefasst, aber er ist bestimmt knackig. Der Rest ist es nämlich auf jeden Fall. Aber bevor du die falschen Schlüsse ziehst: Es war nicht der echte Matthew.«

»Sondern?«

Ich erzählte ihr von meiner Begegnung mit dem heißesten Schulrektor aller Zeiten. »Und du weißt, dass ich bei meinen Vertretungsjobs schon einige Exemplare zu Gesicht bekommen habe«, beendete ich meine Rede.

»Das hört sich ja spannend an! Sexy! Und? Hast du ihn angemacht? Du kannst Alex direkt eins auswischen.«

Ich startete den Motor. »Ich habe ihn natürlich nicht angemacht, ich bin doch verheiratet, und er wird vielleicht mein Boss. Außerdem ist bei Alex gar nichts bewiesen. Ich glaube sowieso, dass ich mir etwas eingeredet habe. Wir wollen schließlich zusammen nach Paris.«

Karina seufzte. »Aber warum schwärmst du dann von dem falschen Matthew?«

»Ich schwärme nicht, ich berichte«, korrigierte ich sie. »Ich kann doch die Brötchen von 'nem anderen Bäcker lecker finden und doch weiter bei meinem kaufen!«

Meine Freundin lachte. »Aber wenn deiner sich plötzlich für eine neue Sorte entscheidet, dann kannst du doch mal woanders kaufen, oder?!«

Ich bremste an einer roten Ampel und wurde wieder rot. »Wieso klingt das bei dir so sexistisch?«

»Weil du mir gerade erzählst, wie lecker dieser Rektor ist!«

Ich grinste. »Er sieht echt zum Anbeißen aus, aber ich … ich möchte einfach nur ein bisschen knabbern …«

»Wie Hänsel und Gretel am Knusperhaus?«

Wir fielen beide in lautes Gelächter ein, das durch die energische Stimme von Karinas Chef unterbrochen wurde.

»Ich muss auflegen«, zischte sie in den Hörer. »Aber eines geb ich dir mit auf den Weg: Solltest du herausfinden, dass Alex dich betrügt, dann darfst auch du in ein neues Brötchen beißen!«

Während ich nach Hause fuhr, dachte ich über Karinas Worte nach. Ich wollte nicht daran glauben, dass mein Mann eine Affäre hatte! So attraktiv ich Matthew auch fand, ich wollte mit Alexander nach Paris und dort unsere Liebe auffrischen. Das eine war ein prickelnder Flirt, das andere meine Ehe, in der Treue absolute Voraussetzung war. Damit qualifizierte ich mich vermutlich mehr für die katholische Schule, als Matthew ahnen konnte.

Am Nachmittag schnappte ich mir mein Notebook und versuchte, etwas mehr über Facebook herauszufinden. Ich musste mich ja nicht sofort anmelden. Die Suchmaschine spuckte jede Menge Informationen heraus, die ich alle überflog. Das meiste vergaß ich sofort wieder, aber an Wörtern wie »ausspionieren«, »Virus«, »allwissend« und »Informationen sammeln« blieb ich hängen. Mist! Das war ja wie beim KGB!

Nun gab ich »adden« ein in Dudens »Neues Wörterbuch der Szenesprachen«. Was es so alles gab! *Adden bezeichnet das Hinzufügen von Kontakten zum eigenen Profil in elektronischen Netzwerken oder Chats*, las ich. Alles klar. Es war leider nichts Verruchtes. Aber ich wusste, wo ich den Begriff schon mal gehört hatte. Ricky und O. J. Warum man allerdings sein Profil irgendwo erstellen und sich mit Leuten, die man sowieso kannte, per Computer verbinden sollte, war mir schleierhaft.

Ich las mich weiter durch die Suchergebnisse. Man sollte Einstellungen »benutzerdefiniert« und nicht »öffentlich« vornehmen. Von »Anwendungen«, »Timeline« und »Markierungen« war die Rede. Ich hielt mich zwar nicht für eine komplette Idiotin, wurde jedoch immer unruhiger. Wer sollte denn da noch durchblicken? Andererseits war ich neugierig, was Matthew Festbalter in seinem Profil über sich schrieb. Etwa: *Sehe aus wie ein Hollywoodstar, leite eine katholische Schule und werde »Fett-Alter« von meinen Schülern genannt?*

Meine Neugier siegte. Ich kniff kurz die Augen zusammen, zeigte mir selbst den Daumen hoch und rief die Facebook-Seite auf. Eine Stunde später hatte ich alle Nutzungsbedingungen, Datenverwendungsrichtlinien und Bestimmungen zur Verwendung von Cookies durchgelesen und nicht einmal die Hälfte davon verstanden. Mein Vater sagte früher immer, es gäbe so viele blöde Leute, weil die meisten das Kleingedruckte niemals läsen. Leider vergaß er zu erwähnen, dass man ohne das Wörterbuch »Kleingedrucktes – Deutsch, Deutsch – Kleingedrucktes« sowieso nicht klarkam, ob man es nun las oder nicht. So jedenfalls erging es mir gerade. Ich hätte wetten können, dass weder Rick noch seine Freunde diese Seite auch nur einmal angeklickt hatten.

Todesmutig füllte ich alle erforderlichen Angaben zur Registrierung aus. Was? Wieso wollten die mein Geburtsdatum haben? Ich war doch schon erwachsen. Unverschämt. Ich versuchte das zu umgehen, scheiterte aber. Erst als ich es preisgab, war die Registrierung erfolgreich. Jetzt sollte ich noch etliche andere Angaben machen. Wie bitte? Wen ging es an, welche Filme ich gern sah und ob ich an Männern oder Frauen interessiert war? Ich weigerte mich auch, ein Foto hinzuzufügen, Adresse, Standort und alle meine Stationen ab der Geburt auszufüllen. Das Lesen des Kleingedruckten hatte sich also doch ausgezahlt.

Jetzt begann der angenehme Teil. Die Kür nach der Pflicht sozusagen. Ich gab »Matthew Festbalter« als Suchbegriff ein und hielt gespannt den Atem an. Kein Treffer. Dann fiel mir ein, dass er ziemlich wahrscheinlich nicht Matthew hieß, und suchte nach der Visitenkarte. Wie nannte wohl eine Mutter ihr Kind, das eines Tages wie ein männliches Topmodel aussehen würde?

Thomas Festbalter, Rektor, stand auf der Karte.

Thomas, wie langweilig. Ich tippte ihn ein, und siehe da: ein Foto im Miniformat, das sich nicht vergrößern ließ. Es zeigte einen Mann, der ganz entspannt in einem Strandkorb saß. Mit viel Fantasie konnte es sich tatsächlich um Matthew handeln. Viel blöder war jedoch, dass ich sonst nichts über ihn lesen konnte! Offensichtlich hatte auch er das Kleingedruckte gelesen und die Häkchen in die richtigen Rubriken gesetzt.

Ich war enttäuscht, ich gebe es zu.

»Thomas als Freund hinzufügen«, schlug Facebook mir vor, und ich klickte auf »Freundschaftsanfrage versenden«. Adden erledigt.

Mehr aus Frust gab ich wahllos ein paar Namen von Bekannten ein und stellte verblüfft fest, dass sie alle bei Facebook waren! Und nicht nur das – bei den meisten konnte ich lesen, was sie gerade machten, wo sie letztes Wochenende waren, was sie gern mochten, wem sie was zu sagen hatten und wie sie in allen Lebenslagen aussahen!

Ich klickte mich durch Fotoalben, Kommentare zum Wetter, Fernsehsendungen und der politischen Lage, erfuhr, wer wann bügeln musste, wohin der nächste Urlaub ging, wer mittlerweile geschieden war, wessen Kinder hässlich aussahen oder schlechte Noten in der Schule hatten und wer sich von welcher Pizza übergeben musste. Fast alle meine Studienkollegen, ehemaligen Schulfreundinnen und Exfreunde hatte ich gefunden. Und dazu deren Partner, Kinder, Eltern, Onkel und Cousinen.

Es war einfach unglaublich!

Vier Stunden später – Rick blieb in seiner Höhle, was mir heute sehr recht war – schaltete ich mit glänzenden Augen den Computer aus, und das nur, weil ich Alexanders Hausschlüssel im Türschloss hörte. Aber ich war noch lange nicht fertig!

Jetzt kannte ich das Erfolgsgeheimnis von Facebook! Es war die größte Neugierbefriedigung aller Zeiten! Gegen diese geballte Ladung von privaten Informationen kam keine Klatschzeitung oder Tratschtante jemals an! Es war einfach perfekt. Und vor allem: Es gab genügend Stoff für alle. Ich würde mir eine Liste mit Namen anfertigen, die ich durchchecken wollte. Meine früheren Klassenkameraden, die Eltern der Schüler, die mir besonders im Gedächtnis geblieben waren, unsere Nachbarn, Alexanders Arbeitskollegen, unsere komplette Verwandtschaft und die Urlaubsbekanntschaften, die wir im Laufe der Jahre gemacht hatten – sie alle wollte ich mir ansehen, in der Hoffnung, dass sie ihr Häkchen an »öffentlich« gesetzt hatten.

Was für ein Spaß!

Alex kam herein. »Gibt's nichts zu essen?«, fragte er, als er den leeren Küchentisch und das noch ungespülte Geschirr auf der Ablage sah.

Essen? Ach ja, Abendessen. Vor lauter Herumschnüffeln hatte ich völlig die Zeit vergessen. Ich zeigte auf den Kühlschrank.

»Hol schon mal die Getränke. Ich deck den Tisch.«

Mein lieber Gatte nickte. »Wir müssen gleich etwas besprechen. Wegen Paris. Ich weiß jetzt, wann ich fahre.«

»Du meinst, wann *wir* fahren«, korrigierte ich ihn.

»Ja, sicher.«

Das klang zwar nicht gerade begeistert, aber ich schob es darauf, dass Alex gedanklich noch immer im Büro war. Zumindest schien es etwas konkreter zu werden, das passte ganz gut. Ich hatte mir nämlich überlegt, die Stelle an der Schule auf jeden Fall erst nach unserem Paris-Trip anzutreten.

»Wo ist Rick?« Alexander deutete fragend auf die Treppe, und ich nickte. »Rick!«, rief er.

Keine Antwort. Das Alien hatte seine Ohren wieder auf Durchzug gestellt.

»Wenn du nicht kommst, ess ich deine Portion mit!« Alex zwinkerte mir zu.

Eine Tür knallte, dann waren Schritte zu hören. »Wag es ja nicht, Papa!«

»Wenn es ums Essen geht, ist er eindeutig mein Sohn«, sagte mein Mann und setzte sich. »Und? Was hast du heute so Schönes gemacht?«

Na, bravo. Auch wenn es ums Zuhören ging, waren Alex und Rick eindeutig Vater und Sohn. Ich hatte zwar das Vorstellungsgespräch mehrfach erwähnt, übrigens am Morgen das letzte Mal, aber offensichtlich hatte mein lieber Mann auch da seine Ohren auf Durchzug gestellt.

»Ich war in der Sankt-Martin-Schule«, sagte ich.

»Schön, schön«, brummte Alex.

»Willst du gar nicht wissen, warum?«

»Gibt es noch was von dem leckeren Spießbraten?«

Ich knallte die Teller auf den Tisch. »Das ist nicht dein Ernst.«

Ein strafender Blick traf mich. »Elisa! Was soll das? Hab ich was Falsches gesagt?«

Ich stellte mich vor meinen Mann und zwang ihn, mich anzusehen. »Wo auch immer du mit deinen Gedanken bist – komm mal runter! Ich hatte heute mein Vorstellungsgespräch.«

Meine Worte schienen endlich angekommen zu sein, denn Alex' unruhiger Blick wurde klarer. »Ach ja, entschuldige, hab ich ganz vergessen. Und? Wie war's bei den Katholiken? Bekommst du den Job, obwohl du mit einem Protestanten verheiratet bist?«

Während ich Brot, Käse und Wurst auf den Tisch stellte, erzählte ich ihm die Kurzversion. Nette Schule, netter Rektor, nettes Stellenangebot. War ja nicht gelogen, ich bemühte mich lediglich, nicht allzu sehr ins Schwärmen zu geraten. Ich erwähnte auch, dass die Stelle schon früher besetzt werden sollte.

Alex nickte. »Das wäre doch in Ordnung für dich, oder?«

»Sobald wir aus Paris zurückkommen, bin ich bereit.«

»Willst du dir die Reise wirklich antun? So kurz vor dem Arbeitsbeginn?« Mein Mann sah auf seinen Teller. »Vielleicht ist es besser, du bleibst hier und bereitest dich darauf vor. Ich meine, ich habe dir ja schon gesagt, dass ich kaum Zeit für dich haben werde. Es wird sehr anstrengend.«

»Jetzt übertreib aber nicht«, antwortete ich. »Abends hast du doch frei, und wer weiß, wann wieder so eine Gelegenheit kommt. Ich komme auf jeden Fall mit.«

Rick, der die letzten Sätze mitbekommen hatte, nickte. »Meine Erlaubnis hast du auch. Je früher du mal wieder unter Leute kommst, desto besser. Du wirst nämlich immer merkwürdiger.«

Eine halbe Stunde später war das P-Alien wieder im Mutterschiff verschwunden, und Alexander erzählte mir, wann genau er fahren musste. In einer Woche, am Mittwoch, um genau zu sein, sollte es losgehen, es waren zwei Übernachtungen eingeplant.

»Oh, ich dachte, vier. Sollen wir nicht das Wochenende

anhängen? Dann könntest du wenigstens auch etwas von Paris sehen.«

Begeistert sah mein Mann nicht aus, aber er nickte verhalten. »Könnte man drüber nachdenken.«

Perfekt. Und direkt danach würde ich die Stelle antreten. Das musste ich Matthew-Thomas Festbalter gleich morgen mitteilen.

Das Telefon unterbrach uns. »Ich erwarte keine Anrufe«, gab Alex seinen Standardspruch zum Besten und machte keine Anstalten aufzustehen.

»Ich auch nicht. Der Anrufbeantworter soll rangehen.« Ich versuchte das Klingeln zu ignorieren und mich auf Paris zu konzentrieren. »Wie sieht es mit dem Hotelzimmer aus? Du hast hoffentlich daran gedacht, direkt ein Doppelzimmer zu buchen? Meinst du, dass wir dort verlängern können? Und ein Flugticket brauche ich dann wohl auch.«

»Hallo! Hallo? Warum ist bei euch um diese Uhrzeit niemand zu Hause?«, krakeelte meine Schwiegermutter in den Raum hinein. »Ich will nicht mit einem Automaten sprechen! Nie kann ich euch erreichen! E-li-sa-beth! Hallo!«

Ich reichte Alex den Hörer, der ihn wild gestikulierend zu verweigern versuchte. »Sie hat mich heute schon dreimal auf dem Handy angerufen. Und gestern. Und vorgestern«, zischte er.

Deshalb hatte ich also nichts von Margret gehört! Ich hatte mich schon gewundert, dass ich von ihren Verhören in den letzten Tagen verschont worden war. Sie hatte sich lediglich einmal gemeldet, um mir zu erklären, dass es ein Institut gebe, in dem ich Ricks Urin auf Drogen untersuchen lassen könne. Das hatte sie in einer CSI-Folge im

Fernsehen gesehen. Ich musste ihn nur dazu bringen, in einen Becher und nicht in die Toilette zu pinkeln. Sie erbot sich sogar, selbst das Institut ausfindig zu machen, und schlug vor, ihr meine Urinprobe doch auch direkt mitzugeben.

»Es ist deine Mutter, Alex. Und sie wird sowieso gleich von mir wissen wollen, ob du da bist, das ist ihre Standardfrage.« Sollte er sich doch mit den CSI-Ambitionen seiner Mutter herumplagen.

Während Margret weiter den Anrufbeantworter quälte, verdrehte mein Mann mit einem genervten Gesichtsausdruck die Augen, ging dann aber doch ans Telefon.

»Mutter. Was ist denn los?« Er lauschte eine Weile, nickte ein paarmal, grunzte, murmelte etwas, grunzte dann wieder und ballte schließlich eine Faust. »Perfekt. Ich gehe mit dir konform. Bestens. Natürlich kannst du jederzeit zu uns … versprochen! Wir kümmern uns … ja, gleich morgen … jaaa … ja, Mutter! Selbstverständlich regle ich das … ja. Gute Nacht … Wie bitte? Natürlich haben wir die Fenster geschlossen. Ja, auch im ersten Stock … Nein, wir möchten keine Bretter vor den Fenstern haben, wir haben eine Alarmanlage, und sie ist intakt, ich versichere es dir! Du solltest nicht so viele Krimis schauen, Mutter! Ja … Gute Nacht!«

Er drückte auf den roten Knopf und machte in meine Richtung das Victory-Zeichen. »Endlich! Sie hat es eingesehen!«

»Was denn? Dass sie herrschsüchtig, unverschämt und aufdringlich ist?«

Alex kratzte sich am Kopf und grinste. »Das noch nicht.

Aber dass sie zusammen mit Helga ins Haus Sonnenblume ziehen sollte.«

Ich nahm einen Schluck Wein. »Ist nicht wahr.«

»Doch. Mutter scheint in den letzten Tagen gründlich nachgedacht zu haben. Sie ist zu dem Schluss gekommen, dass die Seniorenresidenz doch keine so schlechte Adresse und besser gesichert als ihr Haus ist. Sie und ihre Schwester nehmen das Doppelapartment.«

Ich trank noch zwei Schluck. »Das glaube ich erst, wenn der Umzugswagen vor der Tür steht.«

Mein Mann lächelte. »Das Apartment ist nicht so groß, also können wir den Umzug ganz problemlos organisieren. Viel wird sie nicht mitnehmen können. Nur ihre Lieblingsmöbel.«

Ich hoffte, dass er mit »wir« seine Schwester und sich meinte. »Und was wird aus ihrem Haus?«

Alexander strahlte. »Das wird sich alles finden. Hauptsache, Mutter ist einsichtig. Sie wird endlich nicht mehr allein leben. Ich finde das fantastisch!«

Ich konnte mir nicht vorstellen, dass Margret so ohne Weiteres einsichtig geworden war, und vermutete daher einen Haken an der Sache.

»Sonst hat sie nichts gesagt? Keine Bedingungen gestellt?«

Mein Gatte runzelte die Stirn. »Na ja, so pro forma eben …«

In meinem Kopf heulte eine Sirene auf. Bei Margret gab es nichts »pro forma«. »Was genau meinst du damit?«

»Ich musste Mutter versprechen, dass sie, sofern es im Seniorenheim ein Problem geben sollte, jederzeit zu uns kommen kann.«

Die Sirene wurde unerträglich laut. »Zu uns?«

Alex tätschelte mir wie einem unartigen Kind die Schulter. »Zu Cassi oder zu mir, aber mach dir keine Gedanken, das ist doch nur zu ihrer Beruhigung, damit sie vor dem Umzug keine Angst haben muss. Ich bin sicher, es wird keine Probleme geben.«

Ich wollte ihm wirklich glauben, aber es gelang mir nicht. Bei Margret musste man auf alles gefasst sein.

Kapitel 7

»Ich bin noch nicht tot, auch wenn es anscheinend euer Wunsch ist, dass ich bald sterbe!«

MARGRET

In den nächsten Tagen war bei uns die Hölle los. Meine Eltern machten vor ihrer Donau-Kreuzfahrt noch den großen medizinischen Check-up, sie riefen permanent an, um mir tausend überflüssige Fragen zu stellen. Ich musste alles über Impfungen, die Wassertemperatur, ärztliche Versorgung und Schiffsübelkeit herausfinden. Nebenbei ermahnten sie mich, mir selbst für Paris und Rick für seinen Aufenthalt bei Karina warme Unterhosen einzupacken. Sie machten mich mehrfach darauf aufmerksam, dass meine beste Freundin kein eigenes Kind habe und sich daher nur mit Hunden auskenne. Komischerweise rieten sie mir nicht, auch Alex warme Unterhosen einzupacken, was zweierlei bedeuten konnte: Entweder sie hielten ihn für mündig und selbstständig genug, um für sich selbst zu sorgen, oder seine Gesundheit interessierte sie nicht besonders. Ich wollte die Antwort lieber gar nicht erst wissen.

Als sie mit den besten Testergebnissen und einem Zusatzkoffer voller Medikamente und medizinischer Utensilien glücklich und aufgeregt abgereist waren, stürzte ich mich endlich in die Paris-Planung, kümmerte mich um Alexanders Hoteldoppelzimmer (wir konnten glücklicherweise zwei weitere Nächte bleiben) und buchte einen Flug für mich.

Karina bombardierte mich mit Mails, in denen sie mir abwechselnd Verführungstipps für die französischen Nächte oder Flirttipps im Job erteilte. Sie wollte auch meinen Rat, wie sie die Freundin ihres Ex am besten sabotieren konnte. Ich überredete sie, noch eine Weile mit haarsträubenden Plänen wie »Ich schalte von den beiden eine Todesanzeige in der Zeitung« oder »Ich schmuggele zehn verdorbene Hähnchen in die Praxis« bis zu meiner Rückkehr aus Paris zu warten, und versprach, ihr dann beim Schmieden zu helfen. Ich ahnte, dass es ein Stück Arbeit werden würde, sie von solchem Unsinn abzubringen.

Alexander sah ich noch weniger als sonst. Er fuhr nach der Arbeit direkt zu seiner Mutter, damit die Planungen für den Umzug rasch Gestalt annehmen konnten. Margret tat natürlich so, als ob es von Anfang an ihr eigener Entschluss gewesen wäre, in die »Sonnenblumenvilla«, wie sie sie nannte, zu ziehen, und stellte den Ort als eine Art königliche Fünf-Sterne-Residenz dar. Die Schwestern hatten sich in einer Blitzaktion das größte Doppelapartment im Haus gesichert, und es war bereits bezugsfertig. Sie konnten jederzeit einziehen. Laut Alex durfte niemand Margrets oder Helgas körperliche Beschwerden auch nur erwähnen.

Sexy-Matthew hatte ich fest zugesagt, die Stelle am übernächsten Montag anzutreten. Er hatte zwar am Telefon nicht vor Glück geweint, wie ich es mir in einem Tagtraum ausgemalt hatte, schien sich aber zumindest aufrichtig zu freuen und versprach mir seine »volle Unterstützung«. Meine

Freundschaftsanfrage bei Facebook erwähnte er nicht und ließ sie auch unbeantwortet, wie ich schnell feststellte. Ich war nämlich ganz und gar in die Klatsch- und Tratschwelt des sozialen Netzwerks eingesunken und konnte mich nur schwer wieder davon loseisen. Begriffe wie »posten« und »liken« waren kein Thema mehr.

Ich hatte zwar selbst noch nichts gepostet und auch nichts geliked, dafür aber anhand der Postings anderer, mitteilsamer Mitmenschen sensationelle Neuigkeiten erfahren: Meine ehemalige Mitbewohnerin im Studentenheim, Sandra Wilkowski, war »in einer Beziehung« mit einer anderen Frau, wollte mit ihr ein Baby adoptieren und liebte es, samstags bei Ikea zu frühstücken. Olaf Lentzen, ein ehemaliger Klassenkamerad, saß wegen bewaffneten Raubüberfalls im Gefängnis (und postete täglich »philosophische Knastgedanken«, die mindestens vier Dutzend Leute geliked hatten), und Herr Wilmer-Pauden, der mittlerweile knapp achtzigjährige Nachbar meiner Eltern, stand angeblich auf Rave- und Techno-Partys und hatte mehr als dreitausend Facebook-Freunde, wobei ich mich fragte, wie er mit dem Computer klarkam und woher er so viele Menschen kannte. Ich hatte Herrn Wilmer-Pauder immer als einen biederen, ruhigen Mann erlebt, der in seinem Schrebergarten Tauben züchtete. Seine Frau war drei Jahre zuvor gestorben, und meine Mutter sagte stets, dass die Tauben Herrn Wilmer-Pauders Trost gewesen seien und ihn vor einer schweren Depression gerettet hätten. Nun, vielleicht war das Wort »Tauben« immer nur der Deckname für »Facebook-Freunde« gewesen, schließlich hatte sie keiner von uns je zu Gesicht bekommen.

Nur zwei Tage nachdem ich meinen Facebook-Account

erstellt hatte, erreichten auch mich mehrere Freundschaftsanfragen. Ob sie mich alle gesucht oder doch von einem Geheimagenten die Information meiner Mitgliedschaft bekommen hatten, fand ich nicht heraus, jedenfalls entdeckte ich sie in meinem virtuellen Postfach. Einige Bekannte aus Ricks Schule, Petra, eine Freundin aus der Schulzeit, die einige Jahre zuvor nach Berlin gezogen war und zu der ich immer noch lockeren Kontakt hielt, Herb, mit dem ich damals das Referendariat gemacht habe, zwei ehemalige Kolleginnen und – was die größte Überraschung war – Schwägerin Cassandra! Die meisten hatten eine persönliche Nachricht an mich geschrieben, nicht aber Cassi. Von ihr war nur die offizielle Anfrage *Dr. Cassandra Wennel möchte mit dir auf Facebook befreundet sein.*

Lustig, denn im wahren Leben wollte meine Schwägerin gar nicht mit mir befreundet sein. Mein erster Impuls war, sie abzulehnen, zu blockieren oder gar zu melden, ich besann mich aber des lieben Familienfriedens willen anders und klickte auf »bestätigen«. Damit hatte ich den Zutritt in die große weite Geschäftswelt: Der Blick auf ihr Profil sagte alles. Eine Sammlung philosophischer Zitate, Lieblingsbücher, von denen wir Normalsterblichen noch nie etwas gehört hatten, ja nicht einmal den Klappentext verstehen würden, und als Hobby Golfen in der Bretagne und Tauchen in der Südsee. Da ich einen Golf fuhr und gern in der Badewanne unter Wasser tauchte, war das genau die richtige Freundschaftsbasis für uns.

Am nächsten Tag begegnete ich meiner neuen Freundin persönlich. Ich begrüßte sie mit einem strahlenden Lächeln und einem Daumen hoch, dem geheimen Facebook-Zeichen. Cassandra sah mich genauso kühl und herablassend an wie immer. Wir waren in Margrets Haus, wo die Patronin ihren Umzug vorbereitete. Sie hatte uns abends um halb acht zu einem Jour fixe beordert. Das Englische verdammte sie, das Französische schien ihr dagegen plötzlich gut zu gefallen. Das sollte mal einer verstehen.

»Es muss vernünftig ablaufen«, sagte meine Schwiegermutter, sobald wir an ihrem massiven Esstisch Platz genommen hatten. »Ich weiß, dass du damit deine Schwierigkeiten haben wirst, Elisabeth, deshalb habe ich alles aufgeschrieben. Ich werde euch die Listen mitgeben, damit ihr wisst, was wann zu tun ist. Punkt für Punkt.«

»Reicht es nicht, wenn Alex und Cassi helfen? Ich muss mich auf meine neue Stelle vorbereiten«, versuchte ich mich herauszureden, was noch nicht einmal gelogen war. Den kleinen Seitenhieb ignorierte ich. »Du weißt doch, dass ich wieder anfange zu arbeiten.«

Margret schnaubte. »Es ist mir schleierhaft, dass mein Sohn das erlaubt, aber das ist ein Thema, mit dem ich mich jetzt nicht befassen kann. Ich rechne fest mit deiner Hilfe.«

Alex hob die Augenbrauen. »Mutter, wir leben im 21. Jahrhundert. Auch Frauen gehen arbeiten.«

»Sie sollten es aber nicht tun, wenn sie dabei ihre Kinder vernachlässigen. Wer weiß, in welche Kreise Richard gerät, wenn er erst einmal ständig allein ist.«

»Elisa ist Grundschullehrerin und wird mittags vor unserem Sohn zu Hause sein.«

Meine Schwiegermutter blieb uns eine Antwort schuldig, denn Cassi schaltete sich ein. »Mutter, ich habe keine Zeit, über Elisa zu diskutieren. Wir sind wegen deines Umzugs hier. Hast du dir schon Gedanken gemacht, was mit dem Haus passieren soll?«

Margret sah ihre Tochter verwundert an. »Wie meinst du das?«

»Willst du es Alexander oder mir überschreiben? Dann sparen wir uns später die Erbschaftssteuer. Ich wäre bereit, hier zu wohnen und meinen Bruder auszuzahlen. Ihr wollt bestimmt nicht hierherziehen, oder, Alex?«

Ich war so mit meinen eigenen Dingen beschäftigt, dass ich über diese Möglichkeit gar nicht nachgedacht hatte. Mein Mann sah mich an. »Eher nicht, oder?«

In diesem alten Kasten leben? Mit Margrets Geist im Nacken und ihren regelmäßigen Kontrollbesuchen? Auf gar keinen Fall! Ich war in unserem Häuschen sehr glücklich, und das sagte ich auch.

Alex nickte. »Sehe ich genauso. Du kannst das Haus haben, Cassi.«

»Moment mal! Ich bin noch nicht tot, auch wenn es anscheinend euer Wunsch ist, dass ich bald sterbe. Was mit meinem Haus passiert, bestimme immer noch ich!«, mischte sich Margret mit erhobener Stimme ein. »Hier wird gar nichts überschrieben. Ich habe bereits einen Makler mit dem Verkauf beauftragt.«

Stille breitete sich aus. Mein Gatte schien überrascht, seine Schwester eher wütend.

»So?«, sagte sie sichtlich erregt. »Wir sollen dir also bei allem helfen, aber du hältst es nicht für nötig, dich in so einer wichtigen Sache mit uns abzusprechen? Darf ich fragen, warum du verkaufen willst?«

Margret zuckte mit den Schultern. »Auch wenn ich in die

Sonnenblumenvilla ziehe, möchte ich meinen gewohnten Standard beibehalten. Ich will mich vernünftig kleiden, hin und wieder eine Reise machen und so weiter. Außerdem habe ich gern größere Mengen Bargeld zur Verfügung. Man weiß nie, was kommt. Ich erwarte von euch, dass ihr das respektiert. Und jetzt sollten wir zum Wesentlichen kommen: Was soll mit meinem Besitz geschehen?«

Cassandra hatte ihre Beherrschung wiedergefunden, man konnte nicht erkennen, wie enttäuscht sie war. Finanziell gesehen ging es ihr sehr gut, daran konnte es nicht liegen, dass sie gegen einen Hausverkauf war, vielleicht hing sie mehr an ihrem Elternhaus als ihr Bruder. Doch ich hatte keine Zeit, weiter darüber nachzudenken, denn Margret teilte bereits besagte Listen an uns aus. Sie hatte ihr gesamtes Hausinventar aufgeführt und dazugeschrieben, was damit geschehen sollte. Es gab drei Sparten: *ins Appartement mitnehmen, kurzfristig aufbewahren und langfristig einlagern.* Ich vermisste die Sparten *verschenken* und *wegwerfen.*

»Wo soll denn der Krempel aufbewahrt oder eingelagert werden?«, fragte ich.

Naiv, ich weiß. Die Antwort hätte ich mir natürlich denken können. »Bei euch selbstverständlich. Natürlich hat Cassandra nur eine Wohnung mit begrenzten Räumlichkeiten, euch dagegen steht ein ganzes Haus zur Verfügung, deshalb habe ich bei den Sachen, die bei euch gelagert werden, einen gelben Punkt gemacht. Übrigens möchte ich nicht, dass du meine kostbaren persönlichen Dinge ›Krempel‹ nennst, Elisabeth. Das ist respektlos.«

Ich war bedient. Fassungslos starrte ich auf den Zettel. Wo um Himmels willen sollte ich zwei Ohrensessel, ein Massivholzecksofa und den dazu passenden, dreitürigen Schrank unterbringen? Ganz zu schweigen von einer Frisierkommode, einem Louis-Quinze-Waschtisch, einem Kristallkronleuchter, vier Stehlampen, sechs Porzellanservices für je zwölf Personen, sechs Garnituren Silberbesteck, zweiundzwanzig Kristallvasen, zwei Rasenmähern und einer Trockenhaube?

»Mutter«, meinte auch mein Mann, dem offensichtlich ganz ähnliche Gedanken durch den Kopf gingen. »Wir haben für deine Möbel keinen Platz. Außerdem wirst du sie nie wieder brauchen.«

Margret schlug mit der flachen Hand auf den Tisch. »Willst du mir damit zu verstehen geben, dass ich mich nun an meine letzte Lebensstation begebe? Das ist pietätslos! Wie kannst du es wagen, Alexander!«

Alex verstummte, aber zum Glück kam ihm seine Schwester zu Hilfe. »Sei nicht albern, Mutter. Vielleicht ziehst du irgendwann noch zu einem Multimillionär nach Marbella, aber selbst dann wirst du deinen Hausrat nicht mehr brauchen. Und ich muss dir ganz ehrlich sagen, dass ich in meiner Wohnung wahrhaftig keinen Platz für deine Kleinmöbel und Vorhänge habe. Auch einunddreißig Hüte, sechsundvierzig Kleider und siebzehn Paar Schuhe kann ich nicht unterbringen – selbst im Keller nicht. Du musst entweder einen Lagerraum anmieten oder die Sachen weggeben.«

Vielleicht war es Cassis Reaktion auf Margrets Ankündigung, das Haus zu verkaufen, ich war auf jeden Fall froh, dass wir uns alle einig waren, denn Margrets Gesicht färbte sich gerade puterrot, und das verhieß nichts Gutes. Ich hätte mich nicht gewundert, wenn die Patronin einen schwarzen Revolver gezogen und ihn auf uns gerichtet hätte.

»So ist das also«, zischte sie. »Das nennt ihr Hilfe? Wenn das euer Vater wüsste, er würde euch glatt enterben! Ich schlage vor, ihr denkt noch einmal über eine Lösung nach. Ich erwarte von meinen Kindern bedingungslose Unterstützung! Bedingungslose, versteht ihr?«

Das Vibrieren eines Handys unterbrach die Stille, die nun am Tisch herrschte. Ich sah, wie Alex in die Sakkotasche griff. Komisch, dass er sich bei seiner Mutter noch nicht einmal traute, sein Handy laut zu stellen! Dadurch würde ich nicht erfahren, ob es wieder die *Strangers* waren.

»Du wirst doch wohl nicht telefonieren, du sitzt an meinem Tisch, und wir reden über wichtige Sachen«, sagte Margret.

Alexander steckte nickend das Handy wieder weg. »Natürlich nicht.«

Wie machte diese Frau das nur? Wenn ich das gesagt hätte, wäre seine Antwort nur »Ist aber wichtig« gewesen, und er hätte den Raum verlassen.

Ich räusperte mich. »Margret, du darfst nicht böse sein, aber wir können deine Möbel nicht unterbringen. Wir haben keinen Platz.«

»Von dir habe ich natürlich keine Unterstützung erwartet, Elisabeth«, sagte meine Schwiegermutter. »Aber ich gebe dir einen guten Rat: Vielleicht wirfst du ein wenig von eurem ›Krempel‹ weg und stellst so lange meine teuren, hochwertigen Stücke hin. Natürlich nur leihweise, und du musst darauf achten, dass sie regelmäßig fachgerecht gereinigt werden.«

Jetzt wurde auch ich wütend. »Margret, nur dass es klar ist: Wir können deine Sachen nicht lagern und unsere eigenen dafür wegwerfen. Über den Geschmack sollte man nicht streiten, also akzeptier bitte, dass wir einen anderen haben.«

Cassandra nickte. »Das finde ich auch. Deine Listen sind absurd, Mutter. Überleg dir doch, was du vielleicht spenden oder verschenken möchtest. Dann rufe ich jemanden an, der die Sachen hier bei dir abholt.«

Meine Schwiegermutter protestierte noch eine Weile, bezeichnete uns als undankbar und bequem, aber wir drei blieben standhaft. Schließlich gab sie die Diskussion auf und verteilte neue Zettel, auf denen sie notiert hatte, was sie in die Sonnenblumenvilla mitnehmen wollte. Sie erklärte uns, dass sie ein professionelles Umzugsunternehmen erwarte, das ohne Fehler arbeite und in der Lage sei, mit ihren wertvollen Dingen respektvoll umzugehen. Alexander versprach unterwürfig, sich um eine adäquate Firma zu kümmern und alles im Vorfeld vorzubereiten, während Cassi für den eigentlichen Umzugstag zuständig sein würde. Ich bot mich an, Margret zu helfen, geeignete Abnehmer für das zu finden, was sie verschenken oder verkaufen wollte, erntete jedoch einen vernichtenden Blick.

»Nein, Elisabeth. Nach eurer Ablehnung verzichte ich lieber. Das mache ich selbst. Ich möchte nicht, dass mein Besitz in falsche Hände gerät … womöglich auf irgendwelchen Rumänienmärkten verschoben wird. Erst neulich habe ich eine Dokumentation darüber gesehen, wie harmlose Bürger von Ausländern betrogen und um ihr gutes Geld gebracht werden. Es sind organisierte Banden, vor denen man sich in Acht nehmen muss. Da ihr mich ja im Stich lasst, werde ich alles der Kirche spenden. Unser Pfarrer wird mir sicher beistehen. Dann tue ich wenigstens noch etwas Gutes.«

Amen, ergänzte ich in Gedanken.

Ich würde schließlich demnächst an einer katholischen Schule unterrichten. Höchste Zeit, sich mit den Gepflogenheiten wieder vertraut zu machen.

»Man könnte meinen, sie ist die Präsidentin und wir ihr Generalstab«, sagte ich später zu Alex, als wir nach Hause fuhren. »Diese Frau ist einfach unmöglich! Ich bin gespannt, wie sie im Seniorenheim mit dem Personal umgehen wird. Wahrscheinlich wird die Kündigungsrate nach ihrem Einzug rasant ansteigen.«

Mein Mann lachte. »Das Wort ›Seniorenheim‹ steht auf dem Index, Schatz. Lass es bloß nicht Mutter hören. Du weißt, wir reden nur noch von der Sonnenblumenvilla mit 24-Stunden-rundum-sorglos-Service.«

Ich registrierte wohlwollend, dass er mich »Schatz« genannt hatte, und wischte allen Ärger beiseite. Bald würden Alex und ich durch Paris flanieren, und der ganze Patroninnenärger läge hinter uns. Wenn ich meinen Mann so von der Seite ansah, dann konnte ich mit ein wenig Fantasie fast George Clooney erkennen. Und der konnte mit Matthew McConaughey schließlich mithalten. Ich beschloss, den Abend nicht vor dem Fernseher ausklingen zu lassen, sondern im Schlafzimmer. Wir sollten für Paris schon ein wenig trainieren.

Ein Summen unterbrach meine erotischen Gedanken. »Was ist das?«, fragte ich, während Alexander auf den Telefonknopf im Lenkrad drückte. »Mein Handy. Ich habe noch den Vibrationston an. Hallo? Hier Wennel!«

Über die Freisprechanlage im Wagen ertönte eine weibliche Stimme. »Ich bin's. F. F.« Sie kicherte.

Hätte ich am Steuer gesessen, ich wäre direkt gegen einen Baum gefahren. Die Feldhoff bezeichnete sich selbst als »F. F.«? Was bedeutete das? Fucking Fiona? War das Verhältnis zwischen ihr und Alex immer so intim? Nannte Alex sich vielleicht sogar »A. W.«, wenn er sie anrief?

»Hallo. Meine Frau und ich fahren gerade erst zurück. Es hat länger gedauert. Wir sitzen noch im Auto.«

»Oh! Tut mir leid, Sie zu stören, aber die Franzosen warten auf meinen Rückruf. Sie haben die Skizzen gefaxt und brauchen ein schnelles Feedback, damit alles für Paris vorbereitet werden kann.«

F. F.s Stimme wurde einen Ton geschäftlicher. Weil sie nun wusste, dass ich zuhörte?

»Und wie sehen die Skizzen aus? Reichen sie für die Powerpoint-Präsentation? Oder müssen wir mit Klötzchen arbeiten?«

Fiona Feldhoff kicherte wieder. »Na ja, ich würde sagen, es lässt sich etwas damit anfangen. Es wäre ganz gut, wenn Sie noch heute einen Blick darauf werfen könnten.«

O nein. Nicht an einem Sonntag! Ich hoffte, dass mein Mann ablehnte, aber er nickte. »Alles klar, ich setze nur meine Frau zu Hause ab und komme dann ins Büro. Halten Sie sich bereit.«

»Ich bin jederzeit bereit, das wissen Sie doch«, antwortete Alex' Marketingassistentin. »Bis gleich.«

»Also das ist doch wohl die Höhe!«, empörte ich mich.

»Was erlaubt sich diese Frau eigentlich? Ich bin jederzeit bereit? Wozu denn?«

Alexander lachte. »Ja ja, sie ist ganz schön schlagfertig!«

»Schlagfertig? Ich finde es unverschämt … richtig … schamlos, wie sie mit dir redet! Du bist ihr Chef!«

»Jetzt übertreib aber nicht, Elisa. Sie ist jung und dynamisch«, verteidigte er sie.

»Jung und dynamisch nennst du das? Außerdem finde ich es unmöglich, dass du schon wieder ins Büro musst! Ich kann mich nicht erinnern, wann wir das letzte Mal einen schönen langen Abend miteinander verbracht haben.«

Mein Mann presste die Lippen aufeinander. »Druck«, stieß er hervor. »Ihr macht alle nur Druck. Ich soll den Umzug meiner Mutter organisieren, du willst mit nach Paris, Rick erwartet den neuesten iPod, und ihr alle glaubt, dass meine Firma ganz von allein läuft! Wenn es Mitarbeiterinnen wie Fiona Feldhoff nicht gäbe, dann könnte ich einpacken! Von neun bis fünf funktioniert eben nicht, wenn man selbstständig ist! Ich habe keine Lust mehr, mich vor jedem rechtfertigen zu müssen! Du genießt dein schönes Leben, willst dich jetzt in Paris vergnügen und merkst gar nicht, dass wir anderen richtig hart arbeiten! Während du über die Champs-Élysées flanierst, müssen F. F. und ich wichtige Verhandlungen führen! Aber Hauptsache, du hast deine Lustreise gebucht!«

Mir blieb die Luft weg. »Eine Lustreise? Die Feldhoff fährt auch mit nach Paris? Ich genieße mein schönes Leben?« Ich wusste gar nicht, was ich als Erstes klären sollte.

Leider kam ich nicht dazu, eine wirkliche Wahl zu treffen, denn mein Mann bremste gerade vor unserem Haus. Er ließ den Motor laufen.

»Ich werde mich nicht streiten. Dazu fehlen mir die Zeit und auch die Energie. Warte nicht auf mich, es kann spät werden«, sagte er.

Wie in Trance stieg ich aus und sah fassungslos, wie er mit quietschenden Reifen davonfuhr. Irgendetwas lief hier völlig falsch.

Wie ich ins Haus kam, weiß ich nicht mehr. Rick war zwar oben, hielt es aber nicht für nötig, mich begrüßen zu kommen, was mir ausnahmsweise recht war. Dass ich mit den Tränen kämpfte, sollte er nicht sehen. Ich schnappte mir das Telefon und rief Karina an.

»Kannst du rüberkommen? Es ist ein Notfall«, schniefte ich in den Hörer. »Ich habe mich mit Alex gestritten. Er ist jetzt bei der F. F. aus der Marketing- oder besser gesagt aus der Ich-bin-bereit-Abteilung! Und mir wirft er vor, ich würde nur Druck machen.«

»Bin in einer Viertelstunde da.«

Ich riss mich zusammen, ging Rick gute Nacht sagen und befahl ihm, den Computer auszuschalten und ins Bett zu gehen, was er schließlich, wenn auch widerwillig, tat. Dann öffnete ich eine Flasche Rotwein und stellte zwei Gläser bereit.

Karina stürmte herein, Donald und Daisy im Schlepptau. »Du heulst nicht, das ist gut«, sagte sie mit einem prüfenden Blick. »Du hast hoffentlich nichts dagegen, dass ich meine Süßen mitgebracht habe, aber um diese Uhrzeit lasse ich sie nur ungern allein. Sie werden ganz lieb sein.« Donald und Daisy sahen mich an und wedelten wie zur Bestätigung mit dem Schwanz.

Wir setzten uns auf das Wohnzimmersofa, und die Pudel streckten sich zu unseren Füßen aus.

»Alex ist also bei der F. F.. Wofür steht das noch mal? Fiese Fresse?« Karina kam direkt zur Sache.

Da mir zugegebenermaßen ähnliche Beleidigungen durch den Kopf gingen, musste ich lachen. »Du hast es erfasst, aber ich nenne sie Fucking Fiona.«

Ich erzählte meiner Freundin vom Verlauf des Abends, und als ich an der Stelle angelangt war, an der ich herausfand, dass die Feldhoff mit uns nach Paris fliegen würde, stieß Karina einen leisen Pfiff aus.

»Deshalb war Alexander vermutlich die ganze Zeit nicht so begeistert von deiner Idee, ihn zu begleiten.«

Der Gedanke war mir leider auch schon gekommen. »Meinst du echt? Ich meine, er hat nicht direkt Nein gesagt, aber aufrichtige Freude sieht anders aus, stimmt's?« Ich nippte an meinem Wein. »Wir haben seit Tagen keinen Sex, und Alex scheint auch nichts zu vermissen. Meinst du, dass das einen bestimmten Grund hat? Ich habe immer gedacht, er wäre überarbeitet, aber diese Frau ... Ob die zu den *Strangers* gehört? Er hatte dummerweise den Vibrationsalarm an. Oder sollte ich klugerweise sagen?«

Meine Freundin schenkte sich Wein nach. »Elisa, sei doch nicht so naiv! Du musst vom Schlimmsten ausgehen! Denk an Georg und sein Fi... seine Affäre!«

Offiziell ist Georg aber ledig, während mein Mann mit mir verheiratet ist, wollte ich schon erwidern, tat es aber nicht – ehrlicherweise kam auch mir mittlerweile alles ziemlich merkwürdig vor.

»Süße, ich will dir nicht absichtlich etwas einreden, aber

Männer sind Schweine. Wenn Alexander nicht bereits eine Affäre mit dieser F. F. hat, dann plant er vielleicht etwas für Paris«, ergänzte Karina. »Du musst auf jeden Fall auf der Hut sein. Check sein Handy und das möglichst schnell, spionier ihm nach, beschatte ihn, finde endlich die Wahrheit heraus. Und dann machen wir nicht nur Georg, sondern auch Alex fertig!« Sie grinste. »Wir könnten uns Voodoo-Puppen zulegen, denen wir in einem Ritual die Augen ausstechen! Ab vier Stück gibt's im Internet Rabatt. Käme mit Georg, seinem Flittchen, Alex und Fucking Fiona gut hin. Und du solltest dir unbedingt den schönen Rektor angeln. Am besten legst du dir ein paar sexy Klamotten zu, du weißt schon, tiefe Ausschnitte, knappe Röcke, hohe Schuhe.«

Ich nickte. In meinem Kopf drehte sich alles. Ob es schon vom Wein oder von meiner vertrackten Situation kam, konnte ich nicht sagen. Außerdem konnte ich mir beim besten Willen nicht vorstellen, wie Schwester Bernadette auf tief ausgeschnittene Dekolletés, High Heels und Miniröcke reagieren würde.

Als Alex kurz nach Mitternacht nach Hause kam, stellte ich mich schlafend. Von Rücksichtnahme aber keine Spur. Zuerst knallte die Haustür, dann der Kühlschrank, und schließlich polterte etwas im Badezimmer. Als mein lieber Gatte dann endlich das Schlafzimmer betrat, war ich zwar hellwach, aber noch immer ziemlich sauer auf ihn.

Ich wartete gespannt, ob er mich für eine Versöhnung aufwecken würde, und überlegte, wie ich am besten reagieren sollte, aber das hätte ich mir sparen können, denn nichts dergleichen geschah. Seine Nachttischlampe ging an und dann wieder aus, er ließ sich ins Bett fallen, rollte sich geräuschvoll zur Seite, und zwei Minuten später bezeugte sein leises Schnarchen, dass er schon im Reich der Träume war.

Ich sprang aus dem Bett, sobald ich sicher war, dass er nicht mehr aufwachen würde, und begab mich auf die Suche nach seinem Handy. Ich durchwühlte die Hosen- und Jackentaschen und sah auf der Kommode im Wohnzimmer nach, wo Alex sonst gern seinen Kram herumliegen ließ, fand aber außer Geldbörse und Autoschlüssel nichts.

Verdammt! Wo war es?

Ich rief Karina an. »Er liegt im Bett, und ich finde das Ding nicht«, flüsterte ich in den Hörer, sobald sie sich verschlafen meldete.

»Perverse Anrufe interessieren mich nicht. Suchen Sie sich jemanden anderen, oder rufen Sie mich zwischen sechzehn und zwanzig Uhr noch einmal an«, sagte sie schlaftrunken.

»Karina? Ich bin's!«, zischte ich. »Ich kann es nicht finden!«

»Was denn? Sein Ding? Schau da nach, wo du es in den letzten sechzehn Jahren auch gefunden hast!«

Wenn ich nicht so sauer auf Alex gewesen wäre, hätte ich jetzt lauthals gelacht, so aber bekam Karina meine Wut ab.

»Verdammt noch mal! Ich suche nicht das Ding, sondern sein Handy! Ich will es doch checken. Es ist aber nirgends zu finden.«

Am anderen Ende der Leitung blieb es einen Moment lang still. Ich befürchtete schon, dass meine Freundin wieder eingeschlafen war, aber dann konnte ich sie doch noch hören.

»Er hat es garantiert vor dir versteckt, weil er etwas zu verbergen hat. Dieser Scheißkerl. Georg ist auch ein Scheißkerl.

Der alleroberste Scheißkerl. Alex kommt direkt danach. Aber zumindest will er dir deinen Sohn nicht wegnehmen. Georg will mir meine Babys wegnehmen, aber das lasse ich nicht zu. Ich werde ihm eine Schlägertruppe auf den Hals schicken. Ihm und seiner fetten, doofen Schabracke …« Karinas Stimme wurde leiser. »Aber jetzt bin ich müde. Können wir uns mit deinen Problemen morgen befassen? Ich hab dir schon gesagt, dass du zu meinem Anwalt gehen sollst. Leo der Löwe ist auch ein Scheißkerl, aber der beste.«

»Ich hoffe, dass das nicht nötig sein wird«, sagte ich und merkte selbst, wie wenig überzeugend das klang. »Wir brauchen nur einfach etwas mehr Zeit für uns. Paris ist die beste Gelegenheit. Vielleicht hat Alexander sein Handy im Büro liegen lassen. Ja, das wird es sein.«

Ein Schnauben als Antwort zeigte mir, dass Karina nicht daran glaubte. Laut sprach sie es jedoch nicht aus, wofür ich ihr dankbar war. Diesmal hielt sie sich an die Freundinnenregeln. Wir legten auf, und ich ging wieder ins Schlafzimmer. Alex schnarchte leise vor sich hin. Er sah aus wie immer, vertraut eben. Ich konnte nicht glauben, dass mein Mann dazu fähig war, mich zu betrügen.

»Das wäre ihm viel zu kompliziert. Er hat es gern bequem«, murmelte ich halblaut und schüttelte den Gedanken ab, dass das womöglich der einzige Grund sein konnte. Ich wollte an die gute Basis zwischen uns glauben.

Warum fragte ich ihn nicht einfach wegen des Klingeltons, bevor ich mich in etwas verrannte? Das war doch das Einfachste. Genau das würde ich gleich morgen tun. Es gab ganz bestimmt eine plausible Erklärung für die *Strangers*, und wir würden gemeinsam darüber lachen.

Als am Montagmorgen der Wecker ging, war ich voller guter Vorsätze. Wir wünschten uns einen neutralen guten Morgen, der weder den Streit fortsetzte noch eine Versöhnung signalisierte, dann verschwand mein Mann erst einmal unter der Dusche. Während ich Kaffee kochte, Toast machte und für Rick ein Pausenbrot zubereitete, kam Alexander die Treppe heruntergesaust, griff sich einen Kaffeebecher, biss in ein Toastbrot, hauchte immerhin eine Art Kuss in den Luftraum über meiner Stirn und meinte dann: »Muss heute eine Million Dinge erledigen, tschüss!« Die Tür fiel ins Schloss, und weg war er.

Toll. Erst ergriffen Aliens Besitz von meinem Sohn und jetzt die *Strangers* von meinem Mann.

Eine halbe Stunde später war ich allein. Rick hatte außer einem brummigen »Morgen« kein Wort für mich übrig und sah ebenfalls aus, als ob er nicht schnell genug von mir wegkommen könnte. Von ihm bekam ich keinen Abschiedskuss, sondern nur ein gebrummtes »Tschö«, vom Zuschlagen der Ausgangstür begleitet.

Ich setzte mich an den Küchentisch und dachte nach. In zwei Tagen sollte die Parisreise losgehen. Sollte ich Alexander vorher tatsächlich beschatten? Oder gar Karinas Anwalt prophylaktisch aufsuchen? Der Gedanke an einen Scheidungsanwalt machte mir jedoch so viel Angst, dass ich ihn sofort wieder verwarf. Das war ja lächerlich.

Wir hatten Streit. Wir hatten Stress. Wir hatten keinen Sex.

Das kam in den besten Familien vor.

Kapitel 8

»Stürm das Taxi, und geh endlich auf deine Lustreise!«

KARINA

Das Taxi, das mich zum Flughafen bringen sollte, verspätete sich. »Verdammt, warum hab ich immer so ein Pech?« Ich schaute zum wiederholten Mal auf die Uhr. »Egal, an welcher Kasse ich im Supermarkt stehe, bei mir dauert es immer am längsten. Bei McDonalds such ich mir auch jedes Mal die langsamste Mitarbeiterin aus!«

»Entspann dich«, meinte Karina und verdrehte die Augen. »Du hast noch massig Zeit, euer Flug geht erst heute Nachmittag. Ich verstehe sowieso nicht, warum du schon drei Stunden vor Abflug am Flughafen sein möchtest.«

Ich öffnete meine Handtasche und überprüfte zum wiederholten Mal, ob ich meinen Pass, das Ticket, mein Handy und das Portemonnaie dabeihatte. Natürlich war alles an seinem Platz, aber es war wie ein Zwang. Ich musste alle drei Minuten nachschauen, erst dann konnte ich wieder normal atmen.

»Ich bin einfach gern vorbereitet«, antwortete ich. »Du siehst es: Das Taxi kommt nicht. Wäre ich unter Zeitdruck, dann hätte ich schon Probleme, so aber kann ich ganz ruhig bleiben. Außerdem treffe ich Alex erst am

Flughafen, da kann ich vorher gemütlich durch die Läden gehen.«

»Mit zwei Koffern? Wie soll das gehen? Warum konnte Alexander sein Gepäck nicht selbst mitnehmen?«

»Ach, er hatte noch so einen Stress«, verteidigte ich ihn.

Mein Mann war nach einem morgendlichen Anruf seiner Schwester noch schnell zu seiner Mutter gefahren, wo alles für den Umzug vorbereitet wurde, der tatsächlich schon an diesem Wochenende stattfinden sollte. Das war typisch für Margret – hatte sie einmal eine Entscheidung gefällt, musste diese sofort umgesetzt werden. Bevor Alex auch nur ein geeignetes Unternehmen hatte ausfindig machen können, war sie selbst in Aktion getreten. Der Sohn einer ihrer Freundinnen besaß eine Umzugsfirma, die bereit war, ihr Sonderkonditionen einzuräumen. Mein Gatte hatte also mich gebeten, seinen Koffer mitzunehmen und schon mal aufzugeben – in zwei Stunden wollten wir uns am Schalter der Airline treffen.

Irgendwie hatte sich in den vergangenen beiden Tagen doch kein passender Zeitpunkt ergeben, ihn auf den *Strangers*-Klingelton anzusprechen. Auch über unseren Streit im Auto hatten wir kein Wort mehr verloren. Alexander war tagsüber im Büro, fuhr zwischendurch immer wieder zu Margret, wo er sich mit Cassandra traf, und war danach bis spätabends wieder in der Firma. Meine Schwiegermutter brachte mich zur Weißglut, indem sie alle dreißig Minuten bei uns anrief, weil sie angeblich in einer Notlage war und ihren Sohn nicht erreichen konnte. Sie ließ mich lauter unsinnige Nachrichten für Alexander aufschreiben, die ich ihm »bitte schön umgehend« per Mail zukommen lassen sollte. Sie lauteten zum Beispiel: *Teeservice Villeroy & Boch weiß muss komplett in Kiste Nummer 3 zu den passenden Servietten, die silbernen Kuchengabeln um sechs Stück auf achtzehn reduzieren; Glühbirnen aus Kronleuchter herausdrehen und handelsüblich verpacken* oder *wichtig: Laubsaugerübergabe an Herrn Zupanzik, Hausnummer 11, pünktlich um 19 Uhr.*

Angesichts der bevorstehenden Parisreise fügte ich mich in mein Schicksal, tippte ihre Anweisungen direkt in den Computer und schickte sie gehorsam an Alexander weiter. Anfangs schrieb ich unter Betreff »Nachricht von deiner Mutter« und unterschrieb die Mails mit einem Gruß von mir, aber ab der zehnten Mitteilung verging mir die Lust, und ich sandte sie kommentarlos ab. Natürlich hätte auch ich nicht ans Telefon gehen müssen, aber der Gedanke, meinen Mann mit diesen Mails ein wenig zu nerven, gefiel mir insgeheim. Vielleicht war es kindisch, ich war jedoch noch immer wegen seiner ungerechten Worte sauer.

Wenn Alex nach Hause kam, schlief ich schon oder war viel zu müde, um eine neue Diskussion vom Zaun zu brechen (Karina behauptete zwar, ich sei einfach zu feige, aber ich weigerte mich, ihr recht zu geben). Außerdem befürchtete ich, mir eine neue Klagewelle über Margret und ihren Umzug anhören zu müssen anstelle der Erklärung für den Klingelton.

Die Tatsache, dass uns Fiona Feldhoff nach Paris begleiten würde, hatte ich erfolgreich verdrängt. Ich sagte mir, dass sie ja schließlich nur die Assistentin war, die Alexander zwar bei seinen beruflichen Terminen begleiten musste, aber mit unseren privaten Unternehmungen nichts zu tun hatte. Außerdem würde sie schon am Freitag abreisen, während wir das ganze Wochenende für uns allein hatten, wo wir endlich alle Unstimmigkeiten ausräumen und uns ganz der französischen Liebesluft hingeben konnten.

Draußen hupte das Taxi. Wurde auch Zeit!

»Ist mit Rick alles geklärt?«, fragte ich meine Freundin zum gefühlt fünfzigsten Mal. Karina hatte eine vierseitige Liste von mir bekommen, was sie alles beim P-Alien zu beachten hatte. Allein seine Essgewohnheiten hatten schon fast zwei Seiten verschlungen – ich wollte sicher sein, dass es ihm an nichts fehlte, während ich weg war. Dabei hätte ich eigentlich nur »Junkfood« schreiben sollen, wenn ich ehrlich war. Karina hatte sich angeboten, Rick mit dem Auto zur Schule und zu sonstigen Terminen zu fahren, was mich beruhigte, denn damit konnte ich mir den Anhang »Sicheres Fahrradfahren bei Regen & Co.« sparen. »Und du rufst mich an, sobald du ihn heute Nachmittag von der Schule abgeholt hast, ja? Er wird nämlich bestimmt behaupten, dass er sein Handy nicht dabeihat, um sich vor einem Anruf bei mir zu drücken. Und halt mich täglich auf dem Laufenden! Lass ihn nicht länger als bis achtzehn Uhr bei O. J. oder wo auch immer bleiben! Er muss seine Hausaufgaben machen und Vokabeln lernen! Und wenn wir beim Packen etwas vergessen haben …«

»Elisa! Du hast deinem Sohn für vier Tage einen Dreißig-Kilo-Koffer gepackt! Ich bin sicher, er hat alles dabei«, unterbrach mich Karina und schob mich mit meinem Gepäck zur Tür. »Und wenn nicht, dann haben wir ja euren Hausschlüssel, wir werden hier sicher fündig. Nun mach schon! Es wird alles klappen! Stürm das Taxi, und geh endlich auf deine Lustreise!«

Bei der Erwähnung des Begriffs, den auch Alex bei unserem Streit verwendet hatte, zuckte ich zusammen. »Hoffentlich wird es tatsächlich eine«, murmelte ich. »Ich weiß nämlich schon gar nicht mehr, was Lust bedeutet.«

»Sollte Alexander tatsächlich sogar gegen Paris immun sein, dann weißt du, was zu tun ist: Du schießt ihn in den Wind und ziehst die Matthew-Option.« Karina zwinkerte mir zu. »Jetzt, wo ihr auf Facebook endlich Freunde seid! Kann man da eigentlich den Status ›heißer Lover‹ eingeben? Ich glaube, ich muss dem Club auch mal beitreten. Vielleicht kann ich etwas über Georgs Gehirnamputationsgrund herausfinden. Die Schnepfe hat bestimmt eine dunkle Vergangenheit, die irgendjemand aufdecken kann. Ist eigentlich diese F. F. auch auf Facebook?«

Ich schüttelte den Kopf. »Zumindest habe ich sie bisher nicht finden können.«

Ich erwähnte nicht, dass ich täglich mehrfach nach ihr suchte. Das Problem war, dass man sich in dem sozialen Netzwerk auch unter einem falschen Namen anmelden konnte. In einem Punkt zumindest hatte Karina recht: Immerhin hatte der schöne Matthew meine Freundschaftsanfrage endlich beantwortet und mir einen zwinkernden Smiley mit Teufelshörnern als persönliche Nachricht zukommen lassen. Und das als Rektor einer katholischen Grundschule! Was auch immer er mir damit sagen wollte …

Am Flughafen herrschte rege Betriebsamkeit. Der Taxifahrer stellte Alex' und meinen Koffer mitten auf den Gehweg und brauste mit quietschenden Reifen davon. Ich schaute wieder in meine Handtasche, ob alle wichtigen Utensilien noch da waren, was man vermutlich auch langsam als einen Zwang diagnostizieren konnte, hängte mir die Tasche dann um den Hals und griff nach den beiden Schlaufen unserer Gepäckstücke. Es waren noch die älteren Modelle, die man gebückt hinter sich herziehen musste, in der Hoffnung, dass sie nicht umkippten – was sie allerdings alle fünf Schritte taten. Der einzige Trolley, den wir besaßen, befand sich mit Ricks Sachen in Karinas Auto. War vielleicht im Nachhinein nicht die beste Planung. Nachdem ich die Koffer x-mal wieder aufgestellt und noch keine drei Meter vorangekommen war, war ich bedient. Aber es nützte nichts. Irgendwie musste ich aus der Situation das Beste machen. Ich bewegte mich also im Schneckentempo vorwärts und bat Gott oder wen auch immer im Stillen darum, keine Bekannten zu treffen oder nicht von Fremden gefilmt zu werden. Am Ende würden sie mich noch auf YouTube stellen!

Mein Ziel war die exklusive Ladenpassage mit den überteuerten Klamotten, anschließend wollte ich mir einen Acht-Euro-Milchkaffee in einer der schicken Yuppie-Bars gönnen. Komisch, dass am Flughafen direkt ein anderes Flair und damit ein anderes Lebensgefühl herrschte. Einen Discounter wollte dort niemand sehen. Auch ich fühlte mich plötzlich ziemlich vermögend – ich spielte sogar mit dem Gedanken, mir doch die Dreihundert-Euro-Chanel-Sonnenbrille zu kaufen, die ich mir seit Jahren versagt hatte.

Als ich keuchend einen Gucci-Laden erreichte – ich hatte mich schon von Weitem in eine rote Handtasche ohne Preis verliebt –, stieß ich unsanft mit einem dickbäuchigen Mann zusammen, der, anstatt sich zu entschuldigen, irgendetwas Unverschämtes murmelte. Ich schnaubte und wollte etwas erwidern, aber da kippten die Koffer schon wieder zur Seite.

»Mist, verdammter«, zischte ich und meinte nicht nur das Gepäck.

Der Mann ging kopfschüttelnd an mir vorbei. Am liebsten hätte ich die Koffer irgendwo abgestellt, aber jeder Mensch wusste, dass das am Flughafen strengstens verboten war. Also musste ich nach einer Aufbewahrungsmöglichkeit suchen, bevor der Check-in-Schalter öffnete. Irgendwie kämpften wir drei uns in den winzigen Laden hinein, wo ich die aufgedonnerte Verkäuferin bat, meine Koffer für eine Stunde aufzubewahren, um in Ruhe meine Einkäufe zu machen. Ihre entsetzte Verneinung war mit so viel Abscheu vermischt, dass ich augenblicklich beschloss, zur Strafe nicht nach dem Preis der roten Tasche zu fragen und den Laden stolz zu verlassen, was leider in meiner gebückten Haltung nicht möglich war.

Wenn das Herr Gucci wüsste, wie unflexibel und unfreundlich sein Personal war! Vielleicht sollte ich ihn über Facebook kontaktieren und mich beschweren? Die rote Tasche würde ich für entgangene Kauffreuden gern als Entschädigung annehmen.

Ich trottete weiter in Richtung Chanel. Mal sehen, ob die dort kundenfreundlicher sind, dachte ich. Mein Handy klingelte, aber da meine Hände mit dem Gepäck ausreichend beschäftigt waren, konnte ich nicht rangehen. Außerdem befürchtete ich, dass die Koffer umkippten, sobald ich meinen Rhythmus auch nur für einen Moment veränderte. Ich hoffte nicht, dass es Rick war, aber der war um diese Uhrzeit noch in der Schule. Bestimmt nervte mich mal wieder Margret, die noch ganz schnell ihrem Sohn dreiunddreißig Aufträge erteilen wollte.

Ein Gedanke, den ich die ganze Zeit verdrängte, ließ sich plötzlich nicht mehr in meinem Hirn aufhalten: Wie würde sich Fiona Feldhoff auf der Reise uns beiden gegenüber verhalten? Ich hoffte, dass sie sich professionell gab und nicht allzu vertraulich mit meinem Mann umging, und war fest entschlossen, ihr deutlich zu zeigen, wer die wichtigste Frau an Alexanders Seite war.

Bei Chanel herrschte gähnende Leere – zumindest der Eingang war wesentlich breiter als bei Gucci, weswegen ich direkt beim ersten Anlauf hindurchpasste. Die Koffer fielen zwar um, aber ich sah Land in Sicht in Form eines schicken schwarzen Ledersofas vor einer Umkleidekabine. Ein perfekter Ort, um mein Gepäck zu parken und mich in Ruhe nach der Sonnenbrille umzusehen, die ich mir nach dem ganzen Gepäckstress nun wirklich verdient hatte! Einen kleinen Blick auf die sündhaft teuren Klamotten würde ich mir auch gönnen, obwohl sie mein Budget deutlich überschritten.

»Einen Moment, bitte.« Jemand stellte sich mir in den Weg. Ein hochgewachsener, breitschultriger Mann, etwa Anfang dreißig, in einem schwarzen Anzug, braun gebrannt, die Haare zurückgegelt, sah mich freundlich, aber irgendwie auch Furcht einflößend an. War das etwa der Chanel-Verkäufer? »Sie können im Moment nicht dort hinein«, sagte er. »Die Kabine ist besetzt.«

»Einen wunderschönen guten Tag! Kann ich Ihnen helfen?«

Die aufgetakelte Blondine, Kleidergröße Zero, die nun

lächelnd auf mich zustöckelte, sah schon eher nach Chanel-Personal aus, wirkte aber irgendwie aufgedreht.

Ich sah von einem zum anderen.

»Hi, ich suche eine bestimmte Sonnenbrille, möchte aber zuerst meine Sch… meine Koffer vor dem Sofa da parken, was wohl kein Problem sein dürfte, oder? Ich versichere Ihnen, dass ich das Gepäck bisher nicht unbeaufsichtigt gelassen habe und dass sich darin nichts Gefährliches befindet. Außer meiner Nagelschere, aber die benutze ich nur im äußersten Notfall.«

Mein Witz kam nicht so an, wie ich wollte. Die zwei wechselten einen Blick, den ich nicht deuten konnte.

»Im Moment können Sie nicht in die Kabine«, wiederholte der Typ. »Sie müssen warten.«

Die Frau lächelte mich wieder an, aber dieses Mal eine Spur kälter. »Die Sonnenbrillen befinden sich hier rechts.« Sie zeigte auf die Auswahl, die sich neben der Kasse befand. »Dafür brauchen Sie keine Umkleidekabine, nicht wahr? Ich helfe Ihnen mit Ihrem Gepäck. Oder Sie kommen später wieder.«

Mir platzte langsam der Kragen. »Hören Sie«, zischte ich. »Ich will nicht in die Umkleidekabine, sondern lediglich meine Koffer davor abstellen und mich vielleicht einen Moment auf Ihrem Sofa ausruhen! Wo bleibt denn Ihre Kundenfreundlichkeit? Sind wir hier bei Chanel oder in Chantals Kleiderkammer?«

Ich schnappte mir die Koffergurte und machte einen Schritt in Richtung Sofa, aber der Mann stellte sich so prompt vor mich hin, dass ich abrupt stehen bleiben musste und meine zwei ungeliebten Begleiter natürlich wieder umkippten.

»Was soll das?«, fuhr ich ihn an. »Das ist Nötigung! Ich will sofort den Geschäftsführer sprechen!«

Der Typ wiederholte: »Sie müssen warten, bis die Kabine frei wird. Ich habe Sie höflich darum gebeten.«

Die Verkäuferin legte mir eine Hand auf den Arm. Erst jetzt sah ich hektische rote Flecken auf ihren Wangen und ihrem Hals. Sie schien sehr aufgeregt zu sein. »Entschuldigen Sie bitte vielmals, bitte beruhigen Sie sich. Im Moment dürfen Sie unser Sofa nicht benutzen. Die Umkleidekabine ist besetzt, und der Bereich davor muss frei bleiben. Da Sie jedoch nur eine Sonnenbrille wollen, können wir das hier regeln.«

»Ich will mich aber hinsetzen! Die Couch ist doch frei!« Ich merkte selbst, dass meine Stimme hysterisch klang, aber das war mir egal.

»Im Moment geht es nicht. Bitte warten Sie, ansonsten muss ich Sie leider bitten, später wiederzukommen.« Die Verkäuferin wirkte jetzt mehr als ungeduldig.

Sie wollte mich rauswerfen? Weil ich nur eine poplige Sonnenbrille kaufen wollte, die andere als Kleinigkeit zu ihren eigentlichen Einkäufen mitnahmen? Wer war überhaupt in dieser blöden Kabine, dass ich den Bereich nicht betreten durfte? Die Queen oder was? Sie taten ja so, als ob …

Plötzlich durchzuckte es mich. Natürlich! Warum war ich nicht schon früher darauf gekommen? Hier war eindeutig Promi-Alarm! Ich als begeisterte *Bunte-* und *Gala-*Leserin hätte sofort erkennen müssen, dass da irgendetwas im Busch war. Der Mann im Anzug sah natürlich aus wie ein Bodyguard, sein Benehmen mir gegenüber zeigte, dass ich richtig lag. Und die Aufregung der Verkäuferin deutete an, dass es ein ziemlicher Promi sein musste, der dort den Umkleideraum blockierte. Wer war es? Lady Gaga? Caroline von Monaco? Angelina Jolie?

»Wer ist denn in der Kabine?«, fragte ich neugierig.

Die Blonde und der Bodyguard sahen sich an.

»Wir sind zur Diskretion verpflichtet«, sagten die zwei gleichzeitig.

Aha. Das war ja sehr spannend. Es war bestimmt ein Hollywoodstar! Oder eine Königstochter! Möglicherweise auch ein Supermodel. An einem Flughafen konnte sich schließlich alles tummeln. Mein Handy klingelte wieder. Sehr unpassend. Ich griff in die Handtasche und sah auf dem Display, dass es Alex war. Ein sehr schlechter Zeitpunkt. Außerdem würden wir uns ja sowieso gleich treffen.

Ich drückte ihn weg, stellte den Vibrationsalarm an und überlegte gleichzeitig, wie ich mich verhalten sollte. Nachgeben, alle Brillen in Ruhe anprobieren und meine Neugier aus dieser Position befriedigen? Oder auf meinem Sofarecht beharren, um dem Promi möglichst nahe zu kommen? Dann fiel mir plötzlich die interessanteste Option ein: Die *Bild* bot doch jedem »Leserreporter« Geld für ein gutes Klatschfoto an! Das wäre die perfekte Möglichkeit, mir die Sonnenbrille zu gönnen! Genau das würde ich machen, mein Handy machte schließlich ganz passable Fotos.

Aber wie sollte ich das anstellen? Der geheimnisvolle Star würde sich wohl kaum freiwillig von mir fotografieren lassen, wenn die beiden hier schon vorab so einen Aufstand um Diskretion machten. Das hieß aber auch, dass der Bodyguard es bestimmt zu verhindern wüsste, wenn ich trotzdem ein Foto mit meinem Handy machte. Damit meine Mission erfolgreich war, musste ich eine versteckte Position einnehmen. Der Zeitung würde ich sagen, dass sie meinen Namen nicht veröffentlichen dürften. Ich war fest entschlossen, mir das Geld nicht entgehen zu lassen!

»Es wäre besser gewesen, Sie hätten den Laden kurz geschlossen, damit es zu solchen Zwischenfällen gar nicht erst kommt«, sagte ich würdevoll. »Diese Unfreundlichkeit Stammkunden gegenüber kenne ich von Chanel gar nicht. Ich möchte in Ruhe verschiedene Sachen anprobieren.« Erhobenen Hauptes ignorierte ich den Blick, mit dem mich die Verkäuferin auf der Suche nach einem Beweis der Stammkundschaft von Kopf bis Fuß musterte, und winkte dem Bodyguard zu. »Ich komme später wieder. Sie könnten mir vielleicht kurz mit den Koffern helfen.«

Er zögerte einen Moment, hob aber dann wortlos mein Gepäck auf und stellte es in den Ausgang.

»Wollen Sie sich einen Zehner extra verdienen und mir vielleicht doch sagen, wer sich in der Kabine versteckt?«, flüsterte ich ihm zu. Für mich würde noch genügend Geld bleiben.

Das Muskelpaket wollte aber offenbar nicht, denn es ignorierte meine Frage und blieb so lange in der Tür stehen, bis es sicher sein konnte, dass ich den Laden verließ. Blöde Loyalität!

Ich schlich mit meinen Koffern ein paar Meter weiter bis zu einer Säule, die mir als Versteck perfekt erschien. Ich passte genau dahinter. Von hier aus hatte ich freie Sicht auf die Ladentür von Chanel. Ich kam mir vor wie Sherlock Holmes, oder noch besser James Bond, als ich nun mein

Handy zückte und die Fotofunktion überprüfte. Jetzt durfte nichts schiefgehen!

Kurzerhand klemmte ich mir die Gepäckstücke zwischen meine Beine und hielt mich bereit. Okay, ich sah garantiert zum Schießen aus, so breitbeinig und in Lauerstellung, aber das war jetzt unwichtig. Ich fühlte das Adrenalin in mir und konnte nicht sagen, was ich aufregender fand: die Tatsache, gleich einen Eins-a-Promi zu sehen, oder ihn wie ein Paparazzo abzuschießen und dafür auch noch Geld zu kassieren.

Im Inneren des Ladens tat sich etwas. Irgendjemand kam aus der Kabine heraus, das konnte ich durch die Schaufensterscheibe schemenhaft erkennen. Ich erhaschte aber nur einen Blick auf schulterlange blonde Haare, bevor die Person hinter dem Rücken ihres Bodyguards verschwand. Ich hielt den Atem an. Wer war das? Eine Hollywood-Blondine? Oder doch eine Adlige? Ich konnte gar nicht glauben, dass sich hier so Spektakuläres abspielte und die anderen es gar nicht bemerkten! Die Menschen eilten an der Ladenzeile vorbei, kaum jemand warf einen Blick hinein. Es betrat auch niemand das Geschäft, was der Prominenten inkognito garantiert perfekt in den Kram passte.

Da! Jetzt standen sie an dem Tisch neben der Kasse, was bedeutete, dass sich der Einkauf vermutlich dem Ende zuneigte. Ich drückte meine Knie gegen die Koffer und hielt das Handy hoch. Es kam Bewegung auf. Die Verkäuferin begleitete die blonde Frau und den Muskelprotz zur Tür …

»Elisa? Was machst du da? Warum stehst du so komisch? Hast du einen Hexenschuss? Ich versuch die ganze Zeit, dich anzurufen! Hast du dein Handy nicht gehört? Es ist etwas passiert.«

Ich drehte mich um. Verdammt. Warum gerade jetzt?

Timing war noch nie Alex' Stärke gewesen, nun machte er seinem Ruf alle Ehre. Mein Mann stand direkt hinter mir und sah mich erstaunt an.

»Was in aller Welt tust du da, und warum gehst du nicht ans Telefon?«

»Ist etwas mit Rick?«, zischte ich.

»Mit Rick? Nein, nein. Es geht um Mutter.«

Um Margret? Dann hatte es alle Zeit der Welt. Ich wich zurück und drehte mich schnell wieder um. Mist, Mist, Mist! Der Eingang des Ladens war leer. Von der Blondine und ihrem Bodyguard war nichts mehr zu sehen.

Wo waren sie? Ich lief um die Säule herum. Das Geschäft schien menschenleer zu sein. Dann sah ich zehn Meter weiter den breiten Rücken des Bodyguards in einer silbernen Aufzugtür verschwinden.

So ein Mist!

Bye-bye, Paparazzo-Geld!

Mission nicht erfüllt.

»Typisch, dass ausgerechnet Margret mir mal wieder die Tour versaut«, murmelte ich. Ich funkelte meinen Mann an. »Warum konntest du nicht drei Minuten warten? Ich hoffe, dass du einen guten Grund dafür hast. Fast hätte ich sie erwischt.«

»Wen denn?«

»Die Prominente. Einen echten Star.«

»Was denn für einen Star?« Alex runzelte die Stirn und sah sich um. »Und was machst du mit unseren Koffern?

Warum liegen sie hier unbeaufsichtigt auf dem Boden? Du weißt, dass das am Flughafen gefährlich werden kann? Warum hast du mir nicht den Trolley gepackt?«

Jetzt reichte es. Ich holte tief Luft. »Warum hast du ihn nicht selbst gepackt? Ich bin doch nicht dein Dienstmädchen!«, blaffte ich meinen Mann an und wusste selbst, dass es ungerecht war. Normalerweise packte Alexander nämlich immer selbst, und ich hatte ihm selbst angeboten, dieses Mal zu helfen.

Mein Mann sah mich stirnrunzelnd an. »Irgendwie bist du in letzter Zeit komisch, Elisa. Du weißt doch, dass ich Mutters Umzug organisieren musste. Übrigens: Deshalb habe ich dich die ganze Zeit zu erreichen versucht. Wie gesagt, es ist etwas passiert, und wir müssen umdisponieren.«

»Wieso? Was ist denn los?«

Alexander deutete auf eine Kaffeebar und griff nach dem Gepäck. »Lass uns kurz dorthin gehen und in Ruhe sprechen.« Nachdem wir an einem Tisch Platz genommen und beim Kellner einen Milchkaffee bestellt hatten, sah er mich vielsagend an. »Cassandra fliegt heute nach Hongkong.«

Ich verstand nicht. »Bon voyage. Na und? Ich dachte, es wäre etwas passiert.«

»Elisa, verstehst du denn nicht? Meine Schwester muss beruflich kurzfristig nach Hongkong. Sie fliegt schon am Nachmittag. Deshalb kann sie Mutter beim Umzug nicht helfen. Außerdem kommen genau heute Leute, um sich das Haus anzusehen, und morgen kommt irgendeine Organisation, um die gespendeten Sachen abzuholen. Dann der Umzug selbst, und in der Sonnenblumenvilla muss auch jemand helfen. Das alles kann meine Mutter nicht allein bewältigen. Jemand muss es überwachen und für einen reibungslosen Ablauf sorgen.«

Okay. So langsam dämmerte es mir. »Also willst du unsere Parisreise absagen?«

Mein Mann seufzte. »Ich wünschte, es wäre so einfach. Nein, ich muss meine Termine unbedingt wahrnehmen, es sind noch drei dazugekommen …«

Ich nahm einen großen Schluck von meinem Milchkaffee und verbrannte mir die Zunge. »Aua!«

»Es tut mir echt leid, Elisa … Wir müssen umdisponieren«, fuhr Alex fort.

»… und die Reise verkürzen?« Eigentlich hätte ich mir die Frage sparen können, denn ich ahnte längst, was nun kommen würde.

»Nein … Schatz … ich wollte … ich muss dich darum bitten hierzubleiben.« Der Blick meines Mannes erinnerte mich an Bambi. Er nannte mich Schatz, sah mich bittend an und gab auch tonfallmäßig alles. »Ich weiß, wie sehr du dich auf die Reise gefreut hast, aber wir können die arme, alte, gebrechliche Frau nicht allein mit dem Umzug lassen und uns in Paris vergnügen.«

»Dann lass uns den Umzug verschieben.«

Arme, alte, gebrechliche Frau? Er sprach doch von der Patronin! So kampflos wollte ich mich meinem Schicksal nicht ergeben.

»Das geht doch nicht. Es ist alles vorbereitet. Es ist schließlich ein doppelter Umzug. Tante Helga und Mutter müssen an diesem Wochenende ihr Apartment im Haus Sonnenblume beziehen.«

Ich nahm noch einen großen Schluck von meinem Milchkaffee, auch wenn jetzt auch noch meine Lippen brannten.

»Aber es ist eure Mutter, nicht meine. Warum kann Cassi nicht ihren Termin in Honolulu verschieben?«

»Hongkong.«

»Egal!«

Alex' Blick wurde ungeduldig, und er hob die Augenbrauen. So viel zum Thema Bambi. Auch sein Tonfall veränderte sich. »Du weißt doch, wie das im Berufsleben läuft. Wenn du demnächst eine Schulkonferenz hast, dann kannst du sie auch nicht nach Belieben verschieben, nur weil es dir zeitlich nicht passt. Sowohl Cassandra als auch ich müssen beruflich verreisen, das lässt sich nicht ändern. Meine Cousine Sybilla ist schwanger. Sie hat zwar alles vorbereitet, aber es geht ihr momentan nicht gut. Also muss einer von uns auch noch Helgas Umzug übernehmen. Ich hatte gehofft, du wärst einsichtiger, Elisa. Margret gibt sich zwar stark, sie ist es aber längst nicht mehr. Sie ist meine Mutter und auf unsere Hilfe angewiesen. Ich bitte dich als dein Mann, dass du einspringst und ihr beim Umzug hilfst. Nach Paris können wir ein anderes Mal zusammen fahren. Es wäre sowieso sehr stressig für mich geworden, das Berufliche und Private unter einen Hut zu bekommen, zumal ich jetzt auch noch am Samstag Termine habe. Also: Kann ich auf dich zählen?«

Was sollte ich tun?

Mein Hirn versuchte zwar verzweifelt, nach einer anderen Lösung zu suchen, aber ich wusste längst, dass ich mal wieder der Loser war. Jemand musste nach dem Rechten sehen, schon allein deshalb, weil Margret sonst alle zum Wahnsinn treiben würde. Außer Alexander und seiner Schwester gab es niemanden, den wir dafür einspannen konnten, also würde ich mich opfern müssen. Ich konnte nicht glauben, dass ich gleich anstelle in die Stadt der Liebe direkt in die Schwiegermutterhölle fahren würde. So hatte ich mir meine romantischen Tage nicht vorgestellt!

Adieu Paris – *bonjour tristesse*!

»Elisa? Ich verspreche dir, dass wir das mit der Reise nachholen.« Alex versuchte gerade, alle Register zu ziehen und vermutlich auch sein schlechtes Gewissen zu beruhigen.

Wann denn? Im nächsten Jahrtausend? So beschäftigt, wie er war, glaubte ich ihm kein einziges Wort. Ich war total wütend. Am liebsten hätte ich ihm gesagt, dass mir Margret egal war und ich mit aller Macht nach Paris wollte. Jetzt und hier.

»Bitte. Es ist meine Mutter.«

Ein Blick in das Gesicht meines Mannes zeigte mir, dass er wirklich ratlos war. Er wusste ganz genau, dass er machtlos gewesen wäre, hätte ich mich geweigert. Ich hätte mich also durchsetzen können. Aber zu welchem Preis? Zu dem eines Riesenstreits und noch mehr schlechter Stimmung in der Stadt der Liebe? Margret war seine Mutter, und auch wenn ich mit ihr meine Differenzen hatte, würde ich Margret nicht im Stich lassen.

Ich presste die Lippen aufeinander und sah meinen Mann an. »Also schön. Ich bleibe hier und helfe unserer Patronin, so weit sie sich helfen lässt. Aber dafür bist du mir etwas schuldig, Alexander Wennel. Und zwar mehr als ein Wochenende in Paris. Du weißt nämlich genau, wie deine

Mutter zu mir steht und wie meine nächsten Tage aussehen werden.«

»So schlimm ist es doch gar nicht. Im Grunde ihres Herzens liebt sie dich.« Alex grinste, wohl wissend, dass er maßlos übertrieb. »Außerdem, denk nur daran, wie viel leichter es demnächst für uns alle sein wird, wenn sie in der Seniorenresidenz wohnt. Dann ist sie beschäftigt und kann …«

»… andere nerven und nicht nur uns«, ergänzte ich grimmig. Das mit der angeblichen Liebe meiner Schwiegermutter zu mir kommentierte ich lieber nicht.

»Ich bin echt froh, dass du einspringst, und weiß dein …«

»… Opfer …«, fiel ich ihm ins Wort.

»… Engagement oder meinetwegen dein Opfer sehr zu schätzen.« Mein lieber Gatte deutete auf die Schalter. »Begleitest du mich noch zum Check-in?«

Ich nickte und trottete hinter ihm her. Das war also unsere gemeinsame Lustreise, dachte ich sauer. Sie begann an der Flughafenkaffeebar und endete ungefähr drei Minuten später am Check-in-Schalter.

Vive l'amour!

Alex stellte die beiden Gepäckstücke, die er schlauerweise getragen hatte, erst vor dem Lufthansa-Schalter ab und sah mich fragend an. »Welcher von den beiden ist meiner?« In diesem Moment ertönte aus seiner Jackentasche *Strangers In The Night.* Ich erstarrte, während mein Mann lächelte. »Oh, das ist F. F.«, meinte er vergnügt. »Sie sitzt schon in der Businesslounge und wundert sich bestimmt, wo ich so lange bleibe. Sie ist immer so ungeduldig!«

»*Fucking Fiona*«, sagte ich tonlos.

Kapitel 9

»… und jetzt spielt mein Mann mit seiner Assistentin wahrscheinlich baguette d'amour*!«*

ELISA

»Das ist ja unfassbar«, wiederholte Karina zum fünften Mal. »Das ist unfassbar!«

Ich war vom Flughafen aus direkt zu meiner Freundin gefahren, wo ich ihr haarklein alles berichtete. Jetzt saßen wir in ihrer Küche, und sie schenkte mir Tee nach. »Ich weiß gar nicht, was ich schlimmer finde: dass du Lady Gaga haarscharf verpasst hast, dass du nicht nach Paris fährst oder dass der Klingelton zu der Feldhoff gehört. Trink noch einen Schluck, dann geht es dir besser.«

Ich verdrehte die Augen. »Auch wenn auf der Packung Seelen-Streicheleinheiten-Wohlfühlenergiespender steht, heißt es nicht, dass er magische Kräfte hat. Oder hast du etwa eure Trennung durch den Liebeskummer-Antikrisen-Tee überwunden?«

Wir mussten beide lachen. »Immerhin hast du deinen Humor nicht verloren«, sagte meine Freundin. »Obwohl du jetzt den Beweis für die *Strangers* hast.«

Ich nickte. »Das ist aber auch das Einzige. Schlimm ist, dass ich sonst überhaupt nichts weiß. Es könnte sein, dass die beiden eine Affäre haben, aber ich will es einfach nicht glauben!«

»Glauben kannst du an den lieben Gott, sonst an nichts«, meinte Karina. Daisy, die es sich zu ihren Füßen gemütlich gemacht hat, bellte kurz. »Ich hab auch geglaubt, dass Georg und ich für immer zusammenbleiben, und dann waren wir plötzlich am Ende.«

Ich seufzte. »Dabei dachte ich, dass Alex nur zu viel Stress hat! Und jetzt gehen mir so viele Fragen durch den Kopf. Warum findet Margrets Umzug ausgerechnet an diesem Wochenende statt? Ist das Zufall? Oder stecken sie alle unter einer Decke, um Alex zu schützen? Sollte Cassi den Umzug meiner Schwiegermutter gar nicht managen, sondern ich? Diese Überrumpelungstaktik am Flughafen hat ja bestens funktioniert. Damit bin ich so beschäftigt, dass ich nicht heimlich hinterherreisen kann.«

»Würdest du das denn tun?«

»Was?«

»Hinterherreisen.« Karina streichelte Donald, der auf ihren Schoß sprang.

»Keine Ahnung. Ich bin einfach so wütend! Du hast dir extra freigenommen, um heute Rick abzuholen. Außerdem hatte ich so viele Pläne für die Reise, und jetzt spielt mein Mann mit seiner Assistentin wahrscheinlich *baguette d'amour*!«

Karina sah mich fragend an. »*Baguette d'amour?* Eine neue Stellung?«

Ich winkte ab. »Keine Ahnung, war nur so eine Idee. Er und ich und nichts als die pure Liebe zwischen uns.« Ich sprang auf und lief aufgeregt hin und her. »Es ist doch die Höhe, dass er sich in Paris vergnügt, während ich seine Mutter ins Altersheim verfrachten muss! Meinst du etwa, dass diese F. F. jemals für die Hexe sorgen würde? Nein! Aber ich steh hier auf Abruf!«

Wie auf Kommando vibrierte mein Handy. Wenn man vom Teufel sprach ... Es war Margret, die mich in ihrem gewohnten Generalston ermahnte, spätestens in zwei Stunden bei ihr zu sein. Ganz zum Schluss ließ sie sich dazu herab, ein knappes »Danke, dass du so kurzfristig einspringst« loszuwerden, bevor sie mit einem »Sei pünktlich!« das Telefonat beendete.

Karina bot an, Rick am späten Nachmittag trotzdem von der Schule abzuholen, ihm die Planänderung zu erklären und ihn zu uns nach Hause zu bringen, was ich dankbar annahm. Dann sah sie mich an.

»Willst du nicht doch prophylaktisch meinen Anwalt aufsuchen? Dann könntest du nach seiner Anleitung schon heimlich wichtige Unterlagen beiseiteschaffen. Hinterher geht es nur noch ums Geld.«

Ich wunderte mich, denn soweit ich wusste, hatte Georg Karina keine finanziellen Probleme bereitet. »Aber bei euch lief doch alles fair ab!«, sagte ich deshalb.

Meine Freundin schnaubte. »Ja, aber da gab es noch nicht das verschlagene Miststück an seiner Seite! Jetzt geht es um unsere Babys, und er lässt sich von dieser skrupellosen Frau steuern! Mallorca hab ich nur abwenden können, weil ich ihm gesagt habe, dass Donald krank ist. Merk dir eines, Elisa: Sobald eine andere im Spiel ist, läuft nichts mehr fair ab. Männer sind sexuell gesteuert und ihren Gebieterinnen hörig.«

Ich konnte mir Georg und seine pummlige Sprechstundenhilfe Cora beim besten Willen nicht in diesen Rollen vorstellen, hielt aber meinen Mund. Die Freundschaftsregeln verbaten es, sich auf die Seite des Ex zu stellen.

»Wenn Alexander wirklich diese Fiona vögelt«, fuhr Karina fort, »dann musst du aufpassen! Damit werden übernatürliche Kräfte freigesetzt!«

Ich war mehr als verunsichert. »Aber … dann müsste Alex ein Sex-Schläfer sein. Übernatürliche Kräfte hab ich bisher nicht feststellen können. Er war jahrelang unauffällig …«

»… und wird plötzlich sexmäßig viel zu aktiv und damit komplett hirnlos«, beendete meine Freundin. »Damit hat die Marketingschlange die totale Macht über ihn.«

Ich wurde wieder wütend. Ich sollte ihm hier den Rücken freihalten und mich um Kind, Haus und Schwiegermonster kümmern, und er lief womöglich gerade schwanzgesteuert durch Paris!

»Momentan ist mir vor allem nach Rache zumute«, presste ich hervor.

»Das kann ich verstehen! Deshalb solltest du doch mit mir zusammen etwas Gemeines aushecken. Und die Voodoo-Puppen bestellen wir auch.«

Ich lächelte grimmig. »Ich hab schon angefangen …«

Meine beste Freundin sah mich erstaunt an. »Aha. Und womit?«

Ich senkte die Stimme, obwohl mich außer den beiden Pudeln niemand hören konnte. »Ich hab bereits einen kleinen Rachefeldzug gestartet.«

»Wie? Wann denn?«

Ich beugte mich zu dem Koffer, der zu meinen Füßen

stand, und öffnete ihn weit genug, dass Karina hineinschauen konnte.

»So ein Pech aber auch«, sagte ich grinsend. »Lauter Anzüge. Da hat Alex wohl nur Damenwäsche, Slipeinlagen und Make-up in seinem Gepäck. Wie diese Verwechslung passieren konnte, ist mir schleierhaft ...«

Der Nachmittag bei meiner Schwiegermutter war schlimmer als jeder Albtraum. Als ich klingelte, hörte ich ihre Stimme durch die Sprechanlage.

»Kommen Sie näher an die Kamera, damit ich Ihr Gesicht erkennen kann.«

»Margret, ich bin es, Elisa«, sagte ich. »Du hast keine Kamera an deiner Tür, also kannst du mein Gesicht sowieso nicht sehen.«

»Das weiß aber ein Betrüger nicht«, antwortete sie und öffnete endlich. »Du bist fünf Minuten zu spät. Ich hasse Unpünktlichkeit.«

Ich ignorierte ihre Mahnung und sah mich um. »Hast du alles soweit fertig? Was müssen wir noch tun?«

Meine Schwiegermutter winkte ab. »Meine Tochter und mein Sohn haben mir bei allem geholfen. Ich habe eine Liste für die restlichen Aufgaben angefertigt, die ich nun Punkt für Punkt durchgehe. Du musst also nichts mehr tun. Du bist hier, um aufzupassen, dass die Leute, die gleich zur Hausbesichtigung kommen, nichts anfassen und nichts stehlen. Ich habe ein ganz schlechtes Gefühl, Fremde in mein Haus zu lassen, aber es lässt sich nicht vermeiden, wenn ich gewinnbringend verkaufen soll. Ihr wolltet mich ja unbedingt loswerden.«

Zum Glück klingelte es in dem Moment an der Tür, sonst hätte ich einen mittelschweren Wutausbruch bekommen. Gleichzeitig meldete sich auch Margrets Telefon.

»Ich gehe«, sagte ich schnell zu meiner Schwiegermutter.

Ich ignorierte ihr »Lass dir von allen die Personalausweise zeigen!« und marschierte zur Eingangstür. Während ich den Makler und ein Ehepaar mit zwei Kindern im Kindergartenalter begrüßte, hörte ich, wie Margret im Hintergrund in den Hörer bellte und dann auflegte. Das Ehepaar sah sich interessiert um, die beiden Kinder liefen direkt zur Treppe nach oben.

»Stopp!«, rief meine Schwiegermutter. »Das geht so nicht! Haben Sie Ihre Kinder nicht erzogen? Das hier ist Privateigentum, und ich wünsche nicht, dass die Kinder sich ohne Aufsicht oben aufhalten.«

Damit war die Familie direkt aus dem Rennen. Sie verabschiedete sich mit knappen Worten und war weg. Das gleiche Spiel fand im Anschluss noch mehrere Male statt, wobei entweder das Benehmen der Interessenten Margret ein Dorn im Auge war oder ihre vermeintlich »zu neugierigen, persönlichen Fragen«, wie sie sich ausdrückte. Sie hatte sogar mehrfach »Finger weg von meinen Möbeln« gerufen, wenn jemand – natürlich versehentlich – das Mobiliar berührte.

Am Ende war der Makler nass geschwitzt und sichtlich genervt. »Sie können doch nicht alle potenziellen Käufer vergraulen, Frau Wennel«, beschwerte er sich. »Auf diese Weise verkaufen wir Ihr schönes Haus bestimmt nicht.«

»Hottentotten sollen hier auch nicht einziehen. Das möchte ich meinen langjährigen Nachbarn nicht zumuten.

Mein verstorbener Mann würde sich im Grab umdrehen, wenn er wüsste, was für ein Volk sich für dieses Haus interessiert!«

Der Makler sah mich Hilfe suchend an. »Aber wir wollen doch möglichst gewinnbringend verkaufen, oder? Dann müsste es Ihnen egal sein, von wem letztendlich das gute Geld stammt!«

Ich blieb stumm, und Margret schüttelte würdevoll den Kopf. »Keineswegs. Ich finde, Geld und Niveau müssen zueinander passen. Also suchen Sie weiter! Und bringen mir beim nächsten Mal erstklassige Interessenten!«

Ich geleitete ihn zur Tür, wo wir einen Moment allein waren. »So geht das nicht!«, flüsterte er. »Die alte Dame benimmt sich unmöglich! Die Leute werden alle abspringen!«

»Am Wochenende zieht sie um, ab Montag ist das Haus komplett leer. Dann können Sie die Besichtigungstermine allein durchziehen und ihr am Ende nur den Kaufvertrag präsentieren«, flüsterte ich zurück.

Als auch er gegangen war, hielt mir Margret ihren Zeigefinger hin. »Weißt du nun, warum man diese Leute im Auge behalten muss? Ich möchte nicht wissen, wie viele von ihnen kein wirkliches Interesse an meinem Haus hatten, sondern nur ausspionieren wollten, was es hier zu holen gibt. Habe ich alles im Fernsehen gesehen. Da muss man sich in Acht nehmen.«

Ich hatte keine Lust auf eine neue Grundsatzdiskussion, außerdem beschäftigte mich etwas anderes. »Margret? Hat Alexander vorhin am Telefon irgendetwas Besonderes gesagt, oder wollte er nur sagen, dass er in Paris gut angekommen ist?«

Meine Schwiegermutter schüttelte den Kopf. »Ja ja, nur das. Ach, und außerdem gab es irgendeine Kofferverwechslung, er musste noch in die Stadt, um sich Anziehsachen zu kaufen. Ich vermute ja, dass sein Gepäck gestohlen wurde. Die Welt ist schlecht, Elisabeth, wir müssen unsere Augen und Ohren offen halten.«

Ich verabschiedete mich und versprach, am nächsten Morgen pünktlich um neun Uhr wieder vorbeizukommen, um weitere Punkte von Margrets Liste abzuarbeiten.

Zu Hause erwarteten mich Rick und Karina. »Mann! Warum bist du nicht mitgefahren?«, maulte mein Sohn zur Begrüßung.

»Ich freu mich auch, dich zu sehen«, gab ich zurück und drückte ihn kurz, bevor er ausweichen konnte. »Karina hat dir sicher von Tante Cassandras Termin erzählt. Sie musste kurzfristig weg, und einer muss ja schließlich Oma Margret helfen.«

Rick brummte etwas Unverständliches. Ich lächelte ihn an. »Wir machen uns ein paar schöne Tage, mein Großer.«

»Kann ich Freitag bei O. J. übernachten? Wir wollen eine Fifa-Übernachtungsparty machen. Mick und Till kommen auch.«

»Ich dachte, dass wir beide ins Kino gehen könnten«, antwortete ich.

Mein Sohn schüttelte den Kopf. »Ich bin doch kein Baby mehr. Man geht nicht mit seiner Mutter ins Kino, das ist voll peinlich. Ich will zu O. J.! Also, darf ich? Seine Mutter ist auch da, das soll ich direkt von ihm ausrichten. Er sagt, Eltern wollen so was immer wissen.«

Ich war erstaunt, wie gut sich O. J. auskannte. »Also ich weiß nicht …«

Karina mischte sich ein. »Lass ihn doch, Elisa! Dann gehen wir beide zusammen aus! Vielleicht wirklich ins Kino? Das haben wir schon lange nicht mehr gemacht! Rickyboy, ich würde sagen, das geht klar.«

Rick strahlte, er beschwerte sich nicht einmal, dass sie ihn »Rickyboy« genannt hatte. Dann sah er mich fragend an. Und da ich natürlich kein Spielverderber sein wollte, seufzte ich.

»Na, meinetwegen. Aber nach dem Frühstück bist du wieder da. Du kommst mit zur Oma, den großen Umzug überwachen.«

Mein Sohn sah zwar nicht begeistert aus, aber er wollte mich wohl nicht herausfordern, daher nickte er nur kurz. »Läuft. Ich bin oben.«

Als er verschwunden war, seufzte ich wieder. »War es nicht erst gestern, dass er und ich im Kino, Zoo und Zirkus waren? Wann hat das aufgehört, dass ich seine Lieblingspartnerin bei Unternehmungen war und er auf meinem Schoß saß?«

Karina grinste. »Für mich bleibst du die Lieblingspartnerin. Und was Rick angeht: Stell dich lieber darauf ein, dass er demnächst jemanden auf *seinem* Schoß haben wird, und zwar ein Mädchen.«

»Hör auf!«

Diese Vorstellung entsetzte mich so sehr, dass ich mich setzen musste. Hoffentlich würde das noch sehr lange auf sich warten lassen! Dann müsste ich mich nämlich mit Gedanken befassen wie Verhütung und Liebeskummer. Hilfe!

»Das ist alles zu viel an einem Tag. Der Flughafen, der Klingelton, die Gedanken, die ich mir um Alex machte, dann Margrets Besichtigungstermin und nun das nächste Horrorszenario! Ich kann nicht mehr«, stöhnte ich.

Meine Freundin nahm mich in den Arm. »Ach, Süße! Das war doch nur ein Scherz! Wie blöd von mir – wo du dich mit ganz anderen Problemen quälst. Bitte entschuldige! Wir gehen Freitagabend aus. Du musst auf andere Gedanken kommen. Keine Widerrede!«

Als sie ging, schaltete ich den Fernseher ein und versuchte, mich auf die Nachrichten zu konzentrieren, insgeheim wartete ich natürlich auf Alex' Anruf. Ich war gespannt, was er mir zwischen den Zeilen mitzuteilen hatte. Gegen halb acht klingelte endlich das Telefon.

»Elisa? Stell dir vor, wir haben die Koffer vertauscht! So ein Mist! Ich musste mir alles neu besorgen, ein paar Klamotten, Zahnbürste, Rasierzeug, den ganzen Kram!«, begrüßte mich Alexander.

Ich fand, dass er wie sonst klang, und war irgendwie erleichtert. »Das tut mir leid.«

»Ja, und außerdem war dieser Koffer der totale Schrott. Er fiel ständig um! Ich hab bei Lafayette einen neuen Trolley gekauft und die alte Kiste direkt entsorgt. Hol mir mal Rick ans Telefon, ich will ihm gute Nacht sagen.«

Ich rief unseren Sohn – nach geschlagenen fünfzehn Sekunden beendeten die beiden ihr Gespräch. Immerhin hatte Rick Alexander erzählt, dass er am Freitag bei O. J. übernachten würde. Als ich den Hörer zurückbekam, lachte mein Mann.

»Der ist ja am Telefon genauso gesprächig wie sonst. Was macht Mutter? Hat alles gut geklappt?«

Ich berichtete von dem Besichtigungstermin, und Alex lachte noch mehr. »Du Arme! Es wird echt Zeit, dass sie mit anderen Leuten zusammenkommt, sonst wird sie noch wunderlicher.«

Mittlerweile schalt ich mich selbst dafür, Alexander der Untreue bezichtigt zu haben, denn er war genauso wie immer. Ich glaubte nicht, dass jemand, der eine Affäre hatte, sich so verstellen konnte.

»Und wie ist Paris?«, fragte ich.

»Keine Ahnung, ziemlich viel los hier, glaube ich. Als wir vorhin meine Anziehsachen gekauft haben, waren die Straßen und Kaufhäuser voller Leute.«

»Wir? Du warst nicht allein unterwegs?«

Alex lachte wieder. »Du kennst mich doch, Elisa. Ich brauche immer einen weiblichen Rat. Fiona Feldhoff war so nett, mich zum Shoppen zu begleiten. Sie hat einen super Geschmack! Ich glaube, sonst hätten die französischen Verkäuferinnen mir ganz merkwürdige Sachen aufgeschwatzt.«

Ich erstarrte. Mein kleiner Koffertausch sollte meinen Mann in Nöte stürzen und ihm nicht eine Plattform zum Flirten bieten! Und schon gar nicht mit seiner Marketingassistentin! Doch was nun kam, setzte dem Ganzen die Krone auf. Im Hintergrund sagte plötzlich jemand: *»You're welcome.«*

»Wer spricht denn da? Der Zimmerservice?«, fragte ich alarmiert und wünschte gleichzeitig, es wäre so.

»In Paris ist Französisch angesagt«, hörte ich Alex sagen, und dann lachten er und … eine Frau.

Ich fühlte, wie sich meine Nackenhaare aufstellten. »Hallo? Alex? Hast du mit mir gesprochen?«

»Nein, nein«, antwortete mein Mann und klang noch immer höchst vergnügt. »Fiona Feldhoff ist hier. Wir arbeiten noch ein paar Akten für morgen durch, bevor wir zum Essen gehen. Wie gesagt, sie ist ein Schatz.«

»Du bist nicht allein, während du mit mir telefonierst?«, kreischte ich in den Hörer.

Wenn ich gekonnt hätte, wäre ich durch diesen hindurchgekrochen und hätte sowohl Alex als auch dem »Schatz« den Hals umgedreht.

Aber Alexander überging meine Frage einfach. »Also dann: Viel Spaß morgen mit Mutter, und mach dir einen schönen Abend, wenn Rick Freitag bei O. J. übernachtet. Es kommt die NDR-Talkshow, die siehst du doch so gern. Wir haben einen vollen Terminplan, aber ich schicke zwischendurch mal eine SMS. Ach, übrigens: Wir haben die Rückflüge am Sonntag belassen, dann müssen wir uns nicht so abhetzen. Nacht!«

Klick.

Mein Gatte hatte aufgelegt.

Ich trommelte mit den Fäusten auf den Esstisch. Arschloch! Arschloch! Arschloch! Eine andere Bezeichnung wollte mir nicht einfallen. Er war mit dem Schatz »Fiona Feldhoff« (mir wurde gerade bewusst, dass er sie nicht mehr »Frau Feldhoff« nannte!) shoppen, sie war während unseres privaten Telefonats auf seinem Zimmer, und gleich würden sie essen gehen! Und mir empfahl er fernzusehen!

Jetzt reichte es. Ich schnappte mir den Hörer. Als Karina sich meldete, presste ich nur zwei Sätze hervor: »Alex hat in Sachen Scheißkerle mit deinem Ex gleichgezogen. Ich gehe Freitag mit dir aus, aber nur in einen heißen Club wie die

Mädels aus *Sex and the City.* Dann können wir tanzen und uns richtig amüsieren. Und komm mir nicht wieder mit verrauchter Luft oder 'ner ähnlichen Ausrede. Wir gehen tanzen.«

»Was ist passiert?«

»Erzähl ich dir dann. Du kümmerst dich um einen passenden Laden, und ich hol dich um neunzehn Uhr ab.«

Mein nächster Tag bestand aus Schimpftiraden in Richtung Paris und melancholischen Anflügen von Selbstmitleid. Als Erstes programmierte ich mein Handy um, ich ordnete Alex einen ganz besonderen Klingelton zu: *Männer sind Schweine* von den Ärzten.

Selbst meiner Schwiegermutter schien aufzufallen, dass etwas nicht in Ordnung war, denn sie kochte mir ungefragt einen viel zu starken Pfefferminztee ohne Zucker und ließ mich die Spendenübergabe ohne vorherige Einweisungen mitüberwachen. Der Pastor ihres Vertrauens, Pfarrer Homann, war ebenfalls anwesend, und so bildeten wir drei eine kleine Prozession vor der Garage, in der die Utensilien auf die Abnehmer warteten.

»Mein Sohn hat schon alles bereitgestellt«, verkündete Margret dem Pfarrer, der wohlwollend nickte. »Er ist ein guter Junge. Ich habe Alexander so erzogen, und er hat mich noch nie enttäuscht.«

Hoffentlich tut er es jetzt auch nicht!, dachte ich insgeheim. Laut sagte ich jedoch nichts, meine Eheprobleme gingen weder Margret noch Pfarrer Homann etwas an. Eine karitative Institution nach der anderen erschien und nahm die ihr zugedachten Dinge mit. Der Tag verging wie im Flug. Am späten Nachmittag ging der Pfarrer »auf ein Likörchen« mit zu Margret, was ich nutzte, um mich schnell zu verdrücken.

Rick bestellte mir Grüße von Alexander, der ihn am Nachmittag angerufen hatte. Er konnte mir weder sagen, was sein Vater machte, noch wie es ihm ging, und ich ahnte, wie kurz dieses Telefonat gewesen sein musste.

In dieser Nacht schlief ich sehr schlecht. Mein Mann und seine Assistentin verfolgten mich in den Träumen. Sie standen auf dem Eiffelturm und lachten höhnisch, während ich dort mit einer Sammeldose herumging und fremde Leute um Spenden bat.

Auch am Freitag wartete die Patronin mit tausend Aufgaben auf mich, wovon mindestens die Hälfte nicht wirklich sinnvoll war. Als ich nach Hause kam, saß Rick schon mit dem Playstation-Controller in der Hand auf seinem gepackten Rucksack, um zu O. J. chauffiert zu werden. Ich erteilte ihm zwischen Tür und Angel mindestens hundert Anweisungen, von denen ich doch wusste, dass er sie gleich vergessen und niemals befolgen würde.

Gegen Abend hatte ich noch immer nichts von meinem Mann gehört. Ich wusste kaum, wohin mit meiner Wut.

»Was du kannst, kann ich schon lange!«, zischte ich und begann mit meiner Schönheitspflege. Ich gönnte mir eine Gesichtsmaske, ein Entspannungsbad und eine Haarpackung. Danach war ich so erschöpft, dass ich Karina anrufen und absagen wollte. Gerade als ich den Hörer in die Hand nahm, piepte mein Handy. Eine SMS vom lieben Gatten.

Geh. gleich m. Gesch.partn. ins Moulin Rouge. Wird best. spät. Sch. Ab. bis morg.

Ich war auf der Stelle wieder wach. Monsieur amüsierte sich im Moulin Rouge und danach sonst irgendwo und wünschte mir in Abkürzungen einen schönen Abend?! Bestimmt war der »Schatz« auch nicht weit – wahrscheinlich hatte sogar sie die SMS diktiert!

Ich war versucht, sofort *L. m. a. A.* zu antworten, doch dann beschloss ich, dass das nicht mein Niveau war. Aber ich würde ebenfalls ausgehen und mich amüsieren! Jawohl!

Da ich Karina den Auftrag erteilt hatte, einen heißen Club auszusuchen, musste ein entsprechendes Outfit her. Aber was zog man heutzutage als attraktive *thirty-something*-Blondine für einen sommerlichen Tanzabend in einer Disco an? Ich hatte keine Ahnung. Es war so lange her, dass ich in dieser Form ausgegangen war. Meine abendlichen Aktivitäten beschränkten sich in den letzten Jahren auf Restaurants, Kinobesuche und private Feste, wo alles sehr gemächlich ablief.

Also gab ich Begriffe wie »Club« und »heißes Outfit« oder »Tanzen Disco anziehen« bei Google ein. Nachdem ich mich durch einige Go-go-Girl- und andere anzügliche Seiten durchgeklickt hatte, stellte ich fest, dass ich etwas Anliegendes, Ausgeschnittenes brauchte. »Hot« war dabei das absolute Topwort. »Disco« hatte ausgedient, es hieß nur noch »Location«. Schwarz war zwar immer noch in, aber in diesem Frühsommer trug man auch Farben. High Heels oder kniehohe Stiefel waren ebenfalls ein Muss, allerdings auf nackter Haut.

Ich las die Empfehlungen zu Smokey Eyes und welligen Fransen, Haare und Make-up sollten auch sexy, verführerisch und »hot« wirken. Für meinen Geschmack völlig übertrieben, aber was wusste ich schon! Ich war seit zwanzig Jahren raus aus dem Partygeschäft und sollte daher wirklich auf die vielen Stylisten hören. Ich war schon von deren Berufsbezeichnung beeindruckt.

»Elisa, du willst ausgehen und Spaß haben, also musst du dich den Trends anpassen!«, sagte ich und schaute mir auf YouTube das meistgeklickte Video eines amerikanischen Make-up-Artists an, der nur Hollywoodstars und Topmodels verschönerte. Anschließend versuchte ich mich nach seinen Anweisungen zu schminken. Smokey Eyes – sensationell! Auch meine Haare frisierte ich nach sorgfältiger Anleitung eines Friseurs, pardon, Hairstylisten, der schon für Gisèle Bündchen gearbeitet haben sollte. »Sun-kissed-look« nannte er das.

Beim Inspizieren meines Kleiderschranks stellte ich leider fest, dass ich nichts Passendes anzuziehen hatte! Die Kleider von früher, die unter einem Stapel eleganter Blusen, einer Unmenge Twinsets (ja, ich liebe Twinsets!) und praktischer Wollpullover lagen, passten mir alle nicht mehr. Ich hatte nicht bedacht, dass *thirty something* oft nicht nur zwanzig Jahre älter, sondern auch gut zehn Kilo schwerer als damals bedeutete. An meinem ehemaligen roten Lieblingskleid knackte es verdächtig, als ich es anzuziehen versuchte, der Reißverschluss des schwarzen Minirocks ging noch nicht einmal einen Millimeter zu, und in das weiße enge Top passten nur mein Kopf und ein Arm hinein.

Was tun?

Für einen schnellen Einkauf war leider keine Zeit mehr, also musste ich mir etwas einfallen lassen. Ich entschied mich für einen beigefarbenen, knielangen Stretchrock, den ich bis zum Busen hochzog, damit er als Mini durchging. Dazu zog ich ein türkisfarbenes, hüftlanges Seidentop an, das ich zum 65. Geburtstag meiner Mutter im Taubenzüchtervereinsheim getragen hatte und das glücklicherweise noch passte. Darüber kam die dazugehörige türkisfarbene Seidenbluse, deren Ärmel ich hochkrempelte, damit es etwas lässiger aussah. Passende High Heels in Beige oder Türkis fehlten mir allerdings, daher entschied ich, meine braunen Wildlederstiefel anzuziehen. Auf nackten Beinen versteht sich.

Ich drehte mich vor dem Spiegel. Nicht schlecht, obwohl das Top einen tieferen Ausschnitt hätte haben müssen, um als »hot« durchzugehen. Mit meiner Perlenkette sah es bei der Feier damals sehr festlich aus, aber jetzt wirkte es eher bieder. Mein Blick fiel auf die Küchenschere. Seide franste nicht, oder? Wie eine Chirurgin aus *Greys Anatomy* setzte ich an und schnitt mir ein perfektes Dreieck in den Ausschnitt. Dieses Dekolleté konnte sich eher sehen lassen! Dreimal »hot«!

Ich lief von Spiegel zu Spiegel und fühlte mich sexy, jung und begehrenswert. Die Männer würden mir reihenweise nachlaufen! Nur meine nackten Füße begannen jetzt schon in den Stiefeln zu brennen. Wie die Stars damit ganze Abende überstanden? Vielleicht hatten sie Berge von Pflastern in ihren Clutches.

Plötzlich kam mir eine Idee. Ich kramte in meiner Wäscheschublade und holte hautfarbene Nylonkniestrümpfe heraus. Für mich eine der wichtigsten Erfindungen der Damenmode. Sie wärmten, schützten vor Blasen und fielen unter Hosen nicht auf. Männer hatten nur die Wahl zwischen Baumwollsocken oder nackten Füßen, während wir Frauen auf Nylonkniestrümpfe zurückgreifen konnten! Ich zog sie schnell über und steckte meine Beine wieder in die Stiefel. Perfekt! Das Brennen hörte sofort auf. Wahrscheinlich machten es die Stars genauso.

Um zehn vor sieben stand ich vor Karinas Wohnungstür und klingelte. Sie öffnete und starrte mich entsetzt an. »Gehen wir auf eine Abba-Revival-Party?«

Ich schob mich an ihr vorbei in den Flur. »Beleidige mich nicht! Vor dir steht *the hottest woman in town*! Ich bin gestylt nach den Tipps der Topstylisten! Frisch aus dem Internet, *Bitch*! So nennt man sich dort unter Girlfriends. Unsere Interpretation scheint veraltet zu sein.«

»Aha. Hast du auf das Datum der Videos geachtet? Die stellen manchmal alte Sachen rein. Und hast du geweint? Deine Augen sind verschmiert.«

»Das sind Smokey Eyes, du Ahnungslose.«

Karina grinste. »Du scheinst ja allerhand vorzuhaben … Bitch. Hoffentlich wird es schnell dunkel, dann fällt es vielleicht weniger auf.«

»Hör auf, mich niederzumachen!«, fuhr ich Karina an. »Ich finde mich gut! Wusstest du, dass in der realen Welt Friseure, Kosmetikerinnen und Visagisten ausgestorben sind? Sie wurden abgelöst durch Hairstylisten und Make-up-Artists. Die Sprache hat sich auch verändert! Ich lebe in einer Zeitschleife und hab den Anschluss verpasst. Meine Welt ist wie bei der *Truman Show* sehr begrenzt. Endlich verstehe ich den Spruch: ›Der Frosch im Brunnen ahnt nichts von der Weite der Meere.‹ Ich bin eindeutig dieser Frosch.«

Meine Freundin streichelte ihre Pudel, die um uns herumsprangen. »Sitz! Platz! So ist es brav. Jetzt übertreib aber nicht, Elisa. Wir wohnen zwar nicht in Manhattan, sind aber trotzdem modern und weltoffen.«

»Du vielleicht. Du gehörst seit der Scheidung auch wieder zu den Singles, die sich richtig amüsieren dürfen. Bei mir gilt eher das Motto: *No sex, no city*.«

Karina gab den Hunden Futter und verzog das Gesicht. »So wie du das sagst, müsste sich mein Leben toll anfühlen. Tut es aber nicht. Ich bin alt, ich bin einsam, ich streite mit meinem Ex um meine Hunde, und ich wünsche ihm und seinem Verhältnis die Pest an den Hals. Sex habe ich auch nicht. Ich schaue lieber Markus Lanz, als mich nach neuen Männern umzusehen. Also werde ich vermutlich verbittert und depressiv enden.«

Ich lachte. »Wir zwei sind schon ein komisches Gespann. Deshalb ist heute die Nacht der Nächte. Wir sollten so tun, als ob wir die Mädels aus *Sex and the City* wären! *Hot*, kapiert? Ich hoffe, dass du eine Location gefunden hast, die uns hottest Bitches gerecht wird, und uns mit einer dieser Ein-Euro-Happy-Hour-Diskotheken verschonst, vor der lärmende Jugendliche Schlange stehen. Ich hab keine Lust auf mitleidige Blick à la ›Was will die Oma denn hier?‹. Genauso wenig wie auf Ü40-Partys, wo die Vierzig nur als Alibi dient und das Durchschnittsalter eher dem meiner Eltern entspricht.«

Meine Freundin reichte mir grinsend ein halbes Glas Sekt. »Du bist ja gut drauf! Nein, keine Sorge, ich hab genau das Richtige für uns. Aber während ich mich deinem Abba-Smokie-Outfit anzupassen versuche, erzähl mir erst mal, mit welcher Nummer Alex die Number one bei den Scheißkerlen geworden ist und wie er dich in diese komische Stimmung getrieben hat.«

Kapitel 10

»Es bleiben nur die Opas, und auch bei denen scheine ich schon an der Verfallsdatumsgrenze zu liegen!«

ELISA

Der Club, den Karina als »megaheiß und absolut angesagt« angepriesen hatte, hieß Mark F. K. Vor dem Eingang standen vier Türsteher mit schwarzen Muskelshirts, Ray-Ban-Sonnenbrillen auf den Nasen und ausgefransten Jeansshorts, die je eine brennende Fackel in der Hand hielten. Alle waren braun gebrannt und sehr muskulös.

»Wow! Solche Door Models gab es zu unserer Zeit noch nicht«, flüsterte ich meiner Freundin zu. »Woher kennst du den Laden, und wofür steht das F. K.?«

»Keine Ahnung, ich kenne ihn nicht. Eine Kollegin hat mir den Club empfohlen«, gab Karina zu. »Marianne ist Ende dreißig, geschieden, kinderlos und geht sehr viel aus. Sie meinte, hier könnten wir erst einen Happen essen und dann tanzen. Bei Mark F. K. gibt es in allen Räumen Rauchverbot, ein niveauvolles Publikum im besten Alter, gute Tanzmusik und viel Frischfleisch.«

»Was?«

»Frauen und Männer, die das erste Mal hierherkommen. Frisch, unverdorben und interessiert. Marianne sagt, wir sollten uns nur vor den Clubmumien in Acht nehmen, die seit Jahren hierhergehen, jedes Wochenende in einem anderen Bett schlafen, aber in Wirklichkeit keine ernsthafte neue Beziehung suchen. Man würde sie daran erkennen, dass sie meistens an der Bar sitzen, von zu wenig Tageslicht schon grau im Gesicht sind und jeden, der vorbeikommt, mit Röntgenblicken taxieren.«

Ich hielt an. »Ich will mich nur amüsieren, ich suche keine neue Beziehung. Zumindest noch nicht.«

Karina sah mich an. »Aber ich. Was Georg kann, kann ich schon lange. Oder?«

»Klar. Du bist doch eine Frau im besten Alter, klug, hübsch und heute Abend verdammt sexy.«

Meine Freundin hatte sich für ein schwarzes kurzärmliges Minikleid entschieden, zu dem sie schwarze hochhackige Sandalen trug. Ihr Kleiderschrank schien der heutigen Partyszene besser angepasst zu sein als meiner. Vielleicht war es eine Auswirkung des Singledaseins. Als Ehefrau und Mutter schien ich nämlich in einem Kokon zu leben, wo Partys nur noch an runden Geburtstagen in Vereinsheimen gefeiert wurden.

Die vier Türsteher verharrten regungslos, als wir an ihnen vorbeigingen. »Ist es vielleicht noch zu früh fürs Ausgehen? Wieso haben die nichts zu uns gesagt? Es ist erst kurz vor acht. Bestimmt herrscht in dem Club gähnende Leere, und wir sind die Ersten«, machte ich mir Sorgen. Als Frischfleisch, das es besonders nötig hat, wollte ich auf keinen Fall gelten.

Aber kaum dass wir einen langen, schwach beleuchteten Gang passiert hatten, erwartete uns eine Tür weiter eine

Riesenüberraschung: Der Club war brechend voll! Offensichtlich wollte unsere Generation nicht ganz so spät ausgehen, um in der Nacht noch etwas Schlaf abzubekommen. Es gab drei kleine Bistros, in denen man etwas essen konnte, dazu eine Obst- und Weinbar sowie einen Swimmingpool zwischen zwei Tanzflächen. Auf der einen Seite hörte ich vertraute Popklänge, während die andere Tanzfläche Musik fürs Paartanzen bot. Hier schien Discofox angesagt zu sein, einige Paare drehten sich zu Musik von Harpo. In der Mitte des Swimmingpools befand sich eine Art Insel, auf der fünf Tänzerinnen in knappen Bikinis ihre Verrenkungen zu Hip-Hop-Klängen machten. Sie sahen aus wie die Frauen, die ich im Internet gesehen hatte.

Während wir alles auskundschafteten, sah ich mir die Gäste des Clubs an. Sie waren schätzungsweise zwischen dreißig und sechzig, redeten, lachten, tranken, aßen oder tanzten. Ich registrierte im Vorbeigehen einige sehr gut aussehende Männer und Frauen und fragte mich, ob sie wohl zu den Mumien oder zu dem Frischfleisch gehörten. Ich war fest entschlossen, mich an diesem Abend zu amüsieren, ein bisschen meinen Marktwert zu testen, wie Karina es nannte, zu tanzen und alles rund um Alex zu vergessen.

Als ich ihr die Story von unserem Telefonat und der SMS erzählt hatte, fühlte ich wieder eine unglaubliche Wut in mir aufsteigen. Ich hatte es so satt, mir Gedanken darüber zu machen, ob er mich betrog, was er gerade tat und ob er mich noch liebte! Sobald Alexander heimkam, würde ich ihn zur Rede stellen. Ich brauchte Gewissheit. Vielleicht würde ich danach auch öfter in Läden wie diesen hier gehen müssen, um nicht zu Hause zu vereinsamen. Möglicherweise würde aber auch alles wieder gut werden. Egal, an diesem Abend würde ich ein wenig flirten.

Ich konzentrierte mich darauf, mir die Typen genauer anzusehen. Taxiert wurden wir zwar auch, aber nicht halb so interessiert, wie ich es mir vor meinem Spiegel ausgemalt hatte. Und wenn, dann meist von den weitaus weniger attraktiven und vor allem viel älteren Männern.

»Ich versteh das nicht«, sagte ich zu meiner Freundin, als wir an einem Bistrotisch Platz genommen hatten, wo wir zwei Salate mit Hähnchenbruststreifen und Cola light bestellten. »Wir sind aufgedonnert und werden trotzdem überhaupt nicht wahrgenommen. Es ist, als seien wir unsichtbar! Wann haben wir eigentlich unseren Marktwert verloren?«

Karina lachte. »Quatsch! Das bildest du dir nur ein. Wir stärken uns, dann legen wir los! Du wirst schon sehen – wir haben die freie Auswahl!«

Zwei Stunden später war ich vollkommen ernüchtert. Wir wurden mehrfach angesprochen, allerdings teilte sich unsere »freie Auswahl« in zwei Kategorien ein: »hässlich« oder »sechzig plus«.

»Unfassbar! Für einigermaßen attraktive Männer in meinem Alter bin ich unsichtbar geworden, und die jüngeren sehen mich an, als wäre ich eine neue, gefährliche Virenform, die ihre Luft verpestet. Es bleiben nur die Opas, und auch bei denen scheine ich schon an der Verfallsdatumsgrenze zu liegen«, beschwerte ich mich. »Einer dieser notgeilen Graureiher mit Glatze und falschen Zähnen nannte mich doch tatsächlich ›scharfe Stiefeldomina‹, und als ich ihm sagte, er solle sich verziehen, hat er mir ›verknitterte Spießerin‹ hinterhergerufen.«

Meine Freundin bestellte sich den dritten Cocktail und seufzte. »Es ist echt nicht einfach! Ich fürchte, wenn ich wieder Sex haben möchte, muss ich mir eine der Mumien angeln. Eine Nacht ist besser als gar kein Vergnügen. Komm, lass uns tanzen gehen! Und hör endlich auf, alle fünf Minuten dein Handy zu checken! Alex wird sich nicht melden, und Rick erst recht nicht! Der ist froh, deinen mütterlichen Fängen mal für eine Nacht entkommen zu sein!«

Sie hatte recht. Wir enterten die Tanzfläche und stellten erfreut fest, dass der DJ gerade Songs aus unserer alten Discozeit spielte. Bei *I Will Survive* sang ich mit und dachte an meinen blöden Mann, der jetzt vermutlich in einem Pariser Nachtclub mit seiner idiotischen Marketingassistentin schwofte. Sollte er doch!

»Hey, Elisa, die beiden Typen auf den Barhockern rechts hinten beobachten uns!« Karina stieß mir unsanft den Ellenbogen in die Rippen. »Tanz weiter, aber schau sie dir gleich mal an. Die sehen ganz passabel aus und sind in etwa unserem Alter! Vielleicht ist doch noch nicht alles verloren. Wir hatten einfach Anfängerpech!«

Sie kicherte, und ich schielte unauffällig zur Bar. Tatsächlich. Dort saßen zwei attraktive Männer höchstens Anfang vierzig, einer mittelblond, der andere dunkelhaarig, die jetzt zu uns herüberblickten. Als sie meinen Blick bemerkten, hob der Dunkelhaarige sein Bierglas und prostete mir lächelnd zu. Ich tat so, als ob ich es nicht sehen würde, und wandte mich schnell ab.

»Wahrscheinlich sind das die Clubmumien auf der Suche

nach Frischfleisch«, mutmaßte ich argwöhnisch. »Jetzt schau nicht so auffällig zu ihnen hin!«

»Warum? Ich bin ungebunden, und dein Mann ist mit seiner geilen Assistentin in der Stadt der Liebe. Wir haben nichts zu verlieren! Die zwei sind echt süß. Irgendwie erinnern sie mich an Markus Lanz und Kai Pflaume … nein, warte … an die Jungs von Boss Hoss, nur dass der eine ein bisschen blonder ist!«

Bei Karina schienen sich die drei Cocktails langsam bemerkbar zu machen. Sie lachte zu laut, tanzte zu auffällig und drehte sich immer wieder zu den beiden Typen um.

»Elisa, die winken uns jetzt zu. Ich wink mal zurück.«

»Nein!«

»Doch!«

Ich schwor mir, ihr gleich einen doppelten Espresso einzuflößen, und war froh, selbst nichts getrunken zu haben. Ich wagte gar nicht mehr, in Richtung der Typen zu schauen, meine Freundin tat es für uns beide umso öfter.

Als der nächste Song vorbei war, zog sie mich am Ärmel. »Boss Hoss geben uns Zeichen, zu ihnen zu kommen. Ich will den Blonden haben, okay? Wir gehen jetzt dorthin.«

»Nein!«

Aber mein Protest blieb ungehört. Karina marschierte wild entschlossen in Richtung Bar, ich folgte ihr mit hochrotem Kopf, ganz froh darüber, dass man es in dem schummrigen Licht nicht sehen konnte.

Hilfe! Wie flirtete man noch mal?

»Hi«, der Blonde deutete auf zwei freie Hocker neben sich. »Haben wir für euch ergattert. Setzt euch.«

Aus der Nähe sah er wirklich ziemlich gut aus, sein dunkelhaariger Freund war auch nicht unattraktiv.

»Danke, Boss! Oder bist du Hoss?« Meine beste Freundin lachte die zwei an und gab ihnen die Hand. »Ich bin Carrie, und das ist meine beste Freundin Samantha. Und ihr seid …?«

»Adam«, sagte der Blonde, während sich der Dunkelhaarige als Harald vorstellte.

»Ich rechne immer nach Adam Riese«, kicherte Karina, während ich überlegte, ob ich nicht besser meinen richtigen Namen nennen sollte. Diese Karina! Warf hier mit Namen um sich, ohne sich mit mir abzusprechen. Andererseits würde ich Adam und Harald nach dem heutigen Abend nicht wiedersehen, also konnte ich genauso gut Samantha sein.

»Carrie und Samantha … wie bei *Sex and the City*. So ein Zufall aber auch«, sagte Adam und flüsterte dann Karina, die längst neben ihm Platz genommen hatte, etwas ins Ohr.

»Ja, so ein Zufall! Adam, schade dass ich nicht Eva heiße, oder?« Meine Freundin kicherte. »Dann wäre es *Sex and the paradise*.«

Ich bestellte Karina ungefragt einen starken Kaffee und mir selbst einen Orangensaft, während ich mit Harald einen netten Smalltalk hielt. Erst ging es um das allseits beliebte Wetter, dann um den Club, und schließlich wurde es ein wenig privater. Er war geschieden, hatte einen kleinen Sohn, der bei seiner Exfrau lebte, und arbeitete bei einem Softwareunternehmen. Adam war Postbeamter und sein früherer Fußballkollege. Da dieser sich vor mehr als einem halben Jahr von seiner Lebensgefährtin getrennt hatte, gingen die beiden hin und wieder zusammen aus.

Von mir erzählte ich nicht viel, lediglich, dass ich Lehrerin sei. Ich trug schließlich noch meinen Ehering, da konnte sich Harald denken, dass ich verheiratet war. Er fragte nicht, und ich hatte keine Lust, einem Fremden meine Lebensgeschichte zu erzählen.

So weit, so gut. Ich war mir immer noch nicht sicher, ob die zwei nicht trotzdem zu den Clubmumien gehörten, aber eigentlich konnte es mir egal sein. Ich wollte mich sowieso nicht abschleppen lassen und hoffte, dass Karina genauso vernünftig war. Man ging nicht mit dem erstbesten Typen ins Bett, auch wenn man geschieden war.

»Lasst uns tanzen!«, rief meine beste Freundin und nahm einen großen Schluck von ihrem Kaffee.

»Da muss ich passen«, sagte Adam. »Tanzen ist absolut nichts für mich. Außerdem habe ich einen noch nicht auskurierten Muskelfaserriss.«

Harald dagegen nickte. »Wie wär's mit Discofox? Hast du Lust, Samantha?«

Ich überlegte, ob ein Discofox die erste Stufe auf der Skala zum Ehebruch war, weil man sich dabei anfassen musste. Dann fielen mir Alex und seine F. F. ein, die vermutlich längst auf einer Nachtclubtanzfläche waren, und ich stand abrupt auf.

»Ich bin dabei.«

Mein Mann war leider nicht der begnadetste Tänzer, weswegen ich während unserer Ehe nur selten in den Genuss gekommen bin, ein paar Runden zu drehen. Meist hatte sich auf Familienfeiern irgendein Onkel erbarmt, Alex machte einen Pflichttanz und schaute dann lieber zu. Dieser Harald dagegen tanzte wirklich gut, und ich fing an, mich zu entspannen, mich von ihm führen zu lassen und es zu genießen. Ich nahm mir vor, Rick im geeigneten Alter unbedingt in die Tanzschule zu schicken. Dass Männer auch nicht kapierten, wie wichtig Tanzen für uns Frauen war! Die Jungs, die das draufhatten, waren am Ende immer die begehrtesten – auch wenn sie vorher vielleicht niemals punkten konnten.

Während ich also immer mehr Spaß hatte, wurde ich mir gleichzeitig der körperlichen Nähe meines Tanzpartners bewusst. Sein Gesicht sah von Nahem immer noch gut aus, er roch ziemlich männlich nach einem teuren Aftershave und hielt mich sehr sicher in seinen Armen. Irgendwie machten mich diese Gedanken nervös, weswegen ich ihm auf die Füße trat.

»Oh, entschuldige bitte«, murmelte ich.

»Hörst du das? Das ist Jürgen Drews. Richtig guter Discofox«, sagte Harald und drückte mich noch ein bisschen enger an sich. »Das ist Musik nach meinem Geschmack. Zum Mitsingen und Tanzen.« Er wirbelte mich herum und sang den Refrain mit.

Ich musste lachen, und meine Nervosität verflog wieder. Okay, der Mann stand auf Schlager. Das war zwar nicht meine Welt, aber über Geschmack sollte man sich nicht streiten. Außerdem konnte es mir egal sein, schließlich sah ich ihn nach diesem Abend nicht wieder. Ansonsten schien Harald wirklich ganz nett zu sein, tanzen konnte er jedenfalls wie John Travolta in seinen besten Jahren.

Nach einer halben Stunde spürte ich meine Beine nicht mehr. »Ich brauche eine Pause«, keuchte ich. »Meine Füße brennen.«

»Komm, wir setzen uns, dann kannst du die Stiefel ausziehen.«

Eine gute Idee. Wir gingen zu einem freien Tisch, und ich sank auf einen Stuhl. Ich beugte mich hinunter, um die Stiefel auszuziehen.

»Soll ich dir helfen?«, fragte Harald und griff nach dem Reißverschluss.

Da fiel es mir ein. Wirklich, im allerletzten Moment. Die Kniestrümpfe! Fast hätte ich mich zur Lachnummer des Abends gemacht. Frau Flodder in Person. Wie von der Tarantel gestochen sprang ich hoch.

»Ich will die Stiefel nicht ausziehen! Ist schon okay! Wär ja auch zu unappetitlich. Lass uns lieber etwas trinken!«

»Okay«, sagte mein Begleiter schmunzelnd. »Wenn du meinst. Ich finde dich aber sehr appetitlich. Soll ich uns etwas bestellen?«

Sein Kompliment machte mich verlegen, daher schüttelte ich den Kopf. »Ich bin mit meiner Freundin hier. Lass uns zu ihr und Adam zurückgehen.«

Harald nickte und nahm meine Hand. »Alles klar, Sammy. Ich darf dich doch Sammy nennen, oder? Ich mag es, wie du dich um deine Freundin kümmerst, auch wenn sie deine Fürsorge wahrlich nicht braucht.«

Ich entzog ihm meine Hand und ignorierte seine Bemerkung. Die Berührung war mir nicht unangenehm, deshalb wurde ich wieder panisch. Was war los mit mir? Ich war eine verheiratete Frau. Ich hatte einen Sohn. Ich wollte keine falschen Signale senden. Und erst recht keine empfangen!

Als wir bei Adam und Karina alias Carrie ankamen, waren

die beiden in ein angeregtes Gespräch vertieft. Vor Karina stand wieder ein Cocktailglas, was mich ärgerte. Sie sollte sich doch nicht weiter betrinken!

»Kommst du mit auf die Toilette?«, fragte ich daher scheinheilig.

Ich musste die Frage zweimal wiederholen, bis meine Freundin sich widerwillig vom Stuhl erhob. »Lauf nicht weg, Adam. Ich bin gleich wieder da«, hauchte sie. »Wir Mädels gehen immer zusammen aufs kleine Örtchen.« Sie kicherte wieder.

»Bist du verrückt? Du machst den Typ ja total an! Außerdem hast du zu viel getrunken!«, sagte ich zu ihr, kaum dass wir außer Sichtweite waren.

Karina sah mich erstaunt an. Dann legte sie mir beide Hände auf die Schultern. »Hey, Elisa, entspann dich. Ich bin eine erwachsene Singlefrau ohne Verpflichtungen, die sich amüsieren möchte. Dieser Adam gefällt mir, und das scheint auf Gegenseitigkeit zu beruhen. Also verdirb mir nicht den Abend, ja? Ich denke, ich könnte heute Nacht mit ihm schlafen. Ich nehme mir einfach das Recht dazu. Du als meine Freundin solltest das akzeptieren und mir nicht die Tour vermasseln. Ich bin vielleicht ein wenig beschwipst, aber noch immer Herr meiner Sinne. Ich weiß, was ich tue!«

»Wirklich?«, fragte ich und runzelte die Stirn. »Bist du dir ganz sicher, dass du es nicht morgen bereuen wirst? Denn wenn du auch nur einen Funken Zweifel hast …«

Meine Freundin seufzte. »Elisa, du musst dich von diesem Helfersyndrom befreien. Ich bin nicht dein Kind, nicht dein Mann und nicht deine Schwiegermutter. Gönn mir doch ein wenig Spaß! Ich frage mich, warum Adam noch Single ist. Er sieht gut aus, ist nett, hat einen guten Posten …«

»Das wird schon seine Gründe haben. Vielleicht hat er eine sexuelle Macke?«

Karina grinste. »Das gedenke ich herauszufinden. Wie schon gesagt: Ab und zu brauch ich eben Sex. Und heute ist es so weit. Übrigens: Dir täte es auch ganz gut. Was ist denn mit diesem Harald? Er ist doch attraktiv! Gefällt er dir etwa nicht?«

Wir betraten den Toilettenvorraum, und ich drehte den Wasserhahn auf. »Spinnst du? Es spielt doch keine Rolle, ob er mir gefällt. Ich bin verheiratet, auch wenn du jetzt gleich wieder Alex' mögliche Affäre ins Spiel bringen wirst. Letztendlich weiß ich nichts Genaues. Fakt ist, dass ich treu bin. Und langsam würde ich gern nach Hause aufbrechen, ich werde nämlich müde. Morgen kann ich nicht ausschlafen – Margrets Umzug steht ja an.«

Karina lachte. »Das trifft sich ganz gut. Ich muss mit meinen beiden Süßen noch mal Gassi gehen.«

»Also machen wir uns auf den Heimweg?«

»Der Plan ist eigentlich ein anderer«, antwortete sie und grinste verschlagen. »Ich lass mich von Adam heimfahren, und mit ziemlicher Wahrscheinlichkeit wird er mich beim Gassigehen begleiten. Als Belohnung dafür kriegt er dann ein ganz besonderes Leckerli: nackte Carrie auf samtweichen Laken.«

Ich verdrängte die Vorstellung in meinem Kopf und zuckte die Achseln. »Wenn es das ist, was du möchtest.«

Karina trocknete sich die Hände ab. »Und ob! Aber du

solltest an Alex denken und dir das mit Harald noch einmal überlegen. Morgen telefonieren wir dann und vergleichen unsere Erfahrungen.«

»Ich werde nichts zu berichten haben«, widersprach ich. »Außer der Tatsache, wie müde Rick ausgesehen hat, nachdem ich ihn bei O. J. abgeholt habe, und wie schrecklich anstrengend Margrets Umzug verlaufen ist.«

»Das werden wir dann noch sehen. Du musst ja nicht aufs Ganze gehen. Ein bisschen Herumknutschen kann aber doch ganz nett sein, und ich schweige wie ein Grab.«

»Karina!«

»Schon gut. Denk zwischendurch an Alex, seine Flamme und Paris!«

Wir kehrten zu den beiden Männern zurück, und Karina besprach leise etwas mit ihrer Eroberung. »Adam ist so nett und fährt mich nach Hause«, verkündete sie dann. »Du brauchst keinen Umweg für mich zu machen, Eli... Samantha. Könntest du dann vielleicht Harald irgendwo absetzen?«

Dieses verschlagene Biest! Sie konnte wohl nicht locker lassen.

»Das wäre super. Wenigstens am nächsten Taxistand«, sagte Harald. »Wenn man nämlich hier vor dem Club auf ein Taxi wartet, dauert es ewig.«

Ich zögerte einen Moment.

»Du hast Angst, dass ich dir etwas antun könnte, stimmt's? Ich zeig dir meinen Personalausweis, damit du siehst, dass alle Angaben korrekt sind.« Harald grinste.

Meine Freundin und Adam lachten, vermutlich hielten sie das für einen Scherz. Ich aber dachte an Margret und ihre Schauergeschichten. Sie hätte bestimmt keinen fremden Mann einfach so in ihr Auto gelassen. Dann gab ich mir einen Ruck.

»Ja, okay.«

Harald griff in seine Tasche und holte seine Brieftasche hervor. Karina verdrehte die Augen, aber meiner Meinung nach hätte sie das Gleiche von Adam fordern sollen. Das auszusprechen traute ich mich allerdings nicht.

Ganz in Ruhe besah ich mir Haralds Ausweis und hielt ihn dann auch meiner Freundin unter die Nase. »Hier. Falls ich spurlos verschwinde, dann weißt du, wen du als ersten Verdächtigen nennen sollst. Sollen wir Adam auch überprüfen?«

»Sei nicht albern!« Karina lachte eine Spur zu laut. »Wir sind dann jetzt weg! Meine Hunde brauchen Bewegung. Und nicht nur die.«

Sie erhob sich, und auch Adam sprang von seinem Barhocker herunter. »Tschüss dann!«

Ich wollte den Gruß erwidern, bei seinem Anblick blieben mir aber die Worte im Hals stecken. Karina schien ebenfalls schockiert zu sein. Denn uns beiden wurde schlagartig klar, warum dieser gut aussehende Kerl noch Single war, partout nicht tanzen wollte und den ganzen Abend seinen Hocker nicht verlassen hatte: Adam war maximal einen Meter sechzig groß und damit fast einen ganzen Kopf kleiner als wir alle.

Karina fasste sich als Erste. Sie ging auf mich zu, umarmte mich zum Abschied und raunte in mein Ohr: »So viel zu Adam Riese. Ich ruf dich morgen an!« Dann ging sie, und Adam trottete wortlos hinter ihr her.

Ich sah Harald an. Der wusste gleich, was mir durch den Kopf ging.

»Ich wollte es dir nicht sagen, es ist eigentlich seine Sache«, antwortete er. »Adam macht seine Größe ziemlich fertig, und dass es die meisten Frauen abschreckt, macht es auch nicht leichter.«

Ich nickte. »Das verstehe ich, aber vielleicht sollte ihm mal einer raten, direkt mit offenen Karten zu spielen. Den ganzen Abend auf einem Hocker zu sitzen bringt ihn ja nicht weiter. Ich denke, dass Kari… Carrie ihn mag, aber sie war ziemlich schockiert.«

Ich ging voran, und er folgte mir dicht auf den Fersen. Ich war mir seiner Nähe bewusst, und irgendwie machte mich das wieder ziemlich nervös, obwohl ich nicht sagen konnte, warum. Vielleicht, weil ich seit sechzehn Jahren mit keinem anderen Mann außer mit Alexander abends unterwegs gewesen war? Ich rief mir schnell ins Gedächtnis, dass Harald auf deutsche Schlager stand, weil es das einzig Seltsame war, das mir einfiel, aber zugegebenermaßen wirkte er dadurch nicht minder attraktiv auf mich.

An meinem Auto angelangt, hatte ich mich einigermaßen wieder gefasst. »Hör zu, Harald: Wenn du nicht weit entfernt wohnst, kann ich dich auch nach Hause fahren.«

Er winkte ab. »Das ist nett, Sammy, aber ich komme aus der Nachbarstadt, und die Fahrt über die Landstraße dauert eine Weile. Wenn du mich zum Bahnhof fährst, kann ich versuchen den letzten Bus zu kriegen oder mir im Zweifelsfall ein Taxi nehmen. Ich kann das in der Firma absetzen. Und bevor du jetzt denkst, dass mich Adam im Stich gelassen hat: Ich gönn ihm die Bekanntschaft mit deiner netten Freundin. Hoffentlich wird aus den beiden was.« Das bezweifelte ich unter den gegebenen Umständen sehr, aber ich schwieg. »Außerdem«, fügte er hinzu, »gibt es mir die Gelegenheit, mit dir noch ein paar Minuten allein zu sein, denn dich finde ich noch netter.«

Ich spürte ein leichtes Kribbeln in meinem Bauch, so als ob ich Karussell fahren würde, aber ich versuchte, es zu ignorieren. Wir stiegen ein, und ich startete den Motor.

»Also, einmal Bahnhof, Sir«, sagte ich und merkte selbst, wie gekünstelt das klang.

Schweigend fuhren wir durch die Nacht. Ich drehte das Radio lauter, um meine Verlegenheit zu überspielen. David Guettas neuester Song ertönte. Perfekt. Bloß keine Ballade als Hintergrundmusik.

»Gibst du mir deine Handynummer? Dann kann ich dich mal zum Essen einladen.« Harald sah mich von der Seite an.

Ich zögerte, obwohl mir klar war, dass ich ablehnen würde. »Das wäre keine gute Idee. Du hast sicher meinen Ehering bemerkt«, sagte ich schließlich.

»Das schon, aber du wirkst nicht wie jemand, der auf ein Abenteuer aus ist. Ich denke, dass du getrennt lebst und dich nur noch nicht von deinem Ring trennen kannst. Ist es nicht so? Also, kann ich dich anrufen?«

Er lag dermaßen daneben, dass ich fast gelacht hätte. »Du kannst mir deine Telefonnummer geben, dann werde ich es mir überlegen. Aber rechne lieber nicht damit«, antwortete ich. So war es wohl taktisch am klügsten. Und einigermaßen ehrlich.

»Einverstanden. Wenn es keine andere Option gibt.«

»Gibt es nicht.«

Während wir auf den Bahnhof zufuhren, sah ich aus den Augenwinkeln, wie Harald einen Kugelschreiber und einen Zettel aus seiner Brieftasche herausholte und dann zu kritzeln anfing. Ich hielt in einer Parklücke und stellte fest, dass weder ein Bus noch ein Taxi in Sicht waren.

»Du hast wohl kein Glück«, sagte ich und schaltete in den Leerlauf. »Meinst du wirklich, dass noch ein Bus fährt?«

Harald lächelte. »Der letzte ist wohl schon weg. Wenn du noch ein paar Minuten Zeit hast, leiste mir doch Gesellschaft – zumindest bis sich am Taxistand ein Taxi blicken lässt. Aber ich kann auch aussteigen und draußen warten.«

Ich wusste, dass es vernünftiger wäre, ihn aussteigen zu lassen und direkt wegzufahren, hörte mich aber sagen: »Einen Moment habe ich noch.« Ich schaltete den Motor aus und drehte mich zu meinem Beifahrer. »Warum bist du nicht mit deinem eigenen Wagen ins Mark F. K. gekommen? Dann wärt ihr unabhängig voneinander gewesen.«

Harald strich sich eine Haarsträhne aus der Stirn. »Du denkst, dass alle Männer darauf aus sind, jemanden abzuschleppen, wenn sie ausgehen? Das ist nicht so. Glaub es oder nicht, aber wir waren erst das zweite Mal in dem Laden. Und eigentlich wollten wir noch zusammen Fußball gucken. Ich hab ein Bundesligaspiel aufgezeichnet. Es war also ungeplant, dass wir uns trennen.«

Ich bekam ein schlechtes Gewissen. Ich wollte wohl glauben, dass Harald und Adam zu den Clubmumien gehörten, um einen weiteren Grund zu haben, ihn nicht nett und attraktiv zu finden, dabei sollte ich mich mies fühlen. Schließlich hatte ich mich unter falschem Namen ausgegeben und nichts Privates verraten.

»Entschuldige, ich kenne dich doch gar nicht. Ich sollte wirklich vorurteilsfrei bleiben.«

»Schon gut.« Harald lächelte mich an, und ich spürte, wie mein Herz ein wenig schneller klopfte.

Zu einer anderen Zeit, an einem anderen Ort, in einem anderen Leben …

Meine Güte, Elisa, du bist es überhaupt nicht mehr gewohnt, solche Situationen zu meistern, dachte ich selbstironisch. Kaum sitzt ein Kerl in der Dunkelheit nahe genug bei dir, fängst du an auszuflippen!

Die Scheinwerfer eines Autos retteten mich. »Da ist ein Taxi!«, rief ich. »Du kannst jetzt nach Hause fahren!«

Mein Beifahrer nickte. »Schade, dass es so schnell ging, aber du scheinst dich ja darüber zu freuen. Na dann …« Er drückte mir den Zettel in die Hand und hielt sie einen Moment fest. »Hör mal, ich würde mich wirklich freuen, wenn du mich anrufen würdest«, sagte er und sah mir in die Augen.

Und dann beugte er sich blitzschnell vor, gab mir einen zarten Kuss auf die Lippen und war verschwunden, bevor ich überhaupt irgendwie reagieren konnte.

Kapitel 11

»Normalerweise behalten willige Ersatzmänner bei Frauen über vierzig gern ihre Socken beim Sex an und schließen die Augen …«

KARINA

Am nächsten Morgen wurde ich nicht durch meinen Wecker wach, sondern durch das Klingeln des Telefons.

»Rick? Ist was passiert?«, rief ich verschlafen in den Hörer, ohne auf das Display zu achten. »Es ist erst acht Uhr.«

»Menschen, die Hunde haben, sind bereits auf«, hörte ich eine fröhliche Stimme. »Guten Morgen, Elisa. Ich will alle Einzelheiten wissen, und zwar bevor du dich in deinen Samstagsstress hineinstürzt!«

»Karina? Hast du keinen Kater?«

»Ich hab Pudel.«

Ich setzte mich im Bett auf. »Ha, ha, sehr witzig. Ich hab außer einem halben Glas Sekt nichts getrunken und fühl mich trotzdem wie durch die Mangel gezogen«, stöhnte ich. »Warum bist *du* dann nach deinen ganzen Cocktails so ätzend munter?«

»Weil ich See-heex hatte! Die beste Therapie gegen alles«, frohlockte meine Freundin. »Bist du allein?«

Schlagartig fiel mir die letzte Nacht ein, und ich fasste unbewusst an meine Lippen. »Natürlich bin ich allein«, antwortete ich gespielt empört. »Was denkst du von mir?«

»Was ist gestern Abend noch passiert? Erzähl mir alles!«

Komischerweise wollte ich ihr nichts von Haralds Kuss erzählen, auch wenn er mir heute Morgen fast unwirklich erschien. Ich beschloss, dieses Detail auszulassen, und berichtete von der Fahrt zum Bahnhof.

»Dann wollte er mich zum Essen einladen, ich lehnte ab, er gab mir seine Handynummer und stieg aus. Ende der Geschichte.«

»Sonst war nichts?« Karina wirkte enttäuscht.

»Nein, natürlich nicht! Ich bin verheiratet!«, erinnerte ich sie. »Und den Zettel werfe ich weg. Doch genug von mir. Da ich jetzt weiß, dass du Sex hattest, du aber so frei darüber sprichst, gehe ich davon aus, dass Adam schon wieder weg ist. Willst du mir alles erzählen?«

»Natürlich!« Meine Freundin lachte. »Deshalb ruf ich doch an. Letzte Nacht hatte ich Sex mit einem Zwerg.«

Während ich aus dem Bett stieg und mir eine große Kanne Kaffee kochte, berichtete Karina, wie sie mit Adam in ihre Wohnung fuhr, die beiden dann eine Runde mit Daisy und Donald drehten und wieder zurückkehrten.

»Eigentlich wollte ich ihn dann nach Hause schicken, aber sobald er neben mir saß, war der Größenunterschied vergessen. Er ist ein Sitzriese, nur seine Beine sind etwas zu kurz geraten. Also habe ich ihn letztendlich rangelassen. Und ich kann dir sagen, Körpergröße hat nichts mit der Größe des … du weißt schon, zu tun.«

»Igitt! Sprich nicht so freimütig auf meinen nüchternen

Magen«, sagte ich und schüttelte mich. »Erspar mir Details. Aber es lief offensichtlich gut?«

»Das kann ich dir sagen! Er hatte ein paar echt gute Tricks drauf …«

»Karina!«

»Na, lassen wir das. Jedenfalls hab ich ihn erst weggeschickt, als er zweimal seine Aufgabe bei mir erledigt hatte, wenn du verstehst, was ich meine …«

Ich verstand sehr gut. »Keine Einzelheiten, hab ich gesagt!«, stöhnte ich. »Und wie seid ihr verblieben?«

»Gar nicht. Er hat mich nicht mal nach einer Telefonnummer gefragt. Umgekehrt genauso, obwohl ich zugeben muss, dass es wirklich gut war. Normalerweise behalten willige Ersatzmänner bei Frauen über vierzig gern ihre Socken beim Sex an und schließen die Augen, während der Fernseher nur stummgeschaltet wird. Nicht so mein Zwerg.«

Ich trank einen Schluck von meinem Kaffee. »Nenn ihn nicht immer Zwerg, das klingt gemein.«

»Aber er ist ein Zwerg! Ich war so schockiert, als er von diesem Hocker aufstand!«

Ich warf ein Brot in den Toaster. »Ja, ich auch. Ich dachte, du lässt ihn direkt abblitzen. Harald meinte, Adam leide unter seiner Größe. Es ist bestimmt nicht einfach für ihn, eine passende Freundin zu finden. Obwohl es auch viele Hollywoodstars gibt, die klein sind.«

»Wenn er ein Hollywoodstar wäre oder meinetwegen ein berühmter Sportler, dann sähe die Sache anders aus. Er ist aber noch nicht einmal ein Jockey, Adam ist bei der Post. Mit so einem langweiligen Job kann man eben keine guten Frauen kriegen. Jedenfalls nicht von meinem Kaliber.«

Ich sagte nichts mehr, denn ich konnte sie gut verstehen, auch wenn mir Adam leidtat.

»Also bleibt es bei mir bei einem One-Night-Stand und bei dir bei einem One-Night-Flirt«, fasste Karina zusammen.

Ich dachte kurz an den Zettel mit Haralds Telefonnummer, der noch in meiner Handtasche steckte. Ich würde ihn gleich in den Papiermüll werfen. »So ist es.«

Vielleicht zu einer anderen Zeit, an einem anderen Ort, in einem anderen Leben …

Zwei Stunden später holte ich einen sehr müden Rick bei O. J. ab.

»Guten Morgen, mein Schatz. Na, war es schön?«

»Ich geh nicht mit zu Oma. Vergiss es«, war seine liebevolle Antwort. Das P-Alien war wieder da, wie nett.

Ich legte den Rückwärtsgang ein. »Wenn du den Satz ein wenig umformulierst, komme ich dir vielleicht entgegen.«

Mein Sohn schnaubte. »Wir sind nicht in der Schule.«

»Dann bin ich zu Verhandlungen nicht bereit.«

»Du bist so was von ätzend!«

»Sag mir etwas, das ich noch nicht weiß.«

Eine Weile sprachen wir nicht miteinander. Dann, als wenn nichts gewesen wäre, drehte Rick den Kopf zu mir. »O. J. und ich haben die Nacht durchgemacht, deshalb bin ich total müde. Kann ich mich zu Hause noch schlafen legen? Bitte! Ich möchte nicht direkt zu Oma fahren. Bei dem Umzug kann ich sowieso nicht helfen. Du kannst mich abholen, wenn Oma und Großtante Helga in ihrer neuen Wohnung sind.«

Das hörte sich schon wieder mehr nach meinem Sohn

an. Wie so oft wunderte ich mich über seine Stimmungsschwankungen. Hoffentlich dauerte es bei mir mit den Wechseljahren noch sehr lange. Denn wenn das Klimakterium eines Tages auf die Pubertät prallte, würde es bei uns zu Hause vermutlich Mord und Totschlag geben.

»Kommt Papa heute nach Hause?«

»Nein, morgen«, antwortete ich knapp.

»Wie gefällt es ihm in Paris?«

»Keine Ahnung. Er hat mir gestern nur eine kurze SMS geschrieben. Hast du vielleicht etwas von ihm gehört?«

Rick schüttelte den Kopf. »Ich hatte mein Handy gar nicht an.«

Ich verkniff mir die Bemerkung, dass das zwischen uns anders abgesprochen war, denn ich hatte keine Lust auf einen neuen Streit. Manchmal war es einfach besser, nichts zu sagen, zumal es jetzt sowieso egal war.

Wir kamen vor unserem Haus an, und ich sah auf die Uhr. »Ich muss dringend zu Margret«, sagte ich. »Mach dir was zu essen, wenn du willst, und leg dich dann hin. Ruf mich auf dem Handy an, wenn du wieder wach bist. Und öffne niemandem die Tür!«

Rick stieg aus und rollte mit den Augen. »Mama, ich bin vierzehn und nicht vier.«

Bevor mir dazu noch etwas rausrutschte, legte ich schnell den ersten Gang ein und sauste davon.

Als ich bei meiner Schwiegermutter ankam, stand schon ein weißer Lkw vor der Tür. TRANSPORTE ROBERT FRIEDMANN – SAUBER. SCHNELL. SEXY., las ich belustigt die blassrote Aufschrift. Hatte wirklich Margret dieses Unternehmen engagiert? Als ich in Richtung Haustür ging, stiegen zwei Männer aus dem Lkw aus.

»Macht niemand auf«, sagte der eine zu mir.

Sexy sah keiner von beiden aus. Hoffentlich waren sie wenigstens sauber und schnell.

Ich holte den Ersatzschlüssel aus meiner Tasche und schloss die Tür auf. »Margret? Hallo? Bist du verletzt?«

»Mein Gott, Elisabeth! Warum schreist du so? Du hast mich zu Tode erschreckt! Ich dachte, du wärst ein Einbrecher! Warum klingelst du nicht, sondern schleichst dich in mein Haus?«

Eines konnte ich mit sofortiger Sicherheit sagen: Margret Wennel war munter wie eh und je.

»Die Umzugsleute warten vor der Tür. Warum hast du nicht aufgemacht?«

Alexanders Mutter nahm eine würdevolle Haltung ein. »Sie waren einige Minuten zu früh, das ist unhöflich. Du bist übrigens sieben Minuten zu spät – das ist genauso unhöflich. Ich wollte auf dich warten, um sicherzugehen, dass es kein Betrugsversuch ist.«

»Betrugsversuch?«

»Die Diebstähle werden immer raffinierter. Die fahren mit einem Laster vor und rauben ganze Häuser aus, während die Nachbarn glauben, dass es sich um einen Umzug handelt. Wer weiß, was für Typen in dem Lkw sitzen!«

Jetzt ging das wieder los! Ich würde wirklich drei Kreuze machen, wenn sie endlich in ihrem neuen Zuhause war und ich nur noch sporadisch vorbeizukommen brauchte.

»Aber Margret, du ziehst doch tatsächlich um! Wie heißt das Unternehmen, das du beauftragt hast?«

»Robert Friedmann, der Sohn meiner lieben Freundin Friederike.«

Ich seufzte. »Dann schau doch mal aus dem Fenster! Welcher Name steht auf dem Lkw?«

Margret nickte. »Habe ich bereits gesehen. Aber findest du den Schriftzug darunter nicht auch ziemlich merkwürdig? Für mich klingt das unseriös. Vielleicht geben die sich nur als Umzugsunternehmen aus.«

Ich stellte meine Tasche ab und schmunzelte. »Finde ich auch ungewöhnlich, aber andererseits lustig. So fällt die Firma wenigstens auf. Vielleicht wollen sie genau das bezwecken. Und jetzt lass uns die Herren hereinlassen und anfangen. Helga wird bestimmt auch schon ungeduldig.«

Wie auf Kommando klingelte Margrets Telefon, und während sie ranging, ließ ich die Umzugsleute ins Haus. Die wenigen Möbelstücke, die meine Schwiegermutter in ihr neues Apartment mitnehmen wollte, waren alle beschriftet, die Umzugskartons standen in der Diele bereit.

»Was passiert mit den restlichen Möbeln?«, fragte ich neugierig, als Margret mit ihrem Telefonat fertig war, denn trotz der Spenden- und unserer Aufräumaktion standen hier noch allerhand Dinge herum.

»Cassandra wird sie verkaufen«, sagte Margret. »Wenn sie aus Hongkong zurück ist. Das war übrigens gerade Alexander. Er lässt dich schön grüßen.«

Ich starrte sie an. »Er lässt mich grüßen? Wollte er denn nicht mit mir sprechen? Ich habe außer einer SMS nichts von ihm gehört.«

Meine Schwiegermutter blickte an mir vorbei. »Doch, er wollte dich sprechen, aber ich habe ihm gesagt, dass du mit meinem Umzug beschäftigt bist. Junger Mann! Das ist ein sehr wertvoller Schreibtisch! Bitte gehen Sie ein wenig sorgfältiger damit um!«

Der angesprochene Arbeiter murmelte eine Entschuldigung, während ich versuchte, meine Fassung zu wahren.

»Ich hätte wirklich gern kurz mit meinem Mann gesprochen«, sagte ich.

»Aber, aber, meine Liebe. Das kannst du doch heute Abend noch tun. Alexander wollte sowieso nur wissen, ob alles nach Plan verläuft. Ich habe ihm gesagt, dass wir eine zeitliche Verzögerung von sieben Minuten haben, weil du zu spät gekommen bist, aber ansonsten alles hervorragend organisiert ist. Er lässt dich schön grüßen, er hat sehr viel zu tun. Meine armen Kinder! So verantwortungsvolle Posten! Und so viel Stress! Hoffentlich wisst ihr zu schätzen, wie gut es euch zu Hause geht.«

Es war wieder so weit. Am liebsten wäre ich auf der Stelle gegangen und hätte Margret ihrem Schicksal überlassen. Aber dann riss ich mich zusammen und dachte an mein Pflichtgefühl. Auch wenn Alex und ich vielleicht bald geschieden sein würden – diese alte Frau war Ricks Großmutter, und ich sollte mittlerweile wirklich wissen, wie sie tickte.

Nach einer Stunde war alles im Lkw. Margret, die eines ihrer Chanelkostüme trug, zog einen Sommermantel darüber und setzte einen passenden Hut dazu auf.

»Ich wäre dann so weit«, sagte sie hoheitsvoll. »Ich verlasse jetzt dieses Haus und begebe mich in mein neues Domizil, die Sonnenblumenvilla. Mögen die neuen Bewohner mein Haus in Ehren halten.«

Der Anblick und ihre kleine Ansprache rührten mich irgendwie, und ich schluckte einen Kloß hinunter. Ob ich auch mal in so einer Situation sein würde?

Ich lächelte Alexanders Mutter an. »Willst du im Lkw mitfahren oder mir Gesellschaft leisten?«

Wir würden jetzt alle zusammen zu Helga fahren und dort sowohl sie als auch ihre Sachen mitnehmen.

»Eine Wennel fährt doch nicht in einem Lastwagen mit!« Margret sah so empört aus, dass mein Mitleid sofort verschwand. »Ich fahre selbstverständlich mit dir.«

Selbstverständlich. Frau Gräfin hatte gesprochen. Chauffeurin Elisa stand zu ihren Diensten. Wir schlossen ab, vergewisserten uns drei Mal, dass auch wirklich alles zu war, stiegen ein und fuhren los. Meine Schwiegermutter sagte nicht viel, auch ich hing meinen eigenen Gedanken nach. Ich gestattete mir nicht, an den Abschluss des vergangenen Abends zu denken, sondern konzentrierte mich auf die Aufgaben, die vor mir lagen. Wenn der Umzug erledigt war, würde ich anfangen, die kommende Woche zu planen. Am Montag begann mein Job in der Grundschule und damit für die ganze Familie ein neuer Lebensabschnitt.

So dumm das auch klang, ich überlegte sogar, wann es zeitlich am besten passte, Alexander zur Rede zu stellen. Da er den ursprünglichen Rückflug beibehalten hatte, würde er erst abends wiederkommen. Ich musste also zusehen, dass Rick mir nicht in die Quere kam und dass wir genügend Zeit für die Auseinandersetzung hatten, die im Anschluss unter Garantie folgen würde. Mit ungewissem Ausgang.

Helga erwartete uns bereits vor dem Haus. »Es ist so nett, dass du uns hilfst«, sagte sie zu mir. »Meine Sybilla muss sich jetzt schonen, ich habe ihr verboten, heute zu kommen. Und ich mit meinem Porsche«, sie deutete auf ihren Rollator, »kann ja nichts tragen. Aber ich habe nicht so viele Sachen, die ich mitnehmen möchte, daher dürften das die starken Männer in null Komma nichts schaffen. Wenn du nur gleich im Seniorenheim ein Auge darauf hast, dass die Möbel und Kisten auf die richtigen Räume verteilt werden.«

»Helga!«, herrschte Margret ihre Schwester an. »Wenn du noch einmal Seniorenheim sagst, dann kannst du dort allein einziehen! Es ist eine Komfortresidenz für ältere Menschen. Das weißt du ganz genau!«

Ich hatte den Verdacht, dass Helga Margret unter die Nase reiben wollte, dass sie sich dieses Mal durchgesetzt hatte. Aber ich hielt mich heraus. Es würde dennoch interessant zu beobachten sein, wie sich die Schwestern auf engem Raum arrangieren würden. Wenn jemand einen Wetttopf eingerichtet hätte, dann würde ich alles darauf setzen, dass Patronin Margret auch im Haus Sonnenblume das Sagen haben würde. Wahrscheinlich nicht nur bei Helga.

Als wir vor der Seniorenresidenz ankamen, staunte ich nicht schlecht. Ich hatte es bisher nicht geschafft, mir das Haus anzusehen, und nun war ich ziemlich beeindruckt.

»Wow! Hier ist es wunderschön!«, sagte ich und meinte es auch so.

Es war ein ländliches Anwesen mitten in der Innenstadt! Es gab drei Gebäude, die wie alte hanseatische Villen anmuteten, obwohl sie ganz neu errichtet waren. Sie bildeten ein U um einen windgeschützten begrünten Innenhof, in dem Blumen in allen Farben wuchsen, mit bequemen Bänken und Tischen. Drumherum erstreckte sich ein sehr gepflegter Garten voller Blumen, Sträucher und Obstbäume, alles ganz neu angelegt. Es gab verschiedene Sitzgelegenheiten mit Teakholzmöbeln und großen weißen Sonnenschirmen. Dort und im Innenhof saßen einige ältere Herrschaften, tranken etwas, lasen oder sonnten sich. Manche saßen im Rollstuhl, andere hatten ihre Rollatoren neben sich gestellt. Ich ahnte, dass nicht alle ganz gesund waren, und hoffte, dass Margret und Helga noch lange mobil bleiben würden.

»Wie ich es hasse, so neugierig angestarrt zu werden!« Wir standen kaum auf dem kleinen Parkplatz vor dem Haupteingang, als Margret zu schimpfen anfing. »Ich schätze Privatsphäre über alles. Wenn die glauben, dass ich mich hier zur Schau stelle, dann irren sie sich gewaltig. Helga! Du hältst dich auch von den anderen fern!«

Großtante Helga sah mich an und verdrehte die Augen. »Ist schon gut, Margret. Wir müssen doch erst einmal einziehen«, sagte sie diplomatisch. Ich war mir sicher, dass sie es verstehen würde, sich dem Einfluss ihrer Schwester zu entziehen.

»Nur alte Leute hier!« Meine Schwiegermutter schnaubte. »Wahrscheinlich hat hier ein Beerdigungsinstitut ein Dauerabonnement! Warum habe ich mich von dir überreden lassen, Helga? Ich will wieder nach Hause!«

Ich konnte sie verstehen. So gepflegt und elegant das Anwesen auch war, es war natürlich ein Wohnheim für Senioren. Alt zu werden war für niemanden schön, und trotz aller Annehmlichkeiten würden die Schwestern hier sicher auch mit dem Tod konfrontiert werden. Das wurde

Margret vermutlich gerade erst bewusst. Ich nahm mir vor, mehr Verständnis für sie aufzubringen.

Zwei Mitarbeiterinnen, die sich als Regina und Andrea vorstellten, hießen uns willkommen und gaben Margret und Helga eine große Mappe. »Darin steht alles über das kulinarische Angebot, das Unterhaltungsprogramm in dieser Woche und die medizinischen Checks«, sagte Regina. »Wenn Sie sich eingerichtet haben, dann lesen Sie sich bitte alles in Ruhe durch. Ich komme nachher bei Ihnen vorbei, dann können Sie mir Ihre Essensbestellung für den heutigen Tag mitteilen. Sie hatten vorab angegeben, dass Sie nur sporadisch selbst kochen und lieber die Vollpension nutzen wollen. Möchten Sie heute unten im Restaurant essen oder im Apartment?«

»Im Apartment!«

»Unten!«

Margret und Helga sahen sich an, dann gab Helga nach. »Also gut, wir essen im Apartment. Aber das soll nicht zur Gewohnheit werden. Ich freue mich auf ein wenig Gesellschaft.«

»Meine reicht dir wohl nicht?«, fauchte Margret. »Also gut, mach was du willst. Ich ziehe es vor, allein vor dem Fernseher zu essen. Ich muss mich davon ablenken, die ganze Zeit an mein wunderschönes Haus zu denken, das ich gegen diese Enge eingetauscht habe.«

»Du wirst es noch zu schätzen wissen«, antwortete Helga. »Außer Wohnzimmer, Schlafzimmer und Küche hast du doch sowieso keinen Raum mehr genutzt. Außerdem hast du mir mal gesagt, dass es ganz schön einsam und manchmal sogar unheimlich ist!«

»Helga! Ich verbitte mir diese Unterstellungen!«

»Ist doch wahr!«

Ich tat, als ob ich diese Unterhaltung nicht mitbekommen würde, denn meiner Schwiegermutter war sie sichtlich unangenehm, so wütend, wie sie jetzt ihre Schwester anfunkelte. Aber aus irgendeinem Grund hatte sie sich doch zum Umzug entschlossen, und daher ahnte ich, dass Helga die Wahrheit sagte. Die Patronin schwächelte. Ihre Stürze waren der beste Beweis dafür.

Die Umzugsleute begannen mit ihrer Arbeit, und ich staunte zum zweiten Mal, als ich das geräumige Doppelapartment der beiden Damen in der ersten Etage sah. Sie hatten ein gemeinsames Wohnzimmer, einen davon abgetrennten Essbereich, eine Küchenzeile und eine große Terrasse, dazu hatte jede ein großes Schlafzimmer mit angrenzendem Bad. Überall gab es Notfallknöpfe und Telefonapparate. Wenn man nicht genau gewusst hätte, wo man sich befand, hätte man die Residenz tatsächlich für ein Fünf-Sterne-Aparthotel halten können.

Von Alex wusste ich, dass das Haus Wert darauf legte, die Selbstständigkeit seiner Bewohner, so lange es ging, zu erhalten und zu unterstützen, gleichzeitig wurde Hilfe jeglicher Art angeboten. Jetzt war ich mir sicher, dass Helga alles richtig gemacht hatte, als sie sich für Haus Sonnenblume als Altersruhesitz entschieden hatte. Und Margret konnte ihr im Grunde genommen nur dankbar sein. Ich hoffte, dass sie bald zu der gleichen Einsicht kommen würde.

Ich überprüfte, ob alle Möbel auf die richtigen Räume verteilt wurden, kontrollierte den Wiederaufbau, half beim Kartons auspacken und Betten beziehen, obwohl Regina und Andrea sich ebenfalls anboten, und erinnerte die Wennel-Schwestern daran, die Tagesspeisekarte zu studieren und ihre Mahlzeiten auszusuchen.

Als alles fertig eingeräumt war, ertönte ein leiser Gong. »Das ist das Zeichen, dass das Mittagessen gleich serviert wird«, erklärte Regina. »Manche unserer Bewohner sind ein wenig vergesslich.«

»Wir nicht. Kann man das Ding auch abstellen?«, fragte Margret. »Ich bin nicht senil, ich kann noch auf die Uhr schauen.«

Ich schüttelte den Kopf, manchmal musste man sich wirklich für sie schämen. Es würde ein ganzes Stück Arbeit werden, ihr das neue Zuhause schmackhaft zu machen, das war jetzt schon klar.

»Ich lasse euch jetzt mal allein und fahre nach Hause«, sagte ich. »Rick und ich kommen heute Nachmittag noch einmal vorbei. Sollen wir Kuchen mitbringen?«

Dieser Vorschlag schien Margret milder zu stimmen, und sie nickte. »Für mich eine Erdbeerschnitte mit Sahne, bitte. Und ein Stück Streuselkuchen, mit großen Streuseln. Keinen Bienenstich. Aber wir essen hier oben – ich setze mich nicht zu den alten Leuten nach draußen. Ich suche keine neuen Freunde.«

Helga winkte ab. »Für mich nicht, danke. Ich habe nachher noch einen Friseurtermin, dann will ich eine Runde durch die Stadt drehen und ein paar Kleinigkeiten einkaufen. Unser Kühlschrank ist ja noch ganz leer. Etwas Süßes und Alkoholisches kann uns auch nicht schaden. Wir müssen schließlich auf das neue Zuhause anstoßen, nicht wahr, Margret?«

Meine Schwiegermutter antwortete nicht, aber sie schlug zu meiner Verwunderung vor, mich zum Auto zu begleiten. »Hast du die Rauchmelder und die Alarmanlage gesehen? Modernste Sicherheitsvorkehrungen. Wir haben in den Schlafzimmern auch einen Safe für persönliche Sachen. Das war für mich das Ausschlaggebende, Elisabeth, deswegen habe ich dem Umzug zugestimmt. Die Kriminalitätsrate wird immer höher. Was meinst du, woher die ganzen Krimiautoren ihre Ideen nehmen! Serienweise servieren sie uns das Böse im Fernsehen! Ich hatte mir in meinem Haus schon überlegt, mir eine Waffe zuzulegen. Allerdings braucht man dafür einen Waffenschein. Nun, das hat sich jetzt erledigt. Hier scheint für die Sicherheit vieles getan zu werden. Das ist wichtig, denk immer daran!«

Insgeheim dankte ich Gott, dass Margret ihre Waffenpläne aufgegeben hatte, bei ihrem paranoiden Verhalten hätte sie noch eines Tages einen Unschuldigen angeschossen. Im Zweifelsfall mich …

Am Sonntagmorgen wurde ich vom Klingeln meines Handys geweckt. *Männer sind Schweine*. Aha. Mein Ehemann rief mich endlich an.

»Ich bin's. Wie läuft's?«, sagte er fröhlich.

»Bestens«, antwortete ich.

Nur dass du wahrscheinlich eine Affäre mit deiner Marketingtussi hast, dich selten wie nie gemeldet hast, morgen mein neuer Job beginnt, mich ein anderer Mann geküsst hat und ich mir die ganze Zeit überlege, ob ich nach der Scheidung das Haus behalten möchte oder doch eine Wohnung nehme.

»Wie ich höre, hat der Umzug geklappt? Mutter hat mich gestern noch mehrfach angerufen.«

»Aha.«

Danke, liebe Elisa, dass du für mich eingesprungen bist, damit ich mit meiner F. F. shoppen gehen und sie ins Moulin Rouge und andere Etablissements begleiten konnte. Von den unvergesslichen Nächten ganz zu schweigen. Deshalb hatte ich auch absolut keine Zeit, dich mal in Ruhe und vor allem allein anzurufen.

»Was ist?« Alex' Stimme klang unsicher.

»Was soll sein?«

Du fragst mich tatsächlich, was los ist? Es stimmt, was man über Männer sagt. Sie sind allesamt egoistisch, gefühlskalt, undankbar und blöd. Und du führst die Riege an.

»Ich meine ja nur. Heute Abend bin ich wieder da, dann kannst du mir alles erzählen.«

»Und du mir auch.«

Wobei du den wesentlich interessanteren Teil zur Unterhaltung beitragen wirst, mein lieber Nochehemann. Wir fangen bei den *Strangers* an, machen bei den Telefonaten *à trois* weiter und arbeiten uns so lange vor, bis aus den *Strangers Lovers* geworden sind.

»Also bis dann.«

»Bis dann.«

Du scheinst ja nicht zu ahnen, was dir blüht, sonst wärst du nicht so ruhig. Vermutlich hältst du mich für total naiv. Aber das eine sage ich dir: Zieh dich warm an.

Kapitel 12

»Dass ihr Frauen auch immer nur reden wollt.«

ALEX

Vermutlich vor lauter Aufregung bekam ich am Sonntagmittag meine Menstruation – genau drei Tage zu früh. Und da der erste Tag bei mir immer mit Kopfschmerzen verbunden ist, lag ich am Nachmittag mit einer schönen Migräne im Bett. Rick und O. J., der nach dem Frühstück bei uns aufgetaucht war, hatte ich gebeten, irgendetwas zum Mittagessen zu besorgen, ich fühlte mich nicht in der Lage, auch nur einen Handschlag zu tun. Ich hoffte, dass der Anfall bis zum Abend vorbei sein würde, für die große Aussprache mit Alex brauchte ich einen (schmerz)freien Kopf.

Die Jungen verließen das Haus und kamen eine Stunde später mit einer Riesenpizza, Salat, Brot und Kräuterbutter zurück. Ich schluckte zwei Schmerztabletten und war am Nachmittag soweit wiederhergestellt, dass ich zumindest aufstehen und etwas essen konnte. Da sich die beiden der größten Teil der Pizza gegönnt hatten, blieben für mich Salat, Brot und Butter. Wie war das noch mal mit dem typisch männlichen Egoismus?

Der Gedanke an den ungewissen Ausgang unseres bevorstehenden Gesprächs machte mich ziemlich nervös, und ich versuchte mich abzulenken, indem ich meine Schulsachen für den nächsten Tag packte und dann bei Facebook reinschaute. Zu meiner Überraschung hatte mir Cassi eine Nachricht geschrieben, in der sie sich für die Hilfe beim Umzug von Margret und Helga bedankte und mich gleichzeitig bat, mich nicht mehr weiter um die Maklertermine zu kümmern. Das wollte sie nach ihrer Rückkehr selbst übernehmen. Einerseits war ich froh, das von meiner To-do-Liste streichen zu können, andererseits ärgerte es mich, denn es war offensichtlich, dass sie mir nicht zutraute, ihr Elternhaus entsprechend zu repräsentieren. Ganz die Tochter ihrer Mutter.

Rektor Matthew hatte mir auch eine Nachricht geschrieben (ja, schickte denn kein vernünftiger Mensch mehr normale Mails?). Ich sollte am kommenden Morgen meine neue Klasse, die 3b, kennenlernen und an diesem Tag ausschließlich sie unterrichten. Der reguläre Stundenplan, den ich bereits erhalten hatte, würde erst ab Dienstag greifen. Das sollte mir recht sein.

Als gegen Abend meine Kopfschmerzen endlich ganz aufhörten, sah ich es als ein Zeichen an. Mein Bauch tat zwar jetzt weh, aber das würde sich sicher auch bald geben. Auf in den Kampf, Elisa! Mein Plan war, mit der Aussprache zu beginnen, sobald Rick sich schlafen gelegt hatte. Egal, was die Ergebnisse bringen würden, mein Sohn sollte erst einmal nichts davon mitbekommen. Ich wusste aus eigener Erfahrung, wie unangenehm es für ein Kind war, wenn sich die Eltern stritten. Meine hatten es früher auch hin und wieder getan, und ich konnte immer erst einschlafen, wenn sie sich wieder vertragen hatten.

Alexander kam gut gelaunt kurz vor der Tagesschau durch die Tür. Er umarmte Rick, gab mir den üblichen Luftkuss und drehte sich einmal um die eigene Achse.

»Wie findet ihr meinen neuen Anzug? *Très chic*, oder? Ich musste mir alles neu kaufen, ihr könnt euch das Theater in Paris nicht vorstellen!«

Unser Sohn lachte sich schief, als Alex ihm schilderte, wie er voller Entsetzen meine Unterwäsche und meine Kosmetika statt seiner Anzüge und Hemden im Koffer entdeckt hatte.

»Mams, wie konnte das passieren?«, wollte er dann wissen. »Hast du nicht bemerkt, dass du den falschen Koffer hattest?«

»Nein«, log ich, ohne mit der Wimper zu zucken. »Mir ist es erst aufgefallen, als ich zu Hause auspacken wollte. Da war Papa schon lange in der Luft.«

Mein Mann sah mich angesäuert an. »Wir hätten die Koffer direkt kennzeichnen sollen.«

»Ursprünglich war ja gedacht, dass ich mitfliege«, gab ich ein bisschen patzig zurück.

Als Rick sich eine Stunde später nach oben verzog, packte Alex den neuen Trolley aus. Neben meinen Klamotten holte er diverse neue Herrensachen, die er mir stolz präsentierte.

»Die Franzosen haben irgendwie ein besseres Gespür für Mode. Dort wird man viel schneller fündig«, sagte er.

»Klar, du hattest ja auch Hilfe«, konnte ich mir die Bemerkung nicht verkneifen.

»Richtig. Zum Glück! Fiona war einfach großartig. Die Frau hat wirklich Geschmack.«

Fiona. Man schien also per Du zu sein. Jetzt hätte ich direkt den Faden aufnehmen und mit der großen Aussprache beginnen sollen, aber ich musste noch etwa eine halbe Stunde überbrücken. Dann würde Rick nämlich schlafen. Also biss ich mir auf die Lippen und sagte nichts mehr.

»Übrigens …«, mein Mann sah mich prüfend an. »Hast du eigentlich am Flughafen beim Verabschieden Fucking Fiona zu mir gesagt, oder hab ich mich da verhört?«

Genau in diesem Moment passierten zwei Dinge gleichzeitig: Rick betrat unser Schlafzimmer, und mir wurde es komisch im Bauch.

»Du hast dich verhört«, sagte ich daher schnell und versuchte, die Krämpfe zu ignorieren, die sich in meinem Magen-Darm-Trakt abspielten. »Du hattest es ja auch eilig, in die Businesslounge zu deiner Marketingassistentin zu kommen.«

Alexander schaute noch immer nicht ganz überzeugt, erwiderte aber nichts. Rick sagte uns beiden ganz freundlich gute Nacht und deutete sogar eine Umarmung an. Sieh mal an, das Alien in ihm schlief offensichtlich schon. Ich erinnerte ihn daran, dass ich ab dem kommenden Tag in der Schule sein würde und er mich daher nur in absoluten Notfällen anrufen durfte.

»Wenn etwas ist, erreichst du Papa auf dem Handy«, sagte ich. »Er kann ja einen besonderen Klingelton für dich einstellen. Damit kennt er sich aus.«

Als unser Sohn weg war, konnte ich es nicht länger aushalten. »Und was war sonst noch so los in Paris?«, fragte ich, um einen neutralen Ton bemüht.

Alex warf seine schmutzige Wäsche in den Wäschekorb.

»Unsere französischen Partner haben uns ganz schön auf Trab gehalten. Sie haben ein neues Lieblingswort: Event. Obwohl wir in Frankreich waren! Vormittags ging es zum Workshop-Event. Nachmittags präsentierten sie ihre Ideen im Powerpoint-Event. Und abends gab es das Entertainment-Event.«

Mein Bauch rebellierte wieder. »Entschuldige, Alex, aber ich muss mal«, warf ich ein und erhob mich.

Auf die allerletzte Sekunde erreichte ich das stille Örtchen. Und was soll ich sagen? Es wurde ein Durchfall-Event. Erst eine geschlagene Stunde später kroch ich aus dem Badezimmer wieder heraus. Ich war fix und fertig. Die Knoblauchkräuterbutter war garantiert schuld daran, dass ich mich so elend wie schon lange nicht mehr fühlte. Durchfall traf auf Menstruation, wie praktisch. Womit hatte ich dieses Pas de deux verdient?

An das klärende Streitgespräch mit meinem Mann war an diesem Abend nicht mehr zu denken. Ich warf zwei Kohletabletten ein und hoffte, die Nacht nicht auf der Toilette verbringen zu müssen. Montag begann schließlich ein ganz neuer Lebensabschnitt für mich. Eine Lehrerin, die ständig zur Toilette rannte, konnte die 3b bestimmt nicht gebrauchen.

Am nächsten Tag ging es mir zum Glück wieder besser. Ich nahm zur Vorsicht noch eine Tablette, duschte dann und zog mich sorgfältig an. Ich entschied mich für ein hellblaues Twinset und einen schwarzen, knielangen Rock. Dazu ein paar halbhohe Pumps und ein leichtes Make-up, die Haare gewellt und offen. Alex, der gerade erst wach wurde, rieb sich die Augen.

»Was machst du schon im Bad? Hast du noch Durchfall?«

Typisch. Monsieur schien es offensichtlich wieder vergessen zu haben, dass ich ab heute ebenfalls einer täglichen, geregelten Arbeit nachging. Oder er nahm sie mal wieder nicht ernst.

»Ich muss zur Schule«, sagte ich und tupfte mir Parfüm hinter die Ohren. »Wir sehen uns heute Abend. Ich muss unbedingt mit dir sprechen.«

»Worüber denn? Ist es wichtig? Ich wollte nach der Arbeit bei Mutter und Helga vorbeischauen. Dass ihr Frauen auch immer nur reden wollt.«

»Es muss sein, außerdem ist ein Besuch bei Margret ja nicht abendfüllend«, gab ich leicht gereizt zurück. »Geh zu den beiden Damen, dann reden wir. Bis heute Abend.«

Rick aß in der Küche sein Müsli und grinste. »Freust du dich schon auf die kleinen Monster? Die werden dich fertigmachen!«

Ich lachte, wenn auch etwas nervös. »Quatsch! Es sind kleine Kinder, denen ich etwas beibringen soll. Wenn ich mit dir fertigwerde, dann doch wohl auch mit ihnen. Ich muss mich nur wieder daran gewöhnen, Lehrerin zu sein.«

Es war kurz nach halb acht, als ich auf den Parkplatz der Sankt-Martin-Schule fuhr. Auf dem Weg dorthin hatte ich kurz mit Karina gesprochen und sie auf den neuesten Stand gebracht. Sie erzählte mir, dass Adam am Abend zuvor an ihrer Haustür gewartet hatte, als sie von einem Spaziergang mit den Hunden zurückgekommen war. Sie hatte ihn zwar weggeschickt, ihm aber zumindest ihre Skype-Adresse gegeben. Von Harald sagte sie nichts, ich fragte auch nicht danach. Das Thema war für mich abgeschlossen. Trotz aller Verwirrungen um meinen Ehemann hasste ich Heimlichkeiten. Ich hatte schon die ganze Zeit ein schlechtes Gewissen wegen des Kusses, obwohl ich ihn nicht erwidert hatte und eigentlich nichts dafür konnte.

Langsam ging ich über den Schulhof, und eine Horde Kinder kam auf mich zugelaufen.

»Wer bist du denn? Wo willst du hin? Ich hab dich schon mal gesehen.«

»Ich bin Frau Wennel, die neue Lehrerin«, antwortete ich freundlich.

Ein rothaariges Mädchen rief: »Hey! Sie ist die Neue! Wennel ist die neue Lehrerin! Wennel! Wennel! Was reimt sich auf Wennel?«

»Pennel?«, schlug ein Junge vor. »Nee!«, rief ein anderer. »Hennel!«

Während die Gruppe der Kinder immer größer wurde und ihre Reimvorschläge immer lauter, passierte ich den Haupteingang. Die Glastür hatte einen Sprung. Einen Moment hielt ich inne. Sollte ich jetzt direkt ins Lehrerzimmer oder zuerst in Matthews Büro gehen? Ich entschied mich für Letzteres. Auf dem Schild fehlten noch immer die Buchstaben, und ich nahm mir vor, das demnächst selbst in Ordnung zu bringen, sonst würden die Kinder niemals mit dem »Fett-Alter« aufhören. Ich betrat das Sekretariat, in dem dieses Mal niemand saß, und klopfte dann an die Tür zu Matthews Büro.

»Herein!«

Er saß ganz lässig auf seinem Schreibtisch und blätterte in einem Ordner. Obwohl ich eigentlich schon wusste, wie blendend er aussah, traf mich seine Ähnlichkeit mit Matthew McConaughey wieder wie ein Schlag. Nur die Synchronstimme passte nicht. Aber von jetzt an würde ich mir jeden Vormittag wie im Kino vorkommen. Es war einfach schön, ihn anzusehen.

»Frau Wennel, hallo. Waren Sie gestern noch auf Facebook?«, begrüßte er mich. »Ich hatte Ihnen eine Mail geschickt. War unterwegs, da ist es immer am einfachsten, über Facebook zu kommunizieren.«

»Ja, das stimmt«, beeilte ich mich zu sagen. »Und ja, ich habe Ihre Nachricht gelesen. Sie meinen die Sache mit dem Stundenplan?«

Der Rektor nickte. »Genau. Super, dann bringe ich Sie jetzt ins Lehrerzimmer und stelle Sie den Kollegen vor. Auch die 3b freut sich schon auf Sie.«

»Ich freue mich auch.«

Im Lehrerzimmer duftete es nach frischem Kaffee. Es gab eine lange Tafel in der Mitte des Raums, die Lehrerinnen und Lehrer saßen dort und unterhielten sich. Auf der rechten Seite sah ich würfelförmige Schränke, die mit Namen versehen waren, auf der linken vollgestopfte Bücherregale.

»Guten Morgen, liebes Kollegium, das ist Elisa Wennel, die neue Kollegin, von der ich Ihnen schon erzählt habe. Wir freuen uns, dass sie bereit ist, uns zu unterstützen, und vor allem, dass sie so kurzfristig einspringen konnte.«

Die Kolleginnen und Kollegen, darunter auch Schwester Bernadette, klopften kurz auf den Tisch. Ich erkannte auch die rothaarige Frau, die mir bei meinem Vorstellungsgespräch den Weg zum Sekretariat gezeigt hatte. Matthew wies mir einen freien Platz zu.

»Wir haben hier Stammplätze, das wäre dann ab sofort Ihrer. Ihr Fach finden Sie in der oberen Würfelreihe, unsere Schulsekretärin hat schon Ihren Namen angeheftet. Sie ist übrigens nur von acht bis zehn Uhr hier, also versuchen Sie bitte, so viele organisatorische Aufgaben wie möglich selbst zu erledigen.«

»Wir wechseln uns mit dem Kaffeekauf ab, und da Sie neu sind, wären Sie als Nächste an der Reihe«, meinte eine junge blonde Frau, die den Platz mir gegenüber hatte. »Ich bin Annika von Reesen, Lehramtsanwärterin.« Sie reichte mir die Hand. »Und jetzt muss ich auf den Schulhof. Ich habe Aufsicht.«

Lehramtsanwärterin. Wie vornehm ausgedrückt. Beamtendeutsch. Bei uns hieß das früher Referendarin. Andere Hinweise bekam ich nicht, also hatten wir das offenbar Wichtigste, nämlich den Kaffeekauf, geklärt. Ich ging reihum zu den anderen Kollegen und begrüßte sie mit Handschlag. Die Namen vergaß ich gleich wieder – bis auf den der Rothaarigen, sie hieß lustigerweise Kotsbusch. Ich mochte mir nicht ausmalen, was die Kinder aus ihrem Nachnamen machten.

Als es um acht Uhr gongte, machten sich alle auf den Weg in ihre Klassen. Schwester Bernadette kam auf mich zu.

»Ihre neue Klasse kann manchmal schwierig sein, aber denken Sie immer daran, dass es nur Kinder sind.«

Aha. Was auch immer sie mir damit sagen wollte. Sie als Nonne durfte wahrscheinlich nicht hart durchgreifen, aber ich würde doch wohl mit Acht- bis Neunjährigen fertigwerden.

Der schöne Matthew lächelte mich an, und ich schmolz innerlich dahin. »Frau Wennel hat an verschiedenen Schulen Erfahrungen gesammelt. Ich bin sicher, sie weiß mit den Schülerinnen und Schülern umzugehen.«

Das hast du voll erkannt, Baby, dachte ich. Du hast dir eine Oscar-Nominierung verdient.

Wie ich es von anderen Grundschulen her schon kannte, war es auch hier üblich, seine Klasse auf dem Schulhof abzuholen.

»Die Aufstellstange der 3b ist die gelbe«, sagte Matthew, als wir nach draußen kamen.

Ich sah zwar die Stange, aber nur etwa acht Kinder standen davor.

»Wie klein ist denn die Klasse?«, fragte ich. »Das können doch unmöglich all meine Schüler sein.«

Matthew zeigte auf eine lärmende Gruppe am Klettergerüst, die sich gerade eine Schlacht mit ihren Schulranzen lieferte. »Das ist der Rest. Carlo, Emil, Fabio-Pasquale, Steven-Jeremiah und die anderen! Geht bitte zur Aufstellstange!«, rief er, noch immer in freundlichem Tonfall.

Keine Reaktion. Nicht einmal ein »Ey, Fett-Alter«.

Matthew wandte sich an mich. »Kommen Sie damit klar, die Kinder einzusammeln? Ich müsste nämlich jetzt meine eigene Klasse zusammentreiben, aber ich kann Ihnen auch helfen.«

Ich sah, wie zwei Jungen einem dritten einen Turnbeutel über den Kopf zu stülpen versuchten, und ballte die Fäuste. »Ich komme schon klar. Wo ist unser Klassenraum?«

Matthew reichte mir einen Schlüssel. »Oh, Entschuldigung. Hier ist der Schlüssel. Nummer 106, in der ersten

Etage.« Er strahlte mich wieder an, und ich lächelte zurück. Daran konnte man sich gewöhnen!

Ich marschierte schnurstracks zum Klettergerüst. »Seid ihr die 3b?«, rief ich.

Zwei Mädchen nickten, alle anderen zeigten keine Reaktion. Die Taschenschlacht ging unbeirrt weiter. Der Kopf des Jungen steckte mittlerweile ganz in dem Turnbeutel, und er zappelte und schrie wie am Spieß.

»Arschlöcher, Arschlöcher, Arschlöcher!«

Ich konnte es ihm nicht verdenken, denn angesichts der Schadenfreude der beiden Täter dachte ich insgeheim das Gleiche. Es war ja auch nicht ungefährlich.

»Holt ihn da raus, aber sofort!«, befahl ich. Die zwei Jungen starrten mich kurz an. »Wer bist du?«

»Ich bin eure neue Klassenlehrerin, Frau Wennel«, sagte ich. »Und jetzt macht schon! Alle anderen hören auf, mit ihren Schultaschen um sich zu schlagen, sonst wird unser erstes Kennenlernen sehr unangenehm werden.«

Die Ersten hörten tatsächlich auf, die zwei Turnbeutelübeltäter zuckten mit den Schultern. »Der Doofie kann allein da raus«, sagten sie.

Kaum hatte sich der Junge befreit, ging er mit den Fäusten auf seine Peiniger los. Und der Taschenkampf war auch noch nicht vorbei. Ich atmete tief durch. Das würde nicht einfach werden, das war mir klar. Jetzt verstand ich, was Schwester Bernadette mit ihrer Bemerkung gemeint hatte. Ich schnappte mir eine Schultasche mit buntem Drachenmuster und hielt sie in die Höhe.

»Ey!«, schrie ein dunkelhaariger Junge, der mir irgendwie bekannt vorkam. Wahrscheinlich war er eine meiner

Bekanntschaften vom Vorstellungsgesprächstag. »Wennel! Lass sofort meine Tonne los!«

Ich rief: »Wer von euch richtig schätzen kann, wie schwer diese ›Tonne‹ ist, bekommt einen Preis.«

Sofort hörten alle Kämpfe auf. Die Kinder riefen irgendwelche Zahlen durcheinander. Ich erklärte, dass sie alle einen Zettel mit der Schätzung und ihrem Namen im Klassenzimmer ausfüllen müssten, woraufhin die komplette 3b – die Kinder von der Aufstellstange waren längst zu uns gestoßen – ins Schulgebäude rannte. Ich trottete erschöpft hinterher und fragte mich, wie das weitergehen sollte. Ich musste hier harte Maßnahmen einführen.

Vor der Klassentür herrschte großes Gedränge. Ich hatte Mühe beim Aufschließen, alle wollten gleichzeitig durch die schmale, gelb gestrichene Tür. Als die kleinen Monster (Rick würde sich kaputtlachen!) dann endlich an ihren Plätzen saßen und eifrig ihre Zettel ausfüllten, sah ich mich in meinem neuen Arbeitsreich um. Das Klassenzimmer sah nicht allzu einladend aus. Die Wände waren kahl, auf der Fensterbank standen drei fast vertrocknete Pflanzen. Die Zweiertische standen kreuz und quer durcheinander, ich erkannte auf den ersten Blick, dass die Sitzordnung nicht förderlich war. Vermutlich hatte sich lange niemand mehr für die Klasse verantwortlich gefühlt, und man ließ die Kinder gewähren. Etwas, das in jedem Alter nur hin und wieder funktionierte, wie ich mittlerweile wusste. Ich war eher altmodisch und hielt viel von Grenzen setzen. Beim eigenen Kind, aber auch in meinem Job.

Während ich noch vor mich hin sinnierte, wurde meine Klasse wieder unruhig. Alle plapperten munter drauflos, ohne sich daran zu stören, dass die Lehrerin im Raum war.

»Wie wollen wir denn herausfinden, wer gewonnen hat?«, rief ein blondes Mädchen. Sofort wurden alle möglichen Vorschläge durcheinandergerufen.

Ich hielt meine Hand hoch und antwortete nicht. Erst nach einer ganzen Weile kapierten die Ersten, dass ich damit um Ruhe bat. Es dauerte fast fünf Minuten, bis wirklich alle still waren.

»Wir fangen jetzt ganz von vorn an. Mein Name ist Elisa Wennel, und ich bin eure neue Klassenlehrerin. Ab heute läuft alles anders. Ich möchte, dass ihr euch an bestimmte Regeln haltet. Regel Nummer eins: Wenn ich rede, redet niemand von euch. Verstößt jemand dagegen, bekommt er die gelbe Karte, wie beim Fußball. Beim zweiten Verstoß gibt es die rote, und damit wird er von allen schönen Sachen ausgeschlossen. Diese Regel gilt ab sofort.«

»Was sind die schönen Sachen?«, riefen gleich mehrere meiner Schüler.

Ich nahm aus meiner Tasche das gelbe Tonpapier, das ich eigentlich für ein Bastelprojekt benutzen wollte, und schnitt daraus schweigend mehrere gelbe Karten. Diese verteilte ich an diejenigen, die mehrmals hineingerufen hatten.

»Regel Nummer zwei: Wer etwas sagen möchte, muss sich melden und warten, bis er drangenommen wird. Auch diese Regel gilt ab sofort.«

»Aber das wusste ich vorher nicht! Das ist ungerecht!«, rief einer der Vorbestraften.

Ich holte das rote Tonpapier aus meiner Tasche und schnitt die erste rote Karte ab. Die überreichte ich dem Jungen.

»Wie ist dein Name?«

»Emil.«

»Nun, Emil, du bist der erste Rotkandidat, weil du dich zweimal hintereinander an die erste Regel nicht gehalten hast. Darum bist du vom Schätzspiel, das wir heute machen werden, ausgeschlossen. Bevor du gleich wieder ungefragt etwas sagst: Die weiteren Strafkarten beziehen sich auf die schönen Dinge der nächsten Tage. Also sei jetzt lieber ruhig, sonst verspielst du deine nächste Chance. Ich werde nämlich jeden Tag am Ende des Unterrichts so genannte ›schöne zehn Minuten‹ mit euch verbringen. Mal wird es ein Quiz sein, so wie heute, mal gibt es vielleicht etwas Süßes, mal machen wir ein Spiel oder etwas anderes Besonderes. Heute ist der Preis sehr hoch und eine absolute Ausnahme. Mein Einstand sozusagen. Ich spendiere demjenigen, der mit seiner Schätzung am nächsten liegt, zwei Kinokarten.«

»Echt? Wennel hat Kohle.«

»Bist du doof! Es sind doch nur zwei Kinokarten!«

»Na und? Die kosten bestimmt hundert Euro!«

»Du bist so blöd, Hamit!«

»Ich find das geil!«

Bevor die drei Schreihälse wussten, was ihnen geschah, hielten sie schon ihre entsprechenden Karten in der Hand: eine gelbe und zwei rote.

»Macht nur so weiter. Am Ende bleiben ganz wenige Schüler übrig, die überhaupt an dem Spiel teilnehmen«, sagte ich.

Endlich erzielten meine Worte ihre Wirkung, und langsam kehrte Ruhe ein. Mir war allerdings klar, dass es nicht lange anhalten würde, deshalb musste ich etwas unternehmen. Bisher hatte ich noch überhaupt keine Zeit gehabt, ins Klassenbuch zu schauen.

Ich ließ jedes Kind ein Namensschild malen. Dann stellten wir die Tische in Hufeisenform um, und ich bat alle, sich erst einmal mit seinem besten Freund beziehungsweise seiner besten Freundin zu zweit nebeneinander hinzustellen, die Namensschilder in der Hand. Ich staunte, wie die Kids heutzutage so hießen. Es gab Namen, die hatte ich noch nie gehört, wie zum Beispiel Corvin-Cosimo, Jonte oder Inken, aber auch ganz altdeutsche, die in meiner Jugend nur Großeltern trugen – Friedrich, Emil oder Helene. Viele hatten einen Doppelnamen, und ich war sicher, sie zu Beginn nicht richtig aussprechen zu können.

In der Fünf-Minuten-Pause schaute Matthew herein. »Hallo, ich wollte mal sehen, wie es so läuft. Brauchen Sie noch etwas? Oh, Sie haben umgestellt. Ja … Sind das etwa gelbe und rote Karten? Wie beim Fußball? Aha …«

»Haben Sie eine Waage in der Schule?«, fragte ich ihn.

»Eine Waage? Keine Ahnung. Warum?«

Ich sah zur Klasse. Alle Finger waren oben. »Hamit, bitte.«

»Wir müssen meine Tonne wiegen. Wer am nächsten dran ist, bekommt zwei Kinokarten. Emil, Caprice-Joyce, Fabio-Pasquale und Bennett haben Rot bekommen und dürfen nicht mehr mitmachen. Fett… äh … Herr Festbalter, hast du also eine Waage?«

Matthew schenkte mir wieder dieses unwiderstehliche »Ich mache dich willenlos«-Lächeln und nickte Hamit zu. »Ich werde mich gleich auf die Suche begeben. Ihr habt heute fünf Stunden, oder? Allerspätestens zum Ende des Unterrichts werde ich eine aufgetrieben haben, versprochen.«

Die Kinder jubelten, aber als ich mich zu ihnen umdrehte, waren sie sofort ruhig. Man merkte, dass jetzt jeder darum bemüht war, keine Karte mehr zu kassieren, um nicht noch aus dem Rennen geworfen zu werden. Das ging ja schneller als vermutet.

In der zweiten Stunde machte ich mit der Klasse ein Kennenlernspiel, bei dem jeder ein wenig von sich erzählte. Es gab die üblichen Fußball-Reiten-Handball-Ballett-Sportarten, Hobbys, die mit Playstation-Xbox-Computer-Wii gleichgesetzt wurden, ein paar Haustiere, einige »Ich wohne bei Mama und am Wochenende bei Papa, aber nur zweimal im Monat«-Meldungen, und dann durften auch mir Fragen gestellt werden. Letzteres hätte ich niemals erlaubt, wenn ich vorher gewusst hätte, welche neugierigen Nasen ich da vor mir sitzen hatte.

Florence wollte beispielsweise wissen, wie alt ich war und wie viel ich wog, Ron interessierte, welches Auto ich fuhr, Friedrich, wie viel ich verdiente, und Corvin-Cosimo fragte mich allen Ernstes, ob ich Alkohol trank. Kurz vor der großen Pause war ich völlig erschöpft. Zum Glück meldete sich mein Darm nicht mehr.

Ich erinnerte mich an das Verhalten meiner Klasse auf dem Schulhof und machte schnell noch eine Ansage: »Wer von der Pausenaufsicht dabei gesehen wird, wie er andere schlägt, tritt oder ärgert, bekommt sofort die rote Karte, bei Gewalt gibt es keine Verwarnung, ist das klar?«

Als es gongte, liefen meine Schüler nach draußen, und ich ging ins Lehrerzimmer, wo ich unbedingt mit den Kollegen über die Klasse sprechen wollte, um mehr Informationen zu bekommen. Bestimmt gab es schon andere Erfahrungswerte, die mir helfen würden. Doch zuerst nahm ich meinen mitgebrachten Becher und schenkte mir einen Kaffee ein. Das hatte ich aus den vielen Springerjobs nämlich gelernt: Es war immer besser, seine eigene Tasse mitzubringen, dann gab es kein Theater ums Spülen, Ausleihen und so weiter. Anschließend packte ich die Riesendose Kekse aus, die bis zu diesem Moment in meiner Tasche geschlummert hatte, und stellte sie in die Mitte des Tisches.

»Zum Einstand.«

»Eigentlich ist das nicht erlaubt«, sagte Frau Kotsbusch. »Denn hier sind einige Kollegen auf Diät und sollten nicht in Versuchung geführt werden. Aber das konnten Sie nicht wissen, es ist natürlich eine nette Geste.«

Sie sah mich an, als wollte sie sagen, dass auch mir eine kleine Diät nicht schaden würde. Vermutlich hatte sie sogar recht damit, aber ich hatte gerade eben so viel Energie verbraucht, dass ich dringend etwas für meine Nerven brauchte.

»Entschuldigung, aber ich konnte doch nicht Alkohol in eine Schule mitbringen«, sagte ich. »Ich darf also die Dose öffnen?«

Die junge Referendarin, sorry, Lehramtsanwärterin nickte eifrig. Und einer der männlichen Kollegen, der offensichtlich schon seit Jahren keine erfolgreiche Diät mehr gemacht hatte, griff gleich zu.

»Ich helfe Ihnen. Es ist übrigens eine nette Idee, zum Einstand etwas mitzubringen, Frau Wennel. Was sagen Sie denn zu der Rasselbande da oben?«

Ich lächelte. »Sie sind ganz …«

»… furchtbar, nicht? Eine schreckliche Klasse!«, rief die Referendarin. »Immer wenn ich dort Deutsch unterrichten musste, haben sie mich zum Schreien oder gar zum Weinen gebracht. Ich bin so froh, dass ich mit denen nichts mehr zu tun habe! Ich hoffe, dass ich niemals wieder so fürchterliche Kinder zugewiesen bekomme! Sie wären fast ein Grund gewesen, den Beruf doch noch zu wechseln. Jetzt haben Sie die Horde zum Glück am Hals.«

Frau Kotsbusch nickte. »Herr Schmidtke«, sie nickte in Richtung eines jungen Lehrers, »Rektor Festbalter und ich hatten die meisten Vertretungsstunden in der 3b. Ja, man muss sagen, die Kinder heutzutage werden immer schwieriger. Das sehe ich nicht nur hier, sondern auch im Familienkreis. Ich selbst habe zwar keinen Nachwuchs, aber einen Neffen und eine Nichte. Sie sind schon älter, jedoch auch nicht viel besser als unsere Grundschulkinder. Frech, vorlaut, fordernd. Man kann eigentlich sagen, dass es mit der jungen Generation nur abwärtsgeht. Und die 3b in dieser Schule setzt allem die Krone auf!«

So schlimm fand ich die Klasse nun auch wieder nicht. »Ich wollte eigentlich sagen, dass sie ganz schön anstrengend, aber doch sehr aufgeweckt sind.«

»Aufgeweckt?« Ein hagerer, älterer Lehrer, dessen Name mir partout nicht mehr einfiel, mischte sich ein. »Sie haben unsere arme schwangere Kollegin zur Weißglut getrieben. Was glauben Sie, warum sie jetzt krankgeschrieben ist und nicht mehr wiederkommt? Die 3b ist die schlimmste Klasse, die ich hier je unterrichtet habe, und ich bin schon einige Jahre an der Schule! Unser Einzugsgebiet entwickelt sich leider zum Brennpunkt. Wir haben Kinder aus schwierigen sozialen Verhältnissen, Scheidungskinder, Ausländer ... Und in der 3b ist die Zusammensetzung der Schüler extrem unglücklich. Dort unterrichtet niemand gern. Sie werden auch bald das Handtuch werfen, wetten wir?«

In diesem Moment kam Matthew herein. Er hatte die letzten Sätze wohl noch mitbekommen, denn seine Miene verfinsterte sich.

»Gerhard, mal doch nicht alles so schwarz! Ist es nicht ein wenig unfair, Frau Wennel an ihrem ersten Tag direkt so zu verunsichern? Sicher, die 3b ist nicht ohne, aber Frau Wennel hat sich vorhin schon ganz gut geschlagen, finde ich. Ich habe die Kinder selten so ruhig gesehen.«

»Tatsächlich?«, fragten mehrere Kollegen gleichzeitig. »Was haben Sie gemacht?«

»Sie haben doch wohl kein Kind geschlagen, oder?« Schwester Bernadette sah mich misstrauisch an.

Ich schüttelte den Kopf. »Nein, natürlich nicht. Ich habe ein paar Regeln eingeführt, mit Strafen und Belohnungen.«

»Strafen? Welcher Art?«, erkundigte sich nun auch Frau Kotsbusch. »Da muss man nämlich sehr vorsichtig sein. Die Eltern heutzutage kommen nicht zum Elternsprechtag, aber wenn sie meinen, dass ihr Nachwuchs ungerecht behandelt wird, dann stehen sie unangemeldet vor der Tür oder rufen das Schulamt an. Was haben Sie getan?«

Matthew kam mir zu Hilfe. »Nichts, was wir nicht auch machen würden. Ich schlage vor, wir lassen die Kollegin einfach mal in Ruhe. Ich habe das Gefühl, dass sie auf einem sehr guten Weg ist.«

Ich beschloss, mich mit dem Lehrerkollegium doch nicht über die 3b auszutauschen, die Meinungen der anderen gefielen mir nicht. Man musste sich doch vor Augen führen, dass wir hier über Kinder unter zehn Jahren sprachen! Ich als erprobte P-Alien-Mutter kannte mich mit ganz anderen Schwierigkeiten aus.

Als die Pause zu Ende war, ging ich nach draußen, um den Aufsicht führenden Kollegen nach dem Verhalten meiner Schüler zu befragen. Es war der junge Lehrer, Herr Schmidtke, von dem Frau Kotsbusch schon gesprochen hatte. Ich fand ihn unter dem kaputten Basketballkorb, wo er mit einigen der älteren Jungen spielte. Ich erkannte auch Hamit und Emil aus meiner Klasse. Als die zwei mich sahen, kamen sie auf mich zugelaufen.

»Hallo, Wennel! Du kannst den Schmidtke fragen, wir haben uns super benommen!«

»Genau das habe ich vor, ich werde *Herrn* Schmidtke fragen«, sagte ich. Meine Betonung hätte ich mir allerdings sparen können.

»Schmidti! Wie haben wir uns benommen?«, rief Hamit. »Super, oder?«

»Und?«, fragte ich den jungen Kollegen, der mich verblüfft anschaute.

»Die 3b? Eigentlich … war alles in Ordnung!«

Hamit und Emil grinsten sich an.

»Wennel?«, fragte Emil. »Kann ich mir das mit den Karten nicht irgendwie zurückerobern? Zu Hause bei meiner Mutter machen wir das auch so. Wenn ich eine Strafe bekomme, dann kann ich sie oft gegen etwas anderes tauschen. Oder ich entschuldige mich, und sie wird ganz gestrichen.«

Ich lächelte. »Hier läuft es etwas anders, Emil. Die

Strafen sind nicht verhandelbar. Aber du hast morgen eine neue Chance. Also nutze sie. Außerdem heißt es Frau Wennel.«

»Gibt es morgen auch Kinokarten?«

Eines der Mädchen übernahm das Antworten. »Nein, du hast es doch gehört. Es gibt immer verschiedene Sachen. Die Kinokarten kann man nur heute gewinnen, denn es ist Frau Wennels erster Tag. Was meinst du, was das kostet, wenn sie jeden Tag Kinokarten kaufen würde. Lehrer verdienen bestimmt nicht so viel.«

Ich grinste in mich hinein. Gut erklärt, Kleine. Leider habe ich deinen Namen vergessen, aber ich schaue mir nachher dein Namensschild an. Du bist ein kluges Kind.

Emil zog den Kopf zwischen die Schultern. »Das ist irgendwie unfair gelaufen«, maulte er. »Die Regeln waren ganz neu. Das ist voll blöd, dass sie ab sofort galten.«

Ich zuckte nur bedauernd die Schultern.

Als es läutete, stand meine Klasse fast vollzählig an der gelben Aufstellstange.

»Hast du schon die Waage?«, fragte einer der ruhigeren Jungen.

»Noch nicht, aber ich bin sicher, dass Herr Festbalter Wort hält und uns eine besorgt.«

Bennett mischte sich ein. »Woher soll der Fett-Alter die nehmen? Wir haben eine im Badezimmer. Soll ich die von zu Hause holen?«

Ich schüttelte den Kopf. »Nein, danke. Du darfst das Schulgelände nicht verlassen, Bennett. Übrigens: Es ist nicht nett, die Namen der Lehrer zu verunstalten. Ich will das von euch nicht mehr hören.«

»Kriegt Bennett jetzt die blaue Karte?«, fragte die dunkelhaarige Mia-Maria.

»Bist du doof, oder was?«, rief Fabio-Pasquale. Oder war es Hamit? »Es gibt keine blaue Karte!«

»Ich bin nicht doof! Du bist selber doof!«

Ich hob meine Hand. Diesmal schalteten die Kinder schneller und beruhigten sich wieder.

»Wir gehen jetzt ins Klassenzimmer, dann werden wir über ein paar grundsätzliche Dinge reden«, sagte ich und versuchte, entschlossen zu wirken.

Aber innerlich war ich schon fast verzweifelt. Wie sollte ich hier jemals unterrichten, wenn ich alle zwei Minuten damit beschäftigt war, die Klasse zu beruhigen und ihr Benehmen beizubringen?

Im Klassenraum sahen mich dreiundzwanzig Augenpaare erwartungsvoll an. Ich holte tief Luft und setzte mich auf meinen Tisch. Dann hielt ich eine kurze Rede über gegenseitigen Respekt, höfliches Miteinander und die Folgen von Beleidigungen. Ob sie etwas brachte, konnte ich nicht sagen, ich ließ keine einzige Wortmeldung zu.

»Ab morgen wollen wir etwas zusammen lernen«, sagte ich bestimmt. »Ich halte euch für alt genug, um zu verstehen, was ich euch erkläre. Ihr seid nicht mehr die kleinen, verängstigten Erstklässler oder die vorsichtigen Zweitklässler. An dieser Schule gehört ihr zur Oberstufe! Im nächsten Jahr seid ihr die Allerältesten! Überlegt mal selbst, was euch am Benehmen eurer Mitschüler gut und was euch nicht so gut gefällt. Reißt bitte eine Seite aus eurem Zeichenblock, und schreibt genau das auf. Malt einen lachenden und einen traurigen Smiley, und tragt die passenden Bemerkungen darunter ein. Und wenn ihr fertig seid, dann unterschreibt mit eurem Namen. Wir werden die Blätter hier im Klassenzimmer aufhängen.«

Allgemeines Gemurmel setzte ein, das Wort »Oberstufe« schien die Kids mächtig zu beeindrucken. Ich betete inständig, dass meine Ideen fruchteten. »Wir arbeiten vollkommen ruhig. Die Strafkarten liegen bereit«, erinnerte ich die Klasse.

Die nächste halbe Stunde verlief relativ friedlich. Ich konnte in Ruhe ins Klassenbuch schauen und mir die Noten und Bewertungen der Schüler durch die Vertretungslehrer anschauen. Schließlich sollte ich in fast zwei Monaten Zeugnisnoten in Deutsch, Sachkunde und Musik verteilen, da musste ich mich auf die vorangegangenen Leistungen stützen. Es überraschte mich nicht, dass die Beurteilungen der meisten nicht besonders gut ausfielen, auch wenn ich ahnte, dass das Verhalten der Schüler dabei ebenfalls eine sehr große Rolle gespielt hatte.

Ich hoffte, dass Matthew wirklich eine Waage bringen würde, denn ich wollte auf keinen Fall die Kinder enttäuschen, die sich bisher zusammengerissen hatten.

Kapitel 13

»Hat man euch Männern schon bei der Geburt gesagt, dass Schweigen Gold ist?«

ELISA

Und dann? Hat er die blöde Waage mitgebracht?«

Rick und ich saßen am Abendbrottisch und hatten eine unserer selten gewordenen Mutter-Sohn-Plaudereien, bei denen ich redete und er tatsächlich zuhörte, ohne mich mit Sätzen wie »Das interessiert doch keinen« abzuspeisen. Ich hatte ihm gerade erzählt, wie es mir am Vormittag ergangen war, und er schien ziemlich belustigt zu sein.

»Ja, hat er. In der fünften Stunde klopfte es an der Tür, und da stand Mat… äh … der Rektor mit einer Waage in der Hand.«

»Sauber!« Rick klatschte mich ab, was mich amüsierte und zugleich rührte. »Und dann? Wer hat gewonnen?«

Ich schenkte uns beiden Orangensaft nach. »Das Mädchen, dessen Namen ich heute ständig vergessen habe: Yella. Sie ist ganz schön aufgeweckt. Daraufhin haben alle Jungs sparsam geschaut, das kannst du mir glauben. Ich hab sogar die Blätter von denjenigen kontrolliert, die eigentlich ausgeschieden waren. Auch sie lagen daneben.«

Mein Sohn nickte. »Bei uns gibt es auch ’ne Menge Mädchen, die es draufhaben. Cool.«

Ich wollte nachhaken, ob auch er ein cooles Mädchen kannte, das »es draufhatte«, und was das eigentlich genau bedeutete, traute mich aber nicht. Womöglich würde ich dann unsere gute Stimmung kaputtmachen, das wollte ich auf keinen Fall.

»Jedenfalls ist die Klasse ganz schön anstrengend, mir graut es schon davor, morgen regulären Unterricht zu machen«, gestand ich.

Rick grinste noch immer. »Hab ich’s dir nicht gesagt, Mams? Die Kleinen sind Monster, die machen dich fertig, wenn du nicht aufpasst. Sollen O. J. und ich mal auf dem Schulhof vorbeischauen und sie ein wenig einschüchtern? Wir werden nicht sagen, dass wir dich kennen. Du müsstest mir nur eine Entschuldigung schreiben, dass ich an dem Tag nicht in die Schule gehen kann.«

Das konnte ihm so passen.

»Nein, danke! Ich schaff das schon allein. Viel schlimmer finde ich, dass ich mir diese komplizierten Namen nicht merken kann.«

Mein Sohn legte seinen Kopf schräg und sah mich an. »Könnte ein Fehler sein, meine Hilfe abzulehnen. Du kennst dich mit den heutigen Kids doch überhaupt nicht aus. Kostet dich nur ’ne kleine Entschuldigung, damit ich nicht in die Schule muss.«

»Ich sagte Nein.«

Er zuckte die Achseln. »Selbst schuld. Wenn du mit ’nem blauen Auge nach Hause kommst, brauchst du dich nicht zu beschweren.«

Rick war schon im Bett, da endlich kam Alex nach Hause. Ich hatte mir fest vorgenommen, ihn auf jeden Fall noch an diesem Abend zur Rede zu stellen, ganz gleich, wie spät es schon war.

»Mutter geht es gut, Tante Helga geht es blendend«, verkündete er zur Begrüßung und schnappte sich eine Scheibe Kochschinken von der Wurstplatte.

Ich stellte ihm Brot, Käse und Butter auf den Tisch. »Warum geht es nur Helga blendend?«

Alexander seufzte. »Du kennst doch meine Mutter. Sie hat eine Liste mit allen negativen Dingen gemacht, die ihr in der Sonnenblumenvilla aufgefallen sind. Es sind drei volle Seiten.«

»Aber sie ist doch gerade mal zweieinhalb Tage dort!«

Mein Mann verzog den Mund. »Ich weiß. Die Liste ist auch absurd. Die Vorhänge im Restaurant sind zu grell, die Rosenbüsche nicht ordentlich heruntergeschnitten und lauter weitere, idiotische Dinge. Helga dagegen sah mehr als zufrieden aus. Sie sprach schon von neuen Bekanntschaften und einem Gymnastikkurs, der morgen beginnt.«

Ich nickte. »Sie macht es richtig. Deiner Mutter könnten ein paar soziale Kontakte auch nicht schaden.«

»Laut Helga weigert sie sich aber, sich unter die Leute zu mischen. Sie wandert lieber mit Block und Stift umher und sucht nach Mängeln. Ich schätze, sie braucht noch ein wenig Zeit zum Eingewöhnen.«

Oder jemanden, der ihr in den Allerwertesten tritt. Ich konnte verstehen, dass so ein Umzug Zeit brauchte, aber dass man buchstäblich das Haar in der Suppe suchte, war typisch meine Schwiegermutter. Schließlich war es am Ende ihre freie Entscheidung gewesen, in das Apartment zu ziehen. Ich nahm mir vor, sie in den nächsten Tagen zu besuchen.

Alex kaute an seinem Mehrkornbrot und sagte nichts mehr. Wie ich ihn kannte, hätte er es jetzt am liebsten gesehen, wenn ich das Esszimmer verließ und er sich ganz der Zeitung hätte widmen können. Aber Pustekuchen. Gleich würde – endlich! – die Stunde der Wahrheit schlagen!

Ich kochte mir einen Tee und setzte mich ihm gegenüber. »Wir müssen reden.«

Mein Mann sah mich ungehalten an. »Jetzt? Also nein, Elisa, ich will auch mal Feierabend haben! Den ganzen Tag rede ich. Mit Angestellten, mit Kunden, am Telefon. Dann mit Mutter und Tante Helga. Jetzt reicht es mit dem Reden. Kommt noch ein Spätfilm? Ansonsten schaue ich mir die Fußballzusammenfassung vom Wochenende an.«

Er tat so, als ob ich lästig wäre. Ich. Seine Frau. Mit allen anderen konnte er reden – mit mir wollte er einen Spätfilm gucken! Und nach meinem Job hatte er sich auch mit keiner Silbe erkundigt. Wie ich ihn kannte, hatte er längst wieder vergessen, dass heute mein erster Schultag gewesen war. Es drehte sich ja doch alles nur um ihn.

»Nein, Alex. Es wird Zeit, einiges zu klären. Jetzt und hier. Es geht um dich, um mich und um Fiona Feldhoff.«

Vielleicht war es mein Tonfall, der ihn aufschrecken ließ, vielleicht der Name der Marketingschnepfe. Jedenfalls wechselte das Gesicht meines Mannes binnen zweier Sekunden die Farbe. Erst wurde es weiß, dann färbte es sich dunkelrot. Würde er jetzt einen Herzanfall vortäuschen, um dem unangenehmen Gespräch zu entkommen? Mich wunderte langsam nichts mehr.

»Fiona? W… w… was hat sie denn … Warum?« Er brach ab.

Ich rührte mit meinem Teebeutel in der Tasse und überlegte, was ich als Erstes ansprechen sollte. Den Klingelton? Ihr Benehmen? Meinen Verdacht?

»Hast du eine Affäre mit ihr?« Ich entschloss mich, direkt mit der Tür ins Haus zu fallen.

Alex blinzelte. Vor Nervosität? »Eine Affäre? Mit Fiona?«

»Nein, mit dem Weihnachtsmann. Du hast mich schon verstanden! Vor Paris hieß sie übrigens noch Frau Feldhoff.«

Mein Mann sah an mir vorbei. »Ja, wir haben Brüderschaft … uns auf das lockerere Du geeinigt.«

»Gibt es auch ein nicht lockeres Du?«

»Was?«

Ich verdrehte die Augen. »Beantworte bitte meine Frage. Ohne Ausreden.«

»Welche denn?«

Wollte mein Mann mich absichtlich noch wütender machen, oder warum stellte er sich so dumm? »Ob du mit Fucking Fiona eine Affäre hast.«

»Wie kommst du denn darauf? Und wie nennst du sie überhaupt?«

Letzteres ignorierte ich. »Hast du?«

Wieder dieses Blinzeln. »Natürlich nicht. Das ist doch absurd!«

Ich deutete auf seine Brust. »Dann hol mal dein Handy heraus, und beweis es mir.«

»Was?« Alexander sprang auf. »Was soll das? Warum willst du mein Handy haben?«

»Weil ich mir deine letzten SMS durchlesen möchte. Und deine Anrufliste möchte ich auch gern sehen.«

Mein Mann setzte sich wieder. »Wofür soll das gut sein? Ich finde das unmöglich vor dir! Das ist doch privat! Warum willst du meine SMS lesen? Vertraust du mir etwa nicht?«

Gute Frage, aber ich konnte sie nicht wirklich beantworten. »Ich weiß nicht«, sagte ich daher wahrheitsgemäß. »Ich würde gern dein Handy sehen.«

Alexander schüttelte den Kopf. »Das ist unglaublich! Was ist denn nur los mit dir? Was hast du für Probleme? Sind das schon die Wechseljahre? Du spinnst doch!« Er redete sich richtig in Rage. »Mein Handy nutze ich bekanntermaßen geschäftlich, daran hast du nichts verloren! Ich lass mich doch nicht wie ein kleines Kind kontrollieren! Ich bin dein Mann und nicht dein Sohn!«

»Angriff ist die beste Verteidigung!«, rief ich, als er mal Luft holen musste. »Warum hast du für deine Assistentin einen besonderen Klingelton? Und dann auch noch *Strangers in the night*! Seid ihr nach Paris mittlerweile *Lovers in the night*? Warum war diese Frau permanent in deinem Zimmer? Sogar als wir telefoniert haben! *Das* war übrigens auch privat!« Letzteres schrie ich.

Alex sah an mir vorbei. »Du bist paranoid!«

»Bin ich nicht! Gib doch zu, dass du dich gar nicht gefreut hast, als ich mit nach Paris wollte!«

»Stimmt, weil es eine Geschäftsreise war!«

Ich schluckte. »Aber es hielt dich nicht davon ab, abends mit deiner Marketingtussi auszugehen! Und das mit dem Klingelton hast du immer noch nicht beantwortet!«

Alexander schwieg, er sah trotzig aus.

»Und Klamotten hat sie auch mit dir gekauft!« Ich explodierte fast vor Wut, weil er stumm blieb. Das war wieder typisch mein Mann. »Hallo! Jetzt sag mal etwas dazu! Hat man euch Männern schon bei der Geburt gesagt, dass Schweigen Gold ist? Schweigen ist scheiße!«

»Werd bitte nicht ausfallend, Elisa. Fiona hat mich beraten, weil du meinen Koffer mitgenommen hast!« Alex sah mich herausfordernd an.

»Das ist doch wieder typisch! Ich bin also an allem schuld! Aber das eine sag ich dir: Ich will wissen, warum du ihr diesen dämlichen Klingelton zugeordnet hast, was ihr in Paris getrieben habt und warum ich ständig das Gefühl habe, dass du mir ausweichst. Und vor allem will ich einen Beweis, dass du keine Affäre mit ihr hast!«

Ich bemühte mich zwar, leiser zu werden, aber es gelang mir nicht. Hoffentlich bekam unser Sohn nichts davon mit.

Alexander schlug mit der flachen Hand auf den Tisch. »Vergiss es! Du bist nicht bei der Polizei! Ich werde dir keine Beweise liefern, das wäre ja noch schöner.« Dann stand er endgültig auf und verließ türknallend das Zimmer.

Na, super. Damit war überhaupt nichts geklärt. Er hatte die Affäre zwar nicht bestätigt, aber auch nicht wirklich geleugnet. Es gab keine Erklärung für den Klingelton und die Anwesenheit der Marketingtussi in Alex' Hotelzimmer. Ich war keinen Schritt weitergekommen, eher hatte ich das Gefühl, dass sich meine Vermutungen langsam bestätigten.

Als ich eine halbe Stunde später im Wohnzimmer nachschaute, lag Alexander schnarchend auf dem Sofa, während der Fernseher lief. Normalerweise hätte ich meinen Mann jetzt mit einer Decke liebevoll zugedeckt und mich danebengesetzt, aber an diesem Abend war ich so wütend auf ihn, dass ich nur den Fernsehapparat ausschaltete und ins Schlafzimmer ging. Sollte der blöde Alex doch frieren! Es war mir ziemlich egal.

Weil es schon spät war, wollte ich mich nicht mehr bei Karina ausheulen, aber ich setzte mich an den Computer und schrieb ihr eine kurze Mail über den unglücklichen Gesprächsverlauf und das abrupte Ende, bei dem ich mal wieder die Dumme gewesen war. Unter P.S. schrieb ich: *Ich bin so sauer auf den Scheißkerl, dass ich es bedaure, den Zettel mit Haralds Nummer weggeworfen zu haben!*

Am nächsten Morgen war ich wieder früher als alle anderen auf. Mein Bauch fühlte sich an, als ob er einen rechten Boxhaken abbekommen hätte, und das, obwohl ich keinen Durchfall mehr hatte. Ich konnte kaum frühstücken, und wenn ich an die Schule dachte, ging es mir noch mieser. Wie sollte ich mit dem Ärger zu Hause meine anstrengende Klasse unterrichten?

Rick kam in die Küche. »Warum schläft Papa auf dem Sofa? Hat er nachts noch eine Fußballübertragung gesehen?«

»Ja, irgendwie so was«, log ich schnell und versuchte zu lächeln. »Vermutlich ist er dabei eingeschlafen. Du weißt ja, dass ihn jedes Spiel interessiert. Wahrscheinlich hat er dabei die Zeit vergessen.«

Unser Sohn nickte und widmete sich schweigend seinen Cornflakes. Ich biss in ein Brot, packte mir dann ein Sandwich ein und strich Rick über den Kopf. Im Falle einer

Scheidung würde ich jeden Cent opfern, damit er bei mir leben konnte.

Bei dem Gedanken schluckte ich schwer. Scheidung? Waren wir wirklich schon so weit? Ich hoffte nicht, aber nach dem Abend zuvor konnte ich nichts mehr ausschließen. Wenn ich nur bald meinen Mann zu einem vernünftigen Gespräch zwingen konnte!

Ein Geräusch im Wohnzimmer zeigte mir, dass Alexander wach wurde. Auf keinen Fall wollte ich ihm jetzt begegnen.

»Ich muss los, die kleinen Monster warten.«

Ich schnappte mir die Tasche und hoffte, dass ich nichts vergessen hatte. Gerade als ich in der Tür stand, murmelte Rick: »Ich bin am übernächsten Samstag bei Anastasia zum Geburtstag eingeladen.«

»Gut«, warf ich zerstreut ein. »Also, bis heute Nachmittag!«

»Es ist eine Übernachtungsparty.«

»Mhm.«

Erst als ich den Wagen startete, erkannte ich den Sinn von Ricks Worten. Er wollte bei einem Mädchen übernachten! Das war eine ganz andere Nummer als das übliche »Ich schlafe bei O. J.«!

Hilfe!

Konnte ich das erlauben? Da mussten wir unbedingt noch drüber reden! Oma wollte ich mit *thirty something* auf keinen Fall werden!

Und wer zum Teufel war Anastasia?

Als ich in der Schule ankam, wartete ein großer Teil meiner Klasse schon auf dem Schulhof auf mich. »Wennel ist da!«, verkündete Fabio-Irgendwas (oder hieß der Junge anders?), und die Meute folgte mir wie einem Messias.

»Was hast du heute für schöne Sachen mitgebracht?«

»Was machen wir heute?«

»Gibt es wieder etwas zu gewinnen?«

»Können wir Promiraten spielen?«

Ich lächelte den Kids zu. »Heute machen wir Unterricht. Es wird Zeit, dass wir zum normalen Rhythmus übergehen.«

»Das ist ja blöd, total langweilig!«, verkündete Emil. Ich war froh, mich wenigstens an einen Namen zu erinnern. »Ich will wieder was spielen!«

»Ja, spielen!«, riefen auch zwei der Mädchen. »Unterricht ist scheiße.«

»Total superkackbeschissen«, bestätigte Emil. Die anderen nickten.

Ich holte drei gelbe Karten aus meiner Handtasche und verteilte sie schweigend an das Fäkalsprachentrio.

Emil protestierte. »Nein! Was hab ich denn jetzt getan? Muss ich mich auf dem Schulhof etwa auch melden, bevor ich was sagen will? Wir sind doch nicht im Klassenzimmer! Du bist voll unfair! Dabei hab ich gestern gedacht, dass du nett bist.«

Die beiden Mädchen fingen wie auf Kommando an zu weinen. Eine richtige Heulattacke bekam ich zu hören.

»Was ist denn hier los?« Das war ja klar. Schwester Bernadette und Frau Kotsbusch kamen quer über den Schulhof auf uns zu. »Warum weinen die Mädchen? Noelle, Caprice-Joyce? Was habt ihr denn?«

Ach ja, so hießen die beiden Heulbojen. Ich taufte sie

kurzerhand in Nutella und Capri-Sonne um. Vielleicht würde ich die Namen auf diese Weise schneller behalten.

»Die zwei weinen, weil sie schon wieder bestraft wurden. Emil auch«, meinte Bennett.

Oder war es Carlo? Zum Glück standen im Klassenzimmer die Namensschilder! Am liebsten hätte ich ihm fürs Petzen direkt die rote Karte gezeigt.

Schwester Bernadette schürzte die Lippen. »Bestraft? In welcher Form und aus welchem Grund?«

Bennett, Carlo oder wie auch immer der Verräter heißen mochte, machte den Mund auf, aber ich kam ihm zuvor.

»Ich denke, wir müssen das nicht auf dem Schulhof besprechen. Ich kann Ihnen gleich im Lehrerzimmer gern alles erzählen, Schwester Bernadette. Kommt mal mit, Kinder.«

Ich lief ein Stück in Richtung Schulgarten und hoffte inständig, dass meine Klasse jetzt nicht in einen Streik trat, sondern mir folgte. Sonst würde es Karten hageln, wie es sie noch in keinem Fußballspiel gegeben hatte! Am Tor zum Schulgarten drehte ich mich erst um. O Wunder! Die ganze Klasse war mitgekommen, von Schwester Bernadette und Frau Kotsbusch war nichts mehr zu sehen. Ich atmete auf.

»Ich könnte euch sagen, warum Emil und die Mädchen die Karten bekommen haben, bin mir aber sicher, dass ihr es längst alle ahnt. Es war ja auch die erste Verwarnung, und sie haben noch immer die Chance, an allem teilzunehmen. Die heutige Aufgabe für die schönen zehn Minuten lautet daher: Überlegt, wie man ohne Strafkarten durch einen Schultag kommt. Derjenige, dessen Erklärung mir am besten gefällt, bekommt einen Hausaufgabenfreigutschein. Also gebt euch Mühe.«

»Und wenn mehrere Kinder gute Sachen geschrieben haben?«, fragte Emil herausfordernd. »Was machst du dann?«

»Dann bekommen mehrere Kinder einen Gutschein.«

»Jaaaaaaaaaaaaaaaa!«

Ich hatte kaum zu Ende gesprochen, als die Kids zurück auf den Schulhof liefen. Auch Nutella und Capri-Sonne hatten ihre Krokodilstränen offenbar vergessen. Ich atmete auf. Jetzt aber schnell ins Lehrerzimmer und noch einen Kaffee trinken! Demnächst würde ich vermutlich auf Baldriantee umsteigen müssen. Diese Kinder waren echt kleine Terroristen, die mir in Sachen graue Haare den Rest geben würden! Nach der Auseinandersetzung mit Alex war das alles zu viel für mich.

Da war er wieder, der Gedanke an meinen Mann. Ich hatte eine kleine Hoffnung gehegt, dass er mich auf dem Weg zur Schule noch kurz auf dem Handy anrufen oder mir zumindest eine Entschuldigung per SMS schreiben würde, aber nichts dergleichen geschah. Ich bekam lediglich eine Nachricht von Karina, die mir schrieb, dass sie meine Mail gelesen und umgehend vier Voodoo-Puppen für uns bestellt habe.

Als es zur ersten Stunde klingelte und ich das Lehrerzimmer verließ, kam mir Schwester Bernadette entgegen. »Frau Wennel, ich hatte gerade Aufsicht«, sagte sie ohne Umschweife. »Ich bin der Sache auf den Grund gegangen und muss Sie strengstens ermahnen.«

»Warum? Welche Sache meinen Sie?«

Sie schnalzte mit der Zunge. »Die Kinder aus Ihrer Klasse wollten mir nicht sagen, worum es geht. Sie dürfen sie nicht dazu erziehen, etwas zu verschweigen, deshalb muss ich Sie ermahnen.«

Ich lächelte. »Schwester Bernadette, ich muss zum Unterricht, aber ich kann Ihnen gern in der großen Pause erklären, welche pädagogischen Maßnahmen ich wann wie durchführe.«

»Da bin ich mit meiner Klasse noch im Schulgottesdienst. Wo wir Sie hoffentlich auch sehen werden.«

Ich schwieg verwirrt. »Was? Wann? Niemand hat mir etwas gesagt.«

»Es ist der zweite Dienstag im Monat, da haben die dritten und vierten Klassen Schulgottesdienst. Wir sind eine katholische Schule, das wissen Sie doch. Am ersten Dienstag im Monat sind die Stufen eins und zwei an der Reihe. Jedes Mal bereitet eine andere Klasse das Thema vor. Mit dem Klassenlehrer.«

Jetzt fehlte noch, dass sie mir sagte, dass die 3b an diesem Tag mit dem Programm, oder wie man das nannte, an der Reihe war! Aber Schwester Bernadette schien nach meinem Erklärungsversuch wieder etwas milder gestimmt zu sein, denn sie zeigte den Anflug eines Lächelns. »Sie sind erst im kommenden Monat dran. Wir treffen uns nach der ersten Stunde auf dem Schulhof und laufen gemeinsam zur Kirche.«

Ich nickte gehorsam und war erleichtert, noch einen ganzen Monat Zeit zu haben, da konnte ich mir die Sache erst einmal in Ruhe anschauen.

Ich holte meine Klasse an der gelben Stange ab, und wir gingen gemeinsam ins Schulgebäude. Das heißt, alle rannten um die Wette nach oben, und ich trottete hinterher. Irgendwie war ich erleichtert, dass mich diese Kirchengeschichte vor einer Stunde Deutschunterricht rettete – vielleicht hatte jemand da oben ein Einsehen mit mir. Ich musste nämlich unbedingt noch mehr Regeln aufstellen, bevor es ans Eingemachte ging.

»Wennel kommt!«, vermeldete Emil.

Er war der Einzige, dessen Namen ich nicht vergaß, vermutlich, weil er der erste Strafkartenkandidat gewesen war.

Ich schloss die Klassentür auf, und die Kids strömten hinein. Als alle saßen, hob Venetia die Hand. Nein, Moment. Auf dem Namensschild stand zwar ihr Name, aber es war ein Junge, der dahinter saß. Ich stellte fest, dass das mehrfach der Fall war. Als ich die Kinder checkte, an deren Namen ich mich erinnern konnte, entdeckte ich, dass sie alle nicht an ihren eigentlichen Plätzen saßen!

»Was ist denn hier los?« Ich erhob die Stimme. »Könnt ihr mir mal sagen, warum ihr nicht dort sitzt, wo ich euch gestern zugeteilt habe? Wollt ihr mich auf den Arm nehmen? Das ist der ganz falsche Zeitpunkt!«

Ich war wütend, und ich schätze, meine Schüler bemerkten es. Yella, die auf den ersten Blick als Einzige hinter ihrem eigenen Namensschild saß, hob die Hand.

»Frau Wennel, Sie haben doch gesagt, dass die neue Sitzordnung nur vorläufig war. Also haben wir gedacht, dass wir uns heute woanders hinsetzen können.«

»Und warum sitzt du noch dort, wo du gestern gesessen hast?«

»Weil das schon immer mein Platz war. Neben Marie. Und gestern haben Sie uns zufällig auch hierher gesetzt.«

Okay, möglicherweise war meine Erklärung nicht genau genug gewesen. Oder meine Klasse war wirklich so schwierig, wie es meine Kollegen glaubten. Egal. Ich musste sowieso einige neue Ansagen machen. Ich rollte das weiße Plakat aus, das ich am Vortag besorgt hatte. Dort standen schon unter einer gelben und roten Karte meine ersten beiden Regeln.

Jetzt schrieb ich dazu:

SITZORDNUNG WIRD IMMER EINGEHALTEN

WIR SAGEN KEINE SCHIMPFWÖRTER AUF DEM GESAMTEN SCHULGELÄNDE UND DARÜBER HINAUS

WIR SIEZEN UNSERE LEHRER

Es wurde unruhig in der Klasse, aber die Kids zogen murrend und meckernd auf ihre richtigen Plätze um. Dann meldete sich Emil.

»Du hast ›sitzen‹ falsch geschrieben. Außerdem weiß ich nicht, was das bedeutet ›Wir sitzen unsere Lehrer‹. Soll das vielleicht heißen ›Hier sitzen unsere Lehrer‹?«

Ich verkniff mir ein Lachen und schaute meine Klasse an. »Es ist nicht falsch geschrieben. Wer weiß, was Siezen bedeutet?«

Ich war erleichtert, als einige Finger hochgingen. Ein paar Kinder kicherten.

»Emil ist so doof!« hörte ich Steven-Jeremiah sagen.

Ich marschierte schnurstracks auf ihn zu und überreichte ihm wortlos eine gelbe Karte. Dann schrieb ich eine weitere Regel auf mein Plakat:

WIR BELEIDIGEN NIEMANDEN

Wenn das so weiterging, würde der Platz schon bald nicht mehr ausreichen.

Nachdem Sophia das Siezen mit den Worten »Erwachsene, die wir nicht gut kennen, nicht mögen oder auf die wir hören müssen, werden mit Frau, Herr und mit Sie angesprochen« erklärt hatte, ließ ich meine Klasse die Musikhefte auspacken. Ich würde diese Stunde als Musikunterricht deklarieren. Ein wenig Singen konnte nicht schaden. Das Murren und Knurren ging wieder los. Die Klasse 3b hatte eindeutig keine Lust auf die schönen Künste.

»Der Unterricht wird von den Lehrern bestimmt und steht nicht zur Diskussion«, sagte ich und schrieb diese Regel vorsichtshalber auch noch auf. »Wir singen jetzt. Singen macht Spaß und macht den Kopf frei. Welches Lied habt ihr zuletzt gelernt?«

Es stellte sich heraus, dass die Kinder genau drei Lieder kannten: *Sankt Martin*, *In der Weihnachtsbäckerei* und *Dicke rote Kerzen*. Jetzt war es aber Sommer, und mir fiel partout kein Lied ein, das passend und vor allem einfach zu erlernen gewesen wäre. Also sangen wir die *Weihnachtsbäckerei*. Ich hoffte, dass keiner der Kollegen zufällig an unserer Klassentür vorbeikam. Meine anschließende Ankündigung, gleich in den Gottesdienst zu gehen, sorgte ebenfalls für wenig Begeisterung. Einige gemurmelte Unmutsäußerungen versuchte ich ebenso zu überhören wie die langen Gesichter zu übersehen. Erst als ich zu bedenken gab, dass auf diese Weise eine Stunde Deutsch entfiel, schienen sich die Schüler zu beruhigen.

Pünktlich zur Fünf-Minuten-Pause standen wir auf dem Schulhof. Ich war stolz, dass meine Kids sich diszipliniert aufstellten, und bemerkte aus den Augenwinkeln, wie erstaunt uns die anderen Lehrer anschauten. So mancher hatte nämlich große Mühe, seine Klasse dazu zu bringen.

Ich hielt nach Matthew Ausschau, denn ich hatte ihn bisher nicht zu Gesicht bekommen. Vor allem ihm wollte ich beweisen, dass meine Methode funktionierte.

»Frag Wennel, ob wir jetzt das mit den dicken Kerzen singen können«, hörte ich Hamit zu Carlo sagen.

»Ey, sei mal leise, sonst hört die das! Wir sollen doch Frau sagen«, antwortete dieser. »Oder willst du wieder eine Strafkarte kassieren?«

»Dann frag die Frau«, gab Hamit zurück.

»Frag doch selber. Singen ist schei… Müll.«

»Nee, Wennel sagt, das ist gut für uns.«

Ich schmunzelte in mich hinein und war erleichtert, als Schwester Bernadette ein Zeichen gab. Wie in einer Fronleichnamsprozession setzten wir uns in Bewegung. Na, bitte! Da sollte mir noch einer vorwerfen, ich hätte alle kirchlichen Begriffe vergessen.

Die Sankt-Martin-Schule befand sich mitten in einem dicht besiedelten Wohngebiet. Vorwiegend Mehrfamilienhäuser standen hier. Die kleine barocke Kirche, die schon bessere Tage gesehen hatte, grenzte an den Schulgarten. Als wir hineingingen, sah ich, dass auch das Innere des Gotteshauses dringend eine Restaurierung benötigte. Offenbar fehlte das Geld. Die Farbe blätterte an mehreren Stellen ab, die Holzbänke quietschten, als wir uns in sie hineinquetschten, es gab kaum Blumen und nur sehr wenige Kerzen.

Dann sah ich endlich Matthew. Er war wohl schon vorausgegangen, um Vorbereitungen zu treffen. Seine Erscheinung war wie immer makellos. Er trug eine beige Stoffhose, ein weißes Hemd und ein dunkelbraunes Sakko. Wieder einmal fragte ich mich, warum dieser überaus attraktive Mann Lehrer und nicht Supermodel geworden war.

»Da ist Fett-Alter!«

Auch die ersten Kinder schienen ihn entdeckt zu haben. Der Rektor konnte eigentlich von Glück reden, in einer Grund- und nicht auf einer weiterführenden Schule zu unterrichten, denn dort hätten ihm vermutlich Hunderte verliebter Teenies das Leben zur Hölle gemacht. »Fett-Alter« würde ihn allerdings dort garantiert niemand nennen.

Die ersten Liederzettel, die in den Bänken auslagen, wurden zu Papierfliegern und flogen über unsere Köpfe hinweg. Natürlich waren meine Kids daran beteiligt. Ich wurde sauer. Jetzt, da Matthew in der Nähe war, sollte alles besonders perfekt ablaufen! Er hatte schon am Tag zuvor bemerkt, dass sich etwas gebessert hatte. Schade, dass er uns auf dem Schulhof nicht gesehen hatte!

»Sofort aufhören!«, zischte ich in die Richtung von Emil, Steven, Hamit und Ron und legte demonstrativ eine gelbe und eine rote Karte auf meinen Schoß. »Wir sind hier in einer Kirche und benehmen uns!«

»Frau Wennel?« Ich hatte Matthew gar nicht kommen sehen. »Würden Sie als unsere neue Lehrerin auch eine Fürbitte übernehmen?« Er lächelte mich an, und ich roch sein teures Aftershave.

Diese Grübchen! Süß!

Eine Fürbitte. Ich zermarterte mir fieberhaft das Hirn, was das noch mal war, bis es mir glücklicherweise wieder einfiel. Eine Art kurzes Gebet, das am Altar vorgetragen wurde. Ich sollte wirklich wieder öfter in die Kirche gehen, dachte ich.

»Ja, natürlich«, sagte ich und lächelte strahlend zurück.

Er gab mir einen Zettel, und unsere Hände berührten sich kurz. Seine Haut war ganz weich. Dank der Anti-Age-Creme für achtundzwanzig Euro, die ich täglich benutzte, meine hoffentlich auch. »Sie lesen dann zusammen mit einigen meiner Schüler«, erklärte Matthew und ging wieder nach vorn. Ich sah ihm hinterher. Schade, dass er ein Sakko trug, ich hätte ihm gern auf den Hintern geschaut.

Elisa, jetzt flipp nicht aus! Beherrsch dich! Du bist schließlich in einer Kirche!

Ich wandte den Blick ab und schaute auf den Zettel in meiner Hand. *Gott, wir danken dir für unsere Schülerinnen und Schüler. Hilf uns, ihnen einen guten Weg ins Leben zu zeigen*, las ich.

Das gefiel mir. Ich hoffte, dass der liebe Gott meinen Einsatz mit den Strafkarten guthieß, momentan war das die einzige Möglichkeit, meiner Klasse den richtigen Weg zu zeigen.

Der Gottesdienst begann. Ein junger Priester mit Brille begrüßte uns alle, und wir sangen gemeinsam ein Lied vom Liederzettel, das ich allerdings nicht kannte. Die Kinder aber offenbar schon, denn sie stimmten fröhlich ein, wenn auch mindestens drei Takte schneller als der Pfarrer. Danach spielte die 4a, Matthews Klasse, wie ich mittlerweile wusste, eine Szene zum Thema Gut und Böse vor. Es gab einen Engel und einen Teufel, gespielt von zwei Mädchen, die einem Jungen einzureden versuchten, wie er sich in bestimmten Alltagssituationen zu verhalten hatte.

Ich behielt meine Schüler im Auge, aber sie verfolgten

das Geschehen interessiert. Hin und wieder kommentierte jemand flüsternd das Verhalten von Engel und Teufel, dann kicherte die ganze Reihe. Zum Glück reichte es, kurz auf die rote Karte zu tippen und ihnen zu verstehen zu geben, dass ich sie permanent im Blick hatte.

Mich hatte jemand anderes im Blick: Ich ertappte Schwester Bernadette mehrfach dabei, wie sie uns beobachtete, ihren Gesichtsausdruck konnte ich allerdings nicht deuten. Wahrscheinlich würde sie mir nachher Vorhaltungen machen, dass ich als Lehrerin einer Konfessionsschule die Lieder kennen müsse und dass sich meine 3b ziemlich schlecht benommen habe.

Dann wurde es Zeit für die Fürbitten. Ich musste mich zusammen mit dem Pfarrer sowie fünf Schülern der 4a auf der obersten Altarstufe aufstellen. Es wurde mucksmäuschenstill in den Bänken, und ich wusste genau, warum: Alle Augenpaare waren auf mich, die Neue, gerichtet. Endlich konnte ich neugierig und in voller Ruhe von allen gemustert werden.

Matthew saß in der ersten Reihe und sah mich ebenfalls an. Mann, war dieser Typ umwerfend! Ob er verheiratet war? Vermutlich nicht, einen Ehering trug er nicht. Männer wie er konnten sich bestimmt nur schwer auf eine Frau festlegen. Zu viele Freiwillige und zu viele Versuchungen lauerten an jeder Ecke. Da genoss man lieber seine Freiheit und die freie Auswahl. Aber war er nicht genau deshalb ein perfektes Flirtobjekt? Ich sollte wirklich meinen Ärger zu Hause vergessen und ein wenig mehr mit ihm flirten, dachte ich. Der Abend im Mark F. K. hatte mir schließlich auch gutgetan. Einen wichtigen Anfang als Superlehrerin hatte ich bereits hingelegt. Jetzt war es Zeit, mich auch als attraktive Frau *thirty something* zu präsentieren. Matthew war zwar garantiert einige Jahre jünger, aber ich wollte ja nur flirten und ihn nicht heiraten.

Ich zog meinen Bauch ein und streckte mich. Ich wusste, dass ich an diesem Tag gut aussah. Meine schulterlangen Haare hatte ich glatt geföhnt, ich war dezent geschminkt, und an meiner Kleidung war auch nichts auszusetzen: Ich trug einen schwarzen Hosenanzug, schwarze Pumps und ein weißes Top mit einem leichten V-Ausschnitt. Elegant, aber nicht bieder. Raffiniert, aber nicht zu sexy. Ein perfektes Kirchgängeroutfit, oder? Als hätte ich es geahnt.

Während ich meinen Gedanken nachhing, begann der Pfarrer mit einer kleinen Einführung und stockte plötzlich mitten im Satz. Ich sah ihn von der Seite an. Was war los?

Dann hörte ich es auch.

Männer sind Schweine, trällerten Die Ärzte fröhlich aus den Bankreihen. Sehr laut und sehr deutlich für jeden zu hören.

Ich erstarrte.

Mein Handy!

Es war in meiner Handtasche. Ich hatte ganz vergessen, es auszuschalten oder wenigstens leise zu stellen. Diesen Klingelton hatte ich gar nicht mehr in Erinnerung, so selten, wie mich mein Mann in den letzten Tagen angerufen hatte. Ausgerechnet jetzt meldete er sich, er hätte sich keinen unpassenderen Zeitpunkt aussuchen können!

Diesen peinlichen Moment werde ich mein Leben lang nicht vergessen: die pikierten Blicke meiner Kollegen, den fassungslosen Pfarrer, die sich vor Lachen biegenden Kinder und den erstaunten Matthew.

Ich rannte zu meinem Platz, der Weg vom Altar dorthin kam mir vor wie eine Marathonstrecke. Als ich endlich die Bank erreichte, sang meine Klasse den Refrain mit und stampfte dabei fröhlich mit den Füßen.

Kapitel 14

»Nicht alle Männer sind Schweine.«
MATTHEW/THOMAS

Für einen Moment stand die Zeit still. Ich betete darum, dass Gott mich wach machen und sich alles als ein böser Traum entpuppen würde, aber ich schlief nicht. Fieberhaft kramte ich in meiner Tasche, während der zugegebenermaßen nicht unbedingt kindgerechte Songtext weiterdudelte.

Wo war das verdammte Handy? Ich hoffte, dass ich nicht laut gesprochen hatte. In einer Kirche fluchte man nicht. »Kleine Sünden bestraft der liebe Gott sofort«, pflegte meine Mutter früher zu sagen, und das stimmte offenbar, denn ich fand es nicht. Das war bestimmt die Strafe fürs Fluchen.

Die zweite Strophe begann, meine Klasse schnippte mittlerweile zum Takt. Bitte! Lass es mich finden!, flehte ich innerlich und fühlte, dass ich schweißgebadet war.

Endlich! Ich ertastete das Telefon und schaltete es mit zitternden Fingern aus.

»Es tut mir leid … Entschuldigung …«, stammelte ich.

Keine Ahnung, ob mich jemand hörte, denn ich stellte entsetzt fest, dass jetzt fast alle Schüler sangen, die Lehrer versuchten vergeblich, sie wieder zu beruhigen.

Was sollte ich jetzt tun? Mich hinsetzen? Zum Altar zurückkehren und Buße tun? Die Kirche verlassen? Erklären, dass der Songtext für meinen Mann gedacht war? Es war erst mein zweiter Schultag! Was für ein Fauxpas! Bestimmt bekam ich jetzt ein Beichtabo beim Pfarrer, mit Schwester Bernadette als Begleitung. Ob sich das auf meine Probezeit auswirken würde? Das mit der katholischen Schule war schließlich eine ganz andere Hausnummer. War es gar Grund genug, mich fristlos zu feuern? Ich merkte, dass ich davor am meisten Angst hatte.

Wie auch immer, jetzt musste ich erst einmal meine 3b beruhigen. Ich riss mich zusammen, griff nach meinen Strafkarten und hielt diese hoch. Die Ersten hörten sofort auf zu singen, nur die üblichen Verdächtigen machten noch einen Moment weiter, bis ihnen wohl endlich einfiel, was Gelb und Rot bedeuteten.

»Handys sind in der Kirche verboten«, sagte Yella halblaut und blickte mich strafend an.

»Wennel … Frau, du musst dir selbst die rote Karte geben«, meinte Hamit nickend, und die Kinder grinsten.

Das Schlimme war, dass sie recht hatten.

Ich wollte in meiner Bank sitzen bleiben, mir in Ruhe überlegen, wie ich es wiedergutmachen konnte, und den Gottesdienst irgendwie zu Ende bringen, aber der Pfarrer hatte kein Erbarmen mit mir.

»Nun, Kinder«, sagte er ins Mikrofon. »Es wäre schön, wenn ihr Jesus zeigen könntet, dass ihr euch wieder konzentrieren könnt. Telefone sollten im Hause Gottes abgeschaltet sein, daran möchte ich euch noch einmal erinnern. Heute ist unser Thema Gut und Böse. Manchmal werden wir in Versuchung geführt, der wir dann widerstehen müssen. Es gibt Lieder, die Gott gefallen, aber leider auch andere. Es ist unsere freie Entscheidung, welche wir hören, und manchmal weichen wir vom guten Weg ab. Deshalb sollten wir jetzt darum beten, dass wir das Gute in unserem Leben immer zum Mittelpunkt machen und uns vom Bösen abwenden. Es geht weiter mit den Fürbitten.« Er sah abwartend in meine Richtung.

Okay, ich hatte verstanden, was er mir durch die Blume sagen wollte. Aber musste ich jetzt wirklich wieder nach vorn gehen? Offenbar schon, alle sahen mich an. Ich stand zögernd auf und ging zum Altar, dieses Mal mit gesenktem Kopf und einer Gesichtsfarbe, die vermutlich einer überreifen Tomate glich. Ich sah niemanden an, am allerwenigsten Matthew. Er würde mir bestimmt die Facebook-Freundschaft kündigen. Und flirten mit einer Sünderin wollte er bestimmt auch nicht.

Zum Glück konnte ich meine Fürbitte fehlerfrei sprechen. Als ich bei »*… ihnen einen guten Weg ins Leben zu zeigen*« angelangt war, entschloss ich mich spontan, zu improvisieren. Schlimmer konnte es für mich sowieso nicht mehr werden, aber ich wollte unbedingt ein paar Punkte wettmachen.

»Gib auch mir eine zweite Chance. Hilf mir, dass ich jetzt immer daran denke, mein Handy in der Kirche auszuschalten«, fügte ich hinzu. Und weil alle scheinbar verblüfft schwiegen, schob ich schnell hinterher: »Amen.«

Nach dem Gottesdienst stellten sich meine Kinder wieder in Zweierreihen auf. Ich ignorierte alle Bemerkungen zu meinem »voll krass, geilen, super coolen Klingelton«. Fabio-Pasquale fragte, ob ich ihm den Song brennen könnte, und Florence wollte wissen, ob das Lied schon alt sei, denn in ihrer Playlist habe sie es nicht.

Die Lehrerkollegen, die mit ihren dritten und vierten Klassen ebenfalls auf dem Kirchenvorplatz standen, redeten nicht mit mir. Wahrscheinlich warteten sie ab, was das »hohe Gericht« in Form von Schwester Bernadette, dem jungen Pfarrer sowie dem Rektor zu meiner Verfehlung beschließen würde.

Matthew blieb noch einen Moment in der Kirche, ich war sicher, dass das kein Zufall war. Ich hatte auch ihn blamiert. Wahrscheinlich wurde er dafür getadelt, so eine gottlose und respektlose Person eingestellt zu haben.

Wie hieß noch mal die bekannteste Sünderin aus der Bibel? Ach ja, Maria Magdalena. In der Rangordnung kam ich ihr ziemlich nah, ich hatte sogar noch mehr Verfehlungen auf dem Kerbholz. Als Verheiratete hatte ich mich von einem anderen Mann küssen lassen, mich interessierten der knackige Hintern und die süßen Grübchen meines Chefs, und ich stand aller Wahrscheinlichkeit nach kurz vor der Scheidung. Letzteres war, soweit ich wusste, in der katholischen Kirche gar nicht zulässig. Ob ich spätestens dann meinen Job los sein würde?

Matthew kam endlich heraus, er steuerte direkt auf mich zu. »Kann ich Sie nach Ihrem heutigen Unterricht in meinem Büro sprechen?«

Oh-oh. Das verhieß nichts Gutes. Vielleicht musste ich mir über die Scheidung als Kündigungsgrund keine Gedanken mehr machen, weil schon gleich alles vorbei war.

Immerhin gab man mir die Möglichkeit, noch den Unterricht durchzuziehen. Zwei ganze Tage hätte ich dann als Klassenlehrerin geschafft, das war sicher einen Eintrag ins *Guinness-Buch der Rekorde* wert.

»Natürlich. Ich komme dann«, sagte ich.

Der schöne Rektor nickte ernst und wandte sich wieder ab. Von seinem strahlenden Lächeln war nichts zu sehen. Schwester Bernadette gab das Startzeichen, und wir marschierten zur Schule zurück. Ich schweigend und mit gesenktem Kopf, meine Klasse mit Diskussionen darüber, warum Männer Schweine waren und nur das eine wollten. Wobei den meisten nicht ganz klar war, was »das eine« sein sollte.

Mit viel gutem Willen konnte ich meine Erklärungsversuche als Sexualkundeunterricht deklarieren.

Während der Pausen blieb ich im Klassenraum. Die vorwurfsvollen oder verächtlichen Blicke meiner Kollegen wollte ich mir nicht zumuten. Ich hängte die Zeichenblätter auf, die die Kinder am Vortag bemalt hatten, und las, was unter den lachenden und traurigen Smileys geschrieben stand. Sie hatten ein genaues Gespür dafür, was in Ordnung war und was nicht. Fast alle störte, wenn sie geschubst, beleidigt oder geärgert wurden, und ausnahmslos jeder fand es toll, wenn es keinen Streit gab. Die ruhigeren Kinder wie Yella, Mia-Maria, Friedrich, Helene oder Jonte schrieben außerdem, dass sie »Lärm im Unterricht« störte. Emil, Steven-Jeremiah und Fabio-Pasquale hatten dagegen etwas einzuwenden, wenn andere bessere Noten als sie selbst bekamen.

Ich entschied mich, den Deutschunterricht ein wenig zu verändern. Der Lehrplan sah eine Bildergeschichte mit wörtlicher Rede vor, aber wir hatten zuerst Redebedarf. Nach der zweiten großen Pause lobte ich die Kinder für ihre tollen Plakate und wies darauf. Dann fragte ich, warum sie andere ärgerten und sich stritten, wenn sie es selbst störte.

Die Erklärungen waren abenteuerlich. Ich erklärte, dass es von nun an für besonders gutes Tagesbenehmen Sternchen gebe, die ich ab dem kommenden Morgen verteilen wollte (sofern ich noch an der Schule arbeitete, aber das sagte ich nicht). Wer zwanzig Sterne gesammelt hatte, würde einen kleinen Preis bekommen.

Dann ließ ich die Klasse über den Gottesdienst sprechen. Die Meinungen der 3b waren einhellig: wie lustig es doch dieses Mal in der Kirche war, dass die Kirchenlieder oft komische Melodien hätten und ob ich vielleicht noch mehr von solchen witzigen Songs wie den *Schweinen* auf meinem Handy gespeichert hätte.

Da ich meine Eheprobleme nicht mit den Kids erörtern wollte, erklärte ich nur kurz, dass das Lied eher etwas für Erwachsene sei, gab zu, dass es falsch war, das Handy eingeschaltet zu lassen, und schwor, keine weiteren lustigen Mitmachlieder parat zu haben. Dann verpasste ich mir selbst die rote Karte, was die meisten ziemlich beeindruckte.

»Dann kannst du heute kein hausaufgabenfrei bekommen!«, sagte Corvin-Cosimo triumphierend.

»Das muss ich meinem Vater erzählen, wenn der mich heute abholt! Der ist totaler Fußballfan, er hat aber noch nie ’ne rote Karte bekommen«, rief Emil.

Ich nickte. Venetia meldete sich und erinnerte mich daran, noch die Vorschläge für einen Tag ohne Strafkarten einzusammeln und den Hausaufgabenfreigutschein zu vergeben, da es die letzte Schulstunde war. Während ich sie durchgehen wollte, bekamen die Schüler die Aufgabe, eine Bildergeschichte zu einem lustigen Ereignis zu zeichnen und sie zu Hause mit Sprechblasen zu versehen. Der heutige Vorfall in der Kirche war selbstverständlich ausgeschlossen. Damit war auch endlich die erste Deutschunterrichtseinheit eingeläutet.

Ich war beeindruckt, was den Kindern eingefallen war. Es gab mir die Hoffnung zurück, dass noch nicht alles verloren war. Erstaunlicherweise gefiel mir Hamits Äußerung am besten: Mann soll fersuchen sich jeden Tag zusammenzureisen und keinen ergern und anderen helfen und gut mit allen spillen und keinen auschlissen. Ich kürte ihn kurz entschlossen zum Sieger. Wenn man mal von der Rechtschreibung absah, hatte er das Grundprinzip sehr gut erfasst, fand ich.

Nach der fünften Stunde war für meine Klasse Schulschluss, und ich ging angespannt in das Büro des Rektors. Mein Handy ließ ich ausgeschaltet, damit bloß nichts schieflief. Vielleicht bekam ich ja noch eine Chance …

Im Sekretariat war natürlich niemand, Matthews Tür stand offen. Er saß ausnahmsweise hinter seinem Schreibtisch, was ich als ungutes Zeichen für mich deutete. Wenn man auf einem Tisch saß, wurde man weniger ernst genommen, so aber schien unser Gespräch sehr offiziell zu werden.

»Kommen Sie herein, und schließen Sie die Tür, bitte«, sagte der Rektor und deutete auf den Platz vor seinem Schreibtisch. »Setzen Sie sich.«

»Ich bleibe lieber stehen«, gab ich zurück und knallte die

Tür zu. Ich spürte, wie mich plötzlich der Trotz überkam. Was hatte ich denn schon groß verbrochen? Mein Handy angelassen, die Ärzte hatten ein bisschen gesungen – na und? »Wenn Sie mir kündigen möchten, dann machen Sie es kurz, wobei … Zuerst will ich auch etwas sagen!«

Matthew deutete noch einmal auf den Stuhl. »Nehmen Sie doch Platz. Ich …«

»Stopp!«, unterbrach ich ihn. »Ich verstehe gar nicht, warum Sie päpstlicher sind als der Papst! Ich wette, dass dem Pfarrer auch schon komische Sachen in der Kirche passiert sind … oder Schwester Bernadette! Oder Ihnen! Und selbst wenn nicht – die Kirche predigt doch ständig etwas von Menschlichkeit und Verzeihen und Christentum und Märtyrertum …« Jetzt vergaloppierte ich mich ein wenig, also korrigierte ich schnell den Kurs. »Also, ich meine, es gibt die sieben Todsünden! Und zehn Gebote! Und wo bitte steht: Du sollst dein Handy in der Kirche nicht anlassen? Ja, die Songauswahl war unglücklich, ich gebe es zu. Aber den Text finde ich ziemlich zutreffend, zumindest für sehr viele Männer! Okay, unsere Schulkinder sind noch zu jung für ihn, das war aber auch mein einziges Vergehen! Wobei ich weiß, dass im Sachkundeunterricht bald Sexualkunde kommt, da kann man gewisse Begriffe vielleicht sogar einbringen! Abgeschwächt, versteht sich. Und nicht so polemisch.«

Matthew stand auf und kam um den Schreibtisch herum. Toll, jetzt wollte er mir noch die Tür weisen! Männer vertrugen eben keine Kritik! Ich würde mich aber nicht unterbrechen lassen, sondern war fest entschlossen, ihm die Meinung zu sagen. Bis zum Ende.

»Also, wenn Sie mir jetzt deswegen kündigen, dann kann ich nur sagen, dass die Kirche genauso angestaubt ist wie ihr Image. Dabei hatte ich angenommen, dass wenigstens Sie als junger Rektor moderner denken! Normalerweise würde ich jetzt vors Arbeitsgericht ziehen, aber da ich in der Probezeit bin, schätze ich, dass Sie mich auch ohne Kündigungsgrund hinauswerfen können, was genauso mies ist! Sie sollten sich schämen! Jeden Monat in die Kirche rennen und schöne Reden schwingen, das ist alles nur Theorie! Wasser predigen und Wein trinken! Oder umgekehrt! Übrigens: Sie brauchen mir die Tür nicht aufzuhalten, ich bin schon dreimal sieben und finde den Ausgang ganz allein!«

Er ging aber nicht auf die Tür zu, sondern stellte sich vor mich hin und hob die Hand. Die Geste verstand ich nicht, aber sie warf mich aus dem Konzept.

»Was soll das?«, fragte ich.

»So bringen Sie die 3b zum Schweigen, habe ich mir sagen lassen«, antwortete Matthew. Seine Mundwinkel zuckten. »Ich wollte sehen, ob es auch bei Ihnen funktioniert. Darf *ich* jetzt was sagen?«

Das nahm mir irgendwie den Wind aus den Segeln. »Meinetwegen.« Ich zuckte mit den Schultern. »Sie können es mir aber auch gern über Facebook schreiben.«

Matthew grinste. »Sie sind eine ziemlich harte Nuss, das hätte ich nicht gedacht«, sagte er. »Setzen Sie sich jetzt endlich hin, oder muss ich Ihnen erst die gelbe Karte zeigen?«

»Ich habe schon die rote«, meinte ich, noch immer trotzig. »Hab sie mir selbst gegeben, damit die Kinder sehen, dass das mit dem angelassenen Handy und dem Klingelton falsch war.«

»Das ist fair. Nehmen Sie trotzdem Platz?«

»Wenn's sein muss.« Angesichts seiner Belustigung setzte ich mich tatsächlich.

Der Rektor atmete gespielt erleichtert aus. »Endlich. Dann kann ich mich ja auch wieder setzen.« Matthew ging zu seinem Stuhl zurück. »Bevor ich anfange, eine Regel: Jetzt rede ich. Sie unterbrechen mich nicht, bis ich ausgeredet habe. Noch so einen Monolog stehe ich nämlich nicht durch.«

»Macho.« Es war schneller heraus, als ich denken konnte, aber ich bereute es nicht.

Matthew zog eine Augenbraue hoch. »Ich bin dran«, sagte er bestimmt.

Ich stellte meine Tasche auf den Boden und schlug die Beine übereinander. »Bitte sehr.«

»Frau Wennel, ich wollte mit Ihnen über mehrere Dinge sprechen, aber aufgrund Ihrer flammenden Rede muss ich mit dem Unwichtigsten beginnen: Sie haben richtig erkannt, dass wir den Kindern Handys grundsätzlich nicht in der Schule oder in der Kirche erlauben und wir Lehrer mit gutem Beispiel vorangehen sollten. Das bedeutet, dass wir sie zumindest lautlos stellen müssen. Gleichzeitig bin ich sicher, dass Ihnen das spätestens nach dem heutigen Gottesdienst klar geworden ist, womit die Angelegenheit vom Tisch ist. Ein zweites Mal wird Ihnen das bestimmt nicht passieren. Und was die Ärzte betrifft: Über Musikgeschmack soll man nicht streiten, aber nicht alle Männer sind Schweine.«

Ich hatte Mühe, ihm zu folgen. Das Unwichtigste zuerst? Die Angelegenheit ist vom Tisch? Über Musikgeschmack soll man nicht streiten?

»Moment, was bedeutet das? Sie kündigen mir gar nicht? Es passiert nichts? Ich bekomme nicht mal eine klitzekleine Abmahnung?«

Er hob erneut die Hand, und ich verstummte. »Sie reden ja schon wieder dazwischen! Können Sie vielleicht drei Minuten zuhören?«

Okay, ich war ganz Ohr. Daher nickte ich nur.

Matthew seufzte gespielt. »Hoffentlich. Also: Warum sollte ich Ihnen kündigen oder Sie abmahnen? Die Kollegen und ich finden, dass Sie einen vielversprechenden Start mit der 3b hingelegt haben. Die Idee mit den Strafkarten ist super. Wir haben diese … sagen wir mal … spezielle Klasse selten so ruhig wie gestern und heute erlebt.«

Das nannte er ruhig? Ich wollte schon wieder etwas sagen, beherrschte mich aber gerade noch rechtzeitig.

»Warum ich Sie aber sprechen wollte: Es ist üblich, dass bei der Abschlussfeier der vierten Klassen unsere dritten für ein buntes Programm sorgen. Es gibt zuerst einen Gottesdienst und dann die feierliche Zeugnisausgabe in der Turnhalle. Es sind ja nicht mehr viele Wochen bis zum Schuljahresabschluss, die 3a und die 3c proben schon fleißig. Nachdem Sie die Klassenlehrerin geworden sind, fänden Pfarrer Bolte und ich es sehr gut, wenn Sie mit Ihren Kindern ebenfalls einen Teil übernehmen würden. Ein Lied, einen Sketch oder etwas Ähnliches, das bleibt natürlich Ihnen überlassen.«

Ich starrte ihn an. »Das war es, weswegen Sie mit mir reden wollten?«

»Ja, zumindest im Wesentlichen«, antwortete er und lächelte. Oh, diese süßen Grübchen …

»Es gibt keinen Rauswurf, nicht mal einen Beichttermin für mich?«

Jetzt lachte Matthew wieder und schüttelte den Kopf. »Auf was für Ideen Sie kommen! Warum sollte ich Sie rauswerfen? Wegen des Handys? So schlimm war es nun auch wieder nicht, Sie haben sich doch sogar öffentlich vor uns allen entschuldigt. Die Kirche ist gar nicht so angestaubt, wie Sie vielleicht glauben, Pfarrer Bolte hat viel Humor und Verständnis. Er meinte, ich sollte Sie unbedingt in einer ruhigen Minute fragen, ob Sie alle Männer für Schweine halten, weil Sie Probleme haben. Aber ich finde, ich kenne Sie noch nicht gut genug, um so etwas fragen zu dürfen. Wenn Sie allerdings zur Beichte möchten, könnte ich einen Termin für Sie vereinbaren …«

»Nein!«, fiel ich ihm ins Wort. Ich wusste nicht, ob er mich gerade auf den Arm nahm oder ob er das alles ernst meinte. »Mein Beichtbedarf hält sich in Grenzen«, sagte ich. »Und was mein Privatleben anbelangt … ich kriege das schon wieder hin.«

Er rutschte auf seinem Stuhl hin und her. »Das Gefühl habe ich auch. Es gibt gute und schlechte Zeiten, das wissen wir schließlich alle.«

Ich hätte ihn gern gefragt, was für schlechte Zeiten er schon erlebt hatte. Wahrscheinlich hatte er keinen blassen Schimmer von Beziehungsproblemen – mit seinem blendenden Aussehen und so jung, wie er war, aber er hatte vorher ja richtigerweise gesagt, dass wir uns noch nicht gut genug kannten. Ich nahm mir vor, demnächst meine Kollegen zu interviewen, was man so über Matthews Privatleben hörte.

»Ich gehe dann jetzt«, sagte ich daher nur und erhob mich. »Sie haben mich positiv überrascht, Herr Festbalter.«

»Danke, gleichfalls. Eine Sache wäre da allerdings noch …« Matthew erhob sich ebenfalls und ging mit mir in Richtung Tür. »Unter den Kollegen pflegen wir einen lockeren Umgang. Das Siezen ist so steif. Wenn Sie nichts dagegen haben, können wir uns duzen.«

Diesmal grinste ich. »Sie wissen schon, dass ich Ihnen das Du hätte anbieten sollen? Ich bin schließlich die Ältere.«

Und normalerweise trinkt man Brüderschaft und küsst sich, und du hast mir noch nicht einmal einen Schluck Kaffee angeboten, dachte ich, behielt die Worte aber für mich.

Der Rektor grinste zurück. »Ehrlich? Ist mir noch gar nicht aufgefallen. Aber ich bin schließlich der Boss. Also, ich heiße …«

»Matthew, ich weiß«, sagte ich.

»Wie bitte?«

Mist! Ich würde ihm garantiert nicht auf die Nase binden, dass er wie mein Lieblingsschauspieler aussah. Vermutlich wusste er ohnehin schon von der Ähnlichkeit mit dem *»sexiest man alive«*. Aber wie hieß er noch mal wirklich? Thorsten?

»Ach … nichts … Entschuldigung. Ich bin Elisa.«

»Thomas.«

Richtig. Thomas. Wie langweilig! Daran würde ich mich niemals gewöhnen können.

Ich verließ sein Büro und fühlte mich gut. Beruflich war so weit alles bestens. Ich wurde nicht gefeuert, und man war mit meinen Methoden zufrieden! Matthew hatte sogar mit mir geflirtet. Jetzt musste ich nur noch mein Privatleben auf die Reihe bekommen. Ich steuerte auf den Lehrerparkplatz zu und war fest entschlossen, Alexander die Pistole auf die Brust zu setzen. Entweder er erklärte endlich alles, oder ich …

»Hallo, Wennel! Frau! Frau Wennel!«

»Samantha?!«

Ich blieb wie erstarrt stehen. Vor mir standen Emil und … Harald.

Harald, der Mann, mit dem ich getanzt und der mich zum Abschied geküsst hatte! Der noch immer glaubte, dass ich Samantha hieß! Den ich niemals wiederzusehen gedachte!

Tausend absurde Gedanken jagten durch meinen Kopf. Was machte er hier? Hatte Karina ihm gesagt, wo ich arbeitete? War er mir etwa gefolgt? Steckten gar Pfarrer Bolte und der Rektor dahinter, um mir zu beweisen, dass wirklich nicht alle Männer Schweine waren? Aber woher wussten sie von Harald?

Dann fiel mein Blick auf Emil, und plötzlich ging mir ein Licht auf: Harald war Emils Vater. Ich versuchte mich fieberhaft zu erinnern, was ich von den beiden wusste. Richtig, Harald war geschieden und hatte einen kleinen Sohn. Ich hatte ja nicht weiter nachgefragt. Das war die einzige Erklärung. Ich war die Klassenlehrerin von Haralds Sohn Emil. Der liebe Gott hatte manchmal einen seltsamen Sinn für Humor.

»Mein Papa und ich gehen zu Burger King essen«, sagte Emil. »Heute mache ich bei ihm die Hausaufgaben, und dann bringt er mich zum Fußball.«

»Samantha? Du bist Emils neue Lehrerin?«

»Nein, Papa. Sie heißt Elisa Wennel. Du heißt doch Elisa Wennel, ne?«

Ich nickte ihm zu und zwang mich zu einem Lächeln, während ich Harald die Hand gab. »Hallo. Kann ich dich mal kurz allein sprechen?«

Ich musste unbedingt verhindern, dass wir vor seinem Sohn redeten, sonst würde am kommenden Tag die ganze Klasse wissen, dass ich Emils Vater kannte und mit ihm in der Disco war – von allem anderen ganz zu schweigen.

So viele rote Karten konnte ich mir gar nicht verpassen!

Emil protestierte zwar, aber Harald bat ihn, sich schon mal ins Auto zu setzen. »Du weißt doch, Emil, dass Lehrer und Eltern manchmal allein miteinander sprechen müssen. Du kannst so lange Musik hören.«

Emil setzte sich ins Auto, und Harald sah mich an. »Du heißt also gar nicht Samantha.«

»Nö.« Ich sah auf meine Fußspitzen.

»Und du bist Emils Lehrerin.«

»Jap.«

Ich wusste selbst, dass die Sprache des P-Aliens mich nicht weiterbrachte, fand sie aber im Moment ziemlich hilfreich. Als Nächstes würde ich »Läuft!« sagen.

»Warum hast du wegen deines Namens geschwindelt? Und warum hast du mich nie angerufen?«

Schade. »Läuft« passte leider nicht.

Ich hob den Kopf und atmete tief durch. Ich war ihm eine Erklärung schuldig. »Das mit Samantha war Karinas Schuld. Bevor du gleich wieder fragst: Ja, sie heißt Karina und nicht Carrie. Wir waren an dem Abend irgendwie auf dem *Sex and the City*-Trip, und da ist es ihr einfach so eingefallen, uns wie die Hauptdarstellerinnen zu nennen. Es war blöd, ich gebe es zu, es tut mir leid. Ich hatte halt nur nicht angenommen, dass …«

»… wir uns wiedersehen?«, beendete Harald meine Erklärung und hielt meinen Blick fest.

Ich schluckte. Er sah auch bei Tageslicht gut aus. Zu einer anderen Zeit, an einem anderen Ort, in einem anderen Leben …

»Genau.«

»Also hattest du nie vor, mich anzurufen?«

Was sollte ich jetzt sagen? Die Wahrheit. Die hatte er verdient. »Nein. Ich habe dir doch gesagt, dass ich verheiratet bin, und obwohl es momentan … kompliziert ist, bin ich nicht für Affären geschaffen. Ich muss mir über vieles klar werden, wollte dir aber keine falschen Hoffnungen machen.«

Emil klopfte an die Autoscheibe. »Papa, ich hab Hunger!«

Hoffentlich hatte er uns nicht gehört! Ich blickte mich um, denn ich sah die Skandalschlagzeile schon vor mir: *Schweinelied in der Kirche, verbotener Kuss: Neue Lehrerin erschüttert katholische Grundschule mit ihren Eskapaden!* Aber der Parkplatz war zum Glück leer.

Harald seufzte und lächelte. »Also, Sam… Elisa, richtig? Ich weiß nicht, was ich sagen soll. Doch, eigentlich weiß ich es. Ich bin auch nicht auf der Suche nach einer Affäre, ich wünsche mir wieder eine ernsthafte Beziehung. Emils Mutter und ich haben zu früh geheiratet, irgendwann passte es nicht mehr. Aber Emil ist unser Sonnenschein, auch wenn er ganz schön frech ist, wie du sicher schon festgestellt hast.«

Ich sagte nichts, musste jedoch grinsen. Emil donnerte schon wieder gegen die Scheiben. »Koo-oomm endlich!«

Harald deutete an, dass er gleich kommen würde, und wandte sich wieder mir zu. »Ich finde dich sehr … anziehend. Ich habe wirklich auf deinen Anruf gewartet und musste mich beherrschen, um Adam nicht darauf anzusetzen, mir deine Telefonnummer zu beschaffen. Das wollte ich dir sagen, bevor du gleich verschwindest.«

Ich öffnete den Mund, er fuhr jedoch fort zu reden. »Du willst mir keine falschen Hoffnungen machen, du bist verheiratet, und deine Ehe ist noch nicht am Ende. Ich respektiere das und werde dich nie wieder privat ansprechen, nur noch als Emils Lehrerin. Aber ich glaube trotzdem, dass da irgendetwas zwischen uns ist … Nennen wir es eine Wellenlänge. Deshalb sage ich es heute ein einziges Mal, damit du weißt, was Sache ist: Ich mag dich, und ich würde mich freuen, dich näher kennenzulernen. Falls du eines Tages den gleichen Wunsch verspüren solltest: Auf der Klassenliste steht nicht nur die Telefonnummer von Emils Mutter, sondern auch meine.«

Kapitel 15

»Früher machte man Telefonsex mit Jogginghose und Schlabbershirt, beim Skypen musst du gut aussehen …«

KARINA

Die nächsten zwei Wochen vergingen, und ich hatte so viel zu tun, dass ich nicht die Energie fand, Alexander zu einer erneuten Konfrontation zu zwingen. Er war auch kaum zu Hause.

Harald verdrängte ich ganz aus meinen Gedanken, ich hoffte, ihm zukünftig nicht allzu oft begegnen zu müssen. Seine Worte hatten mir gutgetan, aber ich wollte mich nicht damit beschäftigen, was sie möglicherweise bedeuten konnten. Ich war verheiratet und konnte keine weiteren Komplikationen gebrauchen.

In der Schule begann ich endlich mit dem richtigen Unterricht. Ich hatte alle Mühe, die Klasse 3b fürs Lernen und für gutes Benehmen zu begeistern, aber so langsam fruchteten auch die Strafkarten. Insbesondere die Hausaufgabenfreigutscheine waren sehr hilfreich, um gewisse Maßnahmen durchzusetzen.

Ich las die Beurteilungen, die die frühere Klassenlehrerin über die einzelnen Schüler geschrieben hatte, wir waren uns nicht in jedem Punkt einig. Sie hatte Vorzensuren vergeben, an denen ich mich, was die Zeugnisnoten betraf, orientieren sollte, hier waren wir uns schon eher einig. Trotz allem war ich froh, dass Mathematik von Schwester Bernadette gegeben wurde und Matthew McConaughey Englisch übernahm.

In den ersten Klassen unterrichtete ich außerdem noch Musik, was wesentlich einfacher war. Die Kleinen konnte man für Lieder, Trommeln und andere musikalische Hilfsmittel begeistern, Noten wurden im ersten Schuljahr noch gar nicht vergeben.

Karina, der ich meinen Fauxpas in der Kirche, das anschließende Rektorgespräch und die Begegnung mit Harald ausführlich geschildert hatte, war – nachdem sie ihren minutenlangen Lachanfall überwunden hatte – davon überzeugt, dass das ein Wink des Schicksals war, weil ich viel zu lasch mit Alex umging. Ich erwähnte nicht, dass ich nach Haralds klaren Worten ein wenig durcheinander war, weil sie mich dann garantiert dazu gedrängt hätte, ihn einmal anzurufen, und das wollte ich auf keinen Fall.

Trotzdem ermahnte mich meine Freundin, endlich ernsthafte Schritte zu unternehmen. Damit meinte sie nicht nur das Voodoo-Ritual, bei dem wir unseren Gegenspielerinnen Cora und Fiona symbolisch die Augen ausstechen wollten, sondern vor allem eine Ehemannbeschattung zwecks Beweismittelsammeln und einen anschließenden Anwaltsbesuch. Sie hörte erst auf, als ich mir die Nummer von Leo dem »Grr«-Löwen notierte und versprach, in den nächsten Tagen aktiv zu werden.

Karina erzählte mir auch höchst vergnügt, dass sie und

Zwerg Adam, wie sie ihn hartnäckig nannte, schon einige Male geskypt hatten, was sie allerdings ziemlich anstrengend fand.

»Früher machte man Telefonsex in Jogginghose und Schlabbershirt, beim Skypen musst du gut aussehen, die Kamera lügt nicht«, stöhnte sie. »Ich bin jetzt in einem Alter, in dem man sich schon vor jedem Foto zwei Stunden stylen muss. Diese ganze moderne Technik hat auch viele Nachteile!«

Dass beim Skypen Adams Körpergröße völlig unwichtig war, sagte Karina nicht, aber ich wusste genau, dass das auch ein Grund war, warum sie sich nicht mit ihm traf.

Zu Hause lief alles seinen gewohnten Gang. Das P-Alien kam und ging, schien aber ein bisschen friedlicher zu sein als sonst. Vielleicht lag das daran, dass ich momentan zu wenig Zeit hatte, um im Pubertätsraumschiff genauer nach dem Rechten zu sehen. Ich verließ mich einfach darauf, dass mein Sohn seine Schulsachen erledigte, und hoffte, dass sich mit der Zeit alles einpendeln würde.

Immerhin konnte ich ihn unter Strafandrohung dazu bringen, zwei Familientreffen wahrzunehmen: Alex, Rick und ich besuchten sowohl meine Eltern als auch meine Schwiegermutter, die sich langsam in ihrem neuen Zuhause einzuleben schien. Sie meckerte nicht mehr viel über das Haus, sondern erzählte uns, wie geschmacklos gekleidet ihre neuen Hausnachbarn seien und was der Gärtner alles falsch mache.

»Es wird Zeit, dass es jemand in die Hand nimmt, ihm den richtigen Umgang mit den Pflanzen beizubringen«, sagte sie. »Ich weiß gar nicht, wo dieser Mann seinen Beruf erlernt hat.«

Alexander und ich gingen in der Öffentlichkeit höflich miteinander um, vor allem Rick gegenüber ließen wir uns nichts anmerken, allerdings hatte ich den Verdacht, dass mein lieber Gatte tatsächlich glaubte, unser Streit wäre ausgestanden. Fiona Feldhoff wurde nicht mehr erwähnt, ganz so, als ob sie für meinen Mann nicht mehr arbeiten würde. Sobald ich allerdings die Sprache auf die Firma brachte, bekam ich eine einsilbige Antwort, und Alex wechselte das Thema oder schaltete den Fernseher ein – meist irgendeine Sportübertragung, was mich aus dem Wohnzimmer trieb. Ich nahm an, dass dies genau der Zweck des Ganzen war.

Viel Zeit für Gespräche blieb ohnehin nicht, denn Alex kam nach wie vor sehr spät nach Hause, arbeitete auch am Wochenende (behauptete er zumindest), und morgens war ich immer schon vor ihm weg. Unnötig zu erwähnen, dass wir keinen Sex hatten – es sei denn, man hielt unsere Luftküsse dafür.

Auf Karinas Anraten hin durchsuchte ich täglich seine Jackentaschen und roch an seinen Sachen, fand aber keine Spuren von weiblicher Nähe, auch das Handy war seltsamerweise weiterhin nirgends zu finden. Wahrscheinlich bunkerte er es in seiner Unterhose, da kam ich ja derzeit nicht ran.

Als am darauffolgenden Samstag schon um acht Uhr morgens das Telefon klingelte, hoffte ich, dass es nicht Alex' Firma war, denn ich hatte mir für dieses Wochenende vorgenommen, meinen Mann endlich zur Aussprache zu zwingen – und wenn ich ihn bei Brot und Wasser und ohne Fernseher würde einschließen müssen. Da noch alle schliefen, schleppte ich mich zum Telefonapparat.

»Hallo?«

»Elisa? Gott sei Dank, du bist da!« Die Stimme meiner Mutter klang aufgeregt, sie überschlug sich fast.

Ich war sofort hellwach. »Ist etwas passiert? Wo bist du?« Meine Eltern wollten an diesem Morgen eigentlich mit einem befreundeten Ehepaar für ein Wochenende nach Berlin fliegen, und ich wähnte sie längst im Flugzeug.

»Dein Vater wurde verhaftet! Ich bin am Flughafen! Mein Blutdruck ist bestimmt viel zu hoch! Die Rasthoffs sind ohne uns geflogen, stell dir das mal vor, ist das nicht gemein? Die wollten nicht warten, bis sich die Sache aufgeklärt hat! Das Flugticket wäre dann verfallen. Wir haben wirklich Pech mit unseren so genannten Freunden!«

Ich versuchte, alle Informationen der Reihe nach zu sortieren. »Stopp! Jetzt noch einmal von vorn. Du bist am Flughafen, und Papa wurde verhaftet? Hab ich das richtig verstanden?«

»Genau! Ist das nicht unglaublich? Ich hoffe, dass er wenigstens ruhiger ist als ich. Sein Herz macht mir Sorgen, obwohl der Doktor letzte Woche meinte, er habe selten so einen fitten Patienten wie deinen Vater erlebt. Aber man weiß ja nie. Schließlich ist er noch nie verhaftet worden.«

Ich unterbrach sie. »Mama! Ich bin sicher, Papa geht es gesundheitlich gut! Aber was ist passiert? Warum wurde er verhaftet?«

Die Stimme meiner Mutter wurde wieder schrill. »Wegen dem bisschen Werkzeug im Handgepäck! Ist das nicht albern? Als wollten wir das Flugzeug kapern! Dein Vater ein Terrorist! Ist das nicht lächerlich? Als ob er einer Fliege etwas zuleide tun könnte! Na gut, einer Fliege schon, deshalb hatten wir auch die Fliegenklatsche dabei, aber doch nicht dem Piloten! Das versuchte ich dem zuständigen Beamten zu erklären, aber er hat mich nicht zu ihm gelassen! Unmöglich, oder?«

Ich klemmte mir den Hörer zwischen Kinn und Schulter und fing an, mich anzuziehen. Obwohl ich aus dem Durcheinander noch nicht ganz schlau wurde, war mir klar, dass ich sofort zum Flughafen musste oder wo auch immer mein Vater festgehalten wurde.

»Mama, jetzt konzentrier dich bitte, und beantworte nur meine Fragen: Seid ihr beide noch am Flughafen oder irgendwo auf einer Polizeistation?«

»Natürlich sind wir am Flughafen. Wir fliegen schließlich gleich nach Berlin! Das heißt, wenn wir die Maschine noch erwischen. Das Boarding hat schon begonnen.«

»Und wo ist Papa?«

Meine Mutter schnaubte. »Hörst du mir eigentlich nicht zu, Elisa? Er wird hier auf der Polizeiwache festgehalten. Hoffentlich geben sie ihm dort wenigstens etwas zu trinken, sonst klappt er noch zusammen. Du musst kommen und mir helfen, ihn von dort zu befreien.«

Das Wort »befreien« ließ mich noch schneller werden. Ich hatte plötzlich ein Bild vor meinem inneren Auge, wie meine Mutter vermummt und bis an die Zähne bewaffnet meinen Vater aus dem Knast holte und ihm gleichzeitig den Blutdruck maß. Ich lief ins Badezimmer und griff hektisch nach der Zahnbürste.

»Unternimm nichts! Ich bin in einer halben Stunde da. Wo finde ich dich?«

»Ich stehe eigentlich vor den Sicherheitskontrollen, denn hier ist irgendwo die Polizeistation, aber man lässt mich nicht dorthin. Der Wachmann meinte sogar, wenn ich weiter so schimpfen würde, dann könnte ich auch festgenommen werden! Kannst du dir das vorstellen? Ich rege mich auf, weil mein unschuldiger Mann verdächtigt wird, und die wollen mich auch noch verhaften! Die müssen wir verklagen!«

»Mama, du sagst jetzt nichts mehr und gehst bitte von dort weg«, rief ich ins Telefon.

»Warum? Ich bin eine freie Bürgerin, wir leben in einer Demokratie!«

Verdammt! Ich musste diplomatischer werden, sonst landete sie gleich auch noch in Gewahrsam. »Mama, denk an deine Gesundheit und deine Nerven! Beruhige dich bitte, atme tief durch, und warte auf mich vor der Flughafenapotheke, dann finde ich dich besser. Wir machen das gemeinsam.«

Meine Mutter schien tatsächlich etwas ruhiger zu werden. »Eine gute Idee, Kind. Dann können die mich versorgen, falls irgendetwas mit mir ist. Papa hat schließlich all unsere Medikamente und medizinischen Utensilien in seiner Tasche.«

Ich überlegte, ob ich Alex aufwecken sollte, damit er mich begleitete, entschied mich aber dagegen. Bis ich ihm alles erklärt hatte und er fertig angezogen war, würde zu viel Zeit vergehen. Außerdem war er ohne Kaffee und Frühstück ungenießbar, und das musste warten. Ich putzte mir also die Zähne, schrieb einen Zettel, dass ich wegen eines Notfalls bei meinen Eltern dringend wegmüsse, und machte mich auf den Weg zum Flughafen.

Da es früher Samstagmorgen war, war die Autobahn leer, und ich brauchte tatsächlich nur eine halbe Stunde, bis ich vor dem Abfertigungsterminal parkte. Vor der Apotheke war von meiner Mutter nichts zu sehen. Ich hoffte, dass man sie nicht doch noch wegen Erregung öffentlichen Ärgernisses oder Beamtenbeleidigung verhaftet hatte, und sah mich suchend um.

»Elisa! Hier bin ich! Mein Blutdruck ist in Ordnung, sagt die nette Frau«, hörte ich die Stimme meiner Mutter. Natürlich. Sie war in der Apotheke (wo sonst?) und saß auf einem Stuhl neben der Waage. »Die freundliche Apothekerin hat gerade zum zweiten Mal meinen Blutdruck gemessen, ich scheine mich wacker zu halten. Wenn man bedenkt, was ich alles durchgemacht habe! Aber unser Hausarzt sagt auch immer, so tolle Werte wie meine …«

»Wir sollten jetzt Papa suchen«, unterbrach ich sie und erntete einen dankbaren Blick der Apothekenangestellten. Ich vermutete, dass sie mittlerweile alles über die gesundheitlichen Werte meiner Eltern wusste und drei Kreuze machte, wenn wir endlich verschwänden.

Mama und ich verließen die Apotheke, und ich steuerte auf Starbucks zu. »Ich besorge uns einen Kaffee, dann erzählst du mir alles der Reihe nach.«

»Aber … unser Flug! Und Papa! Ich kann doch keinen Kaffee trinken, während mein Mann im Gefängnis hungert! Als wir Alcatraz besichtigt haben, wurde uns erzählt …«

»Das ist der Flughafen und nicht Alcatraz! Wir müssen

deinen und meinen Blutzuckerspiegel konstant halten, und du musst mich endlich vernünftig aufklären, was passiert ist.« Es gab so einige Zauberwörter, die bei meinen Eltern sofort wirkten. »Blutzuckerspiegel« war eines davon. Meine Mutter nickte prompt und setzte sich an einen Tisch. »Ich will ja nicht auch noch zusammenklappen.«

Ich holte schnell zwei Milchkaffee und zwei Muffins. Es stellte sich heraus, dass meine Eltern kurzfristig beschlossen hatten, keinen Koffer aufzugeben, sondern nur mit zwei Handgepäckstücken einzuchecken. Dabei wurden sie an den Sicherheitskontrollen darauf hingewiesen, dass gewisse Sachen nicht mit in die Passagierkabine durften.

»Wir hatten einfach nicht bedacht, dass Hammer, Schraubenzieher und Jagdmesser nicht ins Handgepäck gehören. Ach ja, und das kleine Skalpell wohl auch nicht, obwohl das nicht größer ist als meine Nagelschere. Die übrigens auch verboten war! Und dann wollten die tatsächlich, dass wir das alles hierlassen, also wegwerfen! Papa ließ sich das natürlich nicht gefallen. Als er versuchte, den Herren klarzumachen, dass er ja wohl kaum ein Attentat plane und ganz sicher den Piloten nicht umbringen würde, haben sie ihn verhaftet! Kannst du dir das vorstellen? Wir sind ganz brave Steuerzahler! Und Rentner!«

Ich steckte mir einen halben Muffin in den Mund, um nicht sofort laut loszuschreien. Dass meine Eltern immer für mögliche Notoperationen gerüstet waren, wusste ich, aber wofür um Himmels willen brauchte man für ein Berlin-Wochenende Werkzeug?

»Du glaubst gar nicht, Elisa, was man auch in feinen Hotels so alles erlebt!«, lautete die Erklärung meiner Mutter. »Als wir in Fort Lauderdale waren, war unser Schrank so wacklig, dass dein Vater erst alle Schrauben nachziehen musste. Oder in Toronto der Tisch, der war vielleicht schief! In Hamburg ging das Fenster nicht richtig zu, bis Papa es reparierte. Den Hammer und die Nägel …«

»Ihr habt auch Nägel dabei?«

»Ja, aber die scheinen sie nicht gestört zu haben, oder die komischen Röntgengeräte haben sie nicht entdeckt. Die sind auch nicht auf dem neuesten Stand, das sage ich dir. Jedenfalls brauchen wir die Nägel immer für das Mückennetz, das wir über unseren Betten befestigen. Dann schlafen wir besser und werden nicht von irgendwelchen Plagegeistern gestört. Und bevor du nach dem Messer fragst: Es ist für alles Mögliche gut. Als Flaschenöffner, zum Brotschneiden und vor allem zur Verteidigung, falls man mal irgendwo überfallen wird. Papa trägt es immer in der Jackentasche, außer natürlich am Flughafen. Da war es im Gepäck.«

Handgepäck, wollte ich sie korrigieren. Ich wollte noch viel mehr sagen, überlegte es mir aber anders. »Okay, okay, ihr müsst selbst wissen, was ihr braucht, aber ihr könnt die Sachen trotzdem nicht im Handgepäck ins Flugzeug mitnehmen. Du weißt genau, dass das verboten ist.«

Meine Mutter seufzte. »Ja, das haben wir schlicht vergessen. Wir sind eben schon älter! Kannst du jetzt endlich etwas unternehmen?«

Mein Handy meldete eine SMS. Ich ging davon aus, dass es Karina war, aber sie kam von Alex. »Muss dringend weg, Rick ist bei O. J., melde mich später. A.«

»A wie Arsch«, murmelte ich und schaltete es stumm.

Keine Frage, warum ich so früh weg musste, wo ich war

oder ob er bei dem Notfall irgendwie behilflich sein könnte. Hauptsache, ich stand immer parat, wenn es um seine Belange ging!

»Elisa! Du sollst nicht fluchen! Ich stimme dir zu, dass die Wachleute deinen Vater gemein behandelt haben, aber diese Fäkalausdrücke solltest du für sie nicht benutzen! Am Ende wirst du auch noch festgenommen.«

Ich nickte. Meine Eheprobleme sollten meine Mutter nicht auch noch belasten. »Jetzt gehen wir erst einmal fragen, was Papa vorgeworfen wird.«

Wir gingen in Richtung Sicherheitskontrollen, dort wollte ich fragen, wo sich mein Vater befand. Ein stämmiger Zollbeamter musterte mich von oben bis unten.

»Bordkarte?«

Ich erklärte ihm kurz, worum es ging, und fragte, wo ich die Polizeiwache und deren Leiter finden könne.

»Warten Sie bitte hier.«

Ich überlegte, dass mein Vater möglicherweise in ernsteren Schwierigkeiten steckte, als er dachte. Hoffentlich hatte er keine Beamten beleidigt! Seine Attentatsäußerungen konnte man allerdings auf sein Alter und seinen Gesundheitszustand schieben. Genug medizinische Beweise waren vermutlich im Gepäck meiner Eltern zu finden. Wer eine ganze Notaufnahmeausrüstung mit sich schleppte, ging vielleicht als nicht ganz zurechnungsfähig oder sehr krank durch.

Dann fiel mir ein, dass es klüger wäre, ohne meine Mutter zu verhandeln, sie würde mir vielleicht die Tour vermasseln, und es war keine Zeit, sie jetzt vernünftig über meinen Plan aufzuklären.

Ich führte sie zu einer Bank und deutete darauf. »Du wartest hier, Mama«, sagte ich bestimmt. »Lass mich allein mit den zuständigen Beamten sprechen.«

»Aber ich lasse doch meinen Alfred nicht allein! Außerdem ist es eine Unverschämtheit, dass wir hier wie Verbrecher behandelt werden!«

Das hatte ich mir schon gedacht. Mein Entschluss, sie auf keinen Fall dabeihaben zu wollen, wurde noch bekräftigt. »Nein. Diesmal tust du, was ich dir sage. Keine Widerrede. Du bleibst hier, und ich gehe allein.«

Meine Mutter sah mich erstaunt an. »Aber …«, begann sie wieder zu protestieren.

»Nein. Wenn du nicht möchtest, dass Papa angezeigt wird, bist du jetzt ruhig und lässt mich machen. Sonst kannst du weitere gemeinsame Reisen vergessen!« Ich machte ihr bewusst ein wenig Angst, denn ich wusste, dass sie nur dann nachgeben würde. »Du weißt nie, was bei einer Gerichtsverhandlung herumkommt. Auch wenn man vielleicht unschuldig ist.«

Sie hielt sich theatralisch eine Hand ans Herz. »O mein Gott! Sag so etwas nicht, ich halte das nicht aus!« In ihren Augen blitzten Tränen auf.

In diesem Moment kam ein uniformierter Polizeibeamter auf mich zu. »Nowak, guten Morgen. Sie sind die Tochter von Herrn Lercher?«

Ich nickte. »Elisa Wennel. Wo ist mein Vater, und was wird ihm vorgeworfen? Kann ich mit Ihnen irgendwo ungestört reden?« Ich merkte, dass andere Passagiere auf uns aufmerksam wurden, einer schoss sogar Fotos mit seinem Handy. »Aber ohne meine Mutter, das lässt ihr Gesundheitszustand nicht zu«, beeilte ich mich deshalb hinzuzufügen.

Mama schaute mich an, als wollte sie etwas sagen, aber mein warnender Blick hielt sie offenbar davon ab. Der Polizist nickte und zeigte auf eine Bürotür.

»Kommen Sie bitte mit.«

»Beruhige dich, es wird alles wieder gut«, flüsterte ich meiner Mutter zu. »Geh auf die Toilette, dich ein wenig frisch machen. Wir treffen uns dann …«

»… in der Apotheke?«

Ich seufzte. Eigentlich wollte ich Starbucks oder McDonalds vorschlagen, aber die Apotheke unterstrich vielleicht mein Vorhaben, der Polizeibeamte hörte schließlich mit.

»Ja, genau dort. Sie sollen deinen Blutdruck messen.« Die arme Apothekenangestellte würde mir hoffentlich noch einmal verzeihen!

Das ließ sich meine Mutter nicht zweimal sagen. Sie machte sich auf den Weg, und ich folgte Herrn Nowak in sein Büro. Dort ließ ich mir den Vorfall bei den Sicherheitskontrollen schildern. Es deckte sich in etwa mit der Story meiner Mutter, nur dass mein Vater offenbar noch je eine XXL-Flasche Shampoo und Duschgel mit sich führte und sich energisch geweigert hatte, das alles zu entsorgen.

»Als wir Ihren Eltern vorschlugen, ihr Gepäck aufzugeben und eine spätere Maschine zu nehmen, war Ihr Vater absolut uneinsichtig, er drohte uns sogar mit Klagen. Da mussten wir ihn erst einmal aus dem Verkehr ziehen.«

Ich atmete tief durch. Ich kannte den Dickkopf meines Vaters, er vergriff sich manchmal im Ton, wenn es um seinen Willen ging. »Ich verstehe. Wo ist er jetzt?«

»Er sitzt hinten im Vernehmungsraum. Trotzdem denkt er noch immer, er sei im Recht.«

Mist. Mir war klar, dass es jetzt von den Beamten abhing, wie sie damit umgehen würden. »Herr Nowak«, begann ich. »Ich hoffe, dass Sie meinem Vater das Ganze nicht übel nehmen und von einer Strafanzeige absehen. Er ist schon alt und wird ein wenig … wunderlich. Er und meine Mutter sind gesundheitlich nicht mehr auf dem Damm, sie hatten sich so auf das Wochenende in Berlin gefreut! Es war seit Langem ihre erste Flugreise, und sie haben doch von dem Prozedere mit dem Handgepäck keine Ahnung!«

Ich erwähnte nicht die Kreuzfahrt, den Ostseeurlaub und das Wochenende in München (dorthin waren sie schließlich mit der Bahn gefahren), »seit Langem« konnte ich ruhigen Gewissens sagen, denn seit ihrer letzten USA-Tour, die ich natürlich ebenfalls verschwieg, waren mehr als fünf Monate vergangen.

Herr Nowak schien Verständnis aufzubringen. »Ja, ich kenne das mit den älteren Leuten. Wollen sich noch einen Wunsch erfüllen, bevor gar nichts mehr geht.«

Offenbar sprach er aus Erfahrung, also ging ich instinktiv genau darauf ein. »Richtig. Und ihr Wunsch war nun einmal Berlin. Deshalb bitte ich Sie als Tochter: Stellen Sie sich vor, es wäre Ihr Vater, und er stünde kurz vor einer Strafanzeige! Lassen Sie Gnade vor Recht ergehen!«

Herr Nowak wiegte seinen Kopf hin und her. »Na ja …«, meinte er. »Ich weiß, wie das mit den Senioren so ist. Aber normalerweise geht das nicht so einfach …«

»Mein Vater ist über siebzig!«, rief ich. »Ich habe Angst, dass er oder meine Mutter einen Herzinfarkt vor Aufregung bekommen, wenn sie Post vom Gericht kriegen. Klar, er hätte sich das vorher überlegen sollen, aber der alte Mann denkt nun einmal nicht mehr so klar und schnell wie früher. Überlegen Sie, was für Sachen er nach Berlin mitnehmen wollte! Messer und Hammer! Es fehlte nur noch die Bohrmaschine. Sie merken doch, dass er ein wenig durcheinander ist. Bitte haben Sie ein Nachsehen!«

Ich sah den Polizeibeamten flehend an. Mir war klar, dass er derzeit jede Macht über Papa hatte.

»Also gut«, sagte Herr Nowak nach einer Weile. »Ich belasse es bei einer mündlichen Verwarnung, aber nur, weil Ihr Vater wirklich eine Schrau… weil Ihre Eltern offenbar gesundheitliche Probleme haben. Mit Bluthochdruck ist nicht zu spaßen!« Ich nickte eifrig, bedankte mich tausendmal und stimmte Herrn Nowak in allem zu. »Sie können Ihren Vater jetzt mitnehmen«, beendete der Beamte seinen Vortrag. »Ich hole ihn, warten Sie bitte hier.«

Ich betete, dass Papa nichts Blödes mehr zu Herrn Nowak sagte, es ging schließlich gerade ziemlich glimpflich für ihn aus. Hoffentlich wusste er das zu schätzen.

»Der Flieger ist wohl weg!«, war das Erste, was mein Vater sagte, als er mit dem Polizisten den Raum betrat. »Elisa, konnten die nicht warten? So eine planlose …«

»Ich freue mich auch, dich zu sehen«, unterbrach ich ihn schnell, bevor er wieder zu schimpfen anfing. »Herr Nowak ist so freundlich und verzichtet auf eine Anzeige, Papa. Ich weiß, dass du auch dankbar bist, stimmt's? Ihr könnt das Ticket umbuchen, eure Sachen in einen richtigen Koffer packen und doch noch nach Berlin fliegen.«

»Es waren Spartickets, die sind nicht umbuchbar«, erklärte mein Vater. »Das ist eben der große Mist. Wenn die uns nicht aufgehalten …«

»Wir lassen uns etwas einfallen!«, fiel ich ihm schnell ins Wort, bevor er wieder unbedachte Äußerungen machen konnte. »Und jetzt komm! Herr Nowak, wir danken Ihnen ganz herzlich!«

Ich nahm das Gepäck meiner Eltern entgegen und schüttelte dem Polizeibeamten die Hand. Mein Vater tat es ebenfalls, wenn auch ziemlich widerwillig. Dann sah ich zu, dass wir möglichst schnell verschwanden.

Als wir endlich draußen und damit außer Hörweite waren, fing ich an, meinem Vater die Meinung zu sagen. Das Schlimme war, dass er überhaupt keine Dankbarkeit empfand, sondern immer noch glaubte, er sei im Recht gewesen.

»Was für blöde Bestimmungen! Wie soll man mit Handgepäck fliegen, wenn man gar nichts mitnehmen darf? Selbst unser Shampoo wollten sie uns wegnehmen!«, schimpfte er.

Ich hakte mich bei ihm unter und steuerte ihn in Richtung Flughafenapotheke. »Aber Papa! Das dient alles der Sicherheit der Flugpassagiere, das weißt du doch! Warum habt ihr nicht wie immer einen Koffer aufgegeben? Und wer braucht schon eine Riesenflasche Shampoo für zwei Tage!«

»Drei«, korrigierte mein Vater mich. »Hygiene ist doch wichtig! Meinst du, wir wollen wie die anderen alten Leute stinken? Deine Mutter und ich achten auf uns, frag unseren Hausarzt! Wo ist übrigens Annemarie?«

Ich deutete auf die Apotheke. »Ich hoffe, dass sie dort auf uns wartet.«

»Alfred! Gott sei Dank!« Bei unserem Anblick sprang meine Mutter auf und eilte uns entgegen. »Haben sie dich im Gefängnis gut behandelt? Hat man dir etwas zu essen und zu trinken gegeben? Was macht dein Blutzuckerspiegel? Also, meiner ist in Ordnung, zum Glück. Stell dir vor, die Rasthoffs sind tatsächlich ohne uns geflogen! Was sagst du dazu? Die brauchen wir zum Canasta-Abend nicht mehr einzuladen. Und in den Urlaub fahren wir auch nicht mehr mit denen!«

Die Apothekenangestellte drückte meiner Mutter eine Handvoll Traubenzucker in die Hand. »Damit Sie immer etwas in Reserve haben, falls Ihr Blutzuckerspiegel mal abfällt.« Der Blick auf die prall gefüllte Apothekentüte, die Mama in der Hand hielt, sagte mir, dass die zwei doch noch zueinandergefunden hatten.

Ich schlug vor, meine Eltern nach Hause zu fahren. Dieses Wochenende würden sie definitiv nicht mehr nach Berlin kommen, sie hatten auch mehr als genug mitgemacht.

»Wenn ihr nicht umbuchen könnt, lassen wir uns etwas einfallen«, sagte ich, während wir zu meinem Auto gingen. »Aber ihr müsst mir versprechen, dass ihr ab sofort eure Koffer aufgebt. Ihr müsst wirklich kein Werkzeug mit in den Urlaub nehmen. In jedem Hotel gibt es einen technischen Dienst, der sich um Mängel kümmert.«

Meine Eltern sahen sich bedeutungsvoll an. »Elisa, du glaubst wohl noch an den Nikolaus«, gab meine Mutter zurück. »Mir ist es doch lieber, mein geschickter Mann repariert alles sofort, als irgend so ein pickeliger Auszubildender, der von nichts eine Ahnung hat, tut es. Diese jungen Leute sind nur am Trinkgeld interessiert!«

Kapitel 16

»Ich brauche keinen Kaffee, wenn mein Mann mir endlich mitteilt, dass er eine Affäre hat! Mineralwasser tut es auch!«

ELISA

Als ich meine Eltern endlich wohlbehalten in ihrer Wohnung abgesetzt hatte, war es schon Mittag. Ich fuhr heim und stellte mich zuerst mal unter die Dusche. Alexander war wahrscheinlich wieder im Büro. Ich wollte doch mit ihm reden!

Ich ärgerte mich immer mehr darüber, dass er nicht anrief und sich nach dem Problem erkundigte, das mich so früh aus dem Haus getrieben hatte. Ich hätte Hilfe brauchen können, aber ihn schien es nicht zu interessieren. War das schon immer so gewesen? Ich versuchte mich zu erinnern, wann mein Mann das letzte Mal die Initiative für irgendetwas ergriffen oder sich wirklich für meine Belange interessiert hatte – es wollte mir partout nicht einfallen. Immer war ich es, die alles regelte, ich ließ ihn an meinem Leben teilnehmen, indem ich ihn stets wie selbstverständlich umfassend informierte. Rick, seine Freunde, die Schulereignisse, meine Erlebnisse, Familien- und Freundesneuigkeiten und jetzt mein neuer Job. Das, was Alex wusste, erfuhr er ungefragt von mir. Vermutlich ging er auch heute davon aus, dass ich ihm irgendwann schon erzählte, was passiert war, wenn ich es für notwendig hielt.

Ich wurde wütend. Nicht nur, dass er unaufmerksam, uninteressiert und sexuell inaktiv war: Wahrscheinlich betrog er mich auch längst und machte mich zum Idioten, weil er zu feige war, es zuzugeben! Ich musste sofort herausfinden, ob ich recht mit meiner Annahme hatte.

Schnell zog ich mich an, fest entschlossen, in die Firma zu fahren und zu überprüfen, ob und mit wem Alex dort beschäftigt war. Ich würde nicht eher gehen, bis alles geklärt war! Warum Fucking Fiona ein *Stranger in the night* war, was sich in Paris abgespielt hatte und warum es zwischen uns einfach nicht mehr stimmte.

Es klingelte an der Tür. Wer auch immer es war, ich würde ihn schnellstens abwimmeln.

»Guten Tag, Elisabeth.«

Es war meine Schwiegermutter.

»Margret! Was machst du denn hier? Wolltest du uns besuchen? Das ist toll, aber leider passt es augenblicklich gar nicht. Alex und Rick sind nicht da, und ich muss …« Weiter kam ich nicht, denn sie unterbrach mich.

»Ich ziehe aus. Bitte richte das Gästezimmer für mich her.« Erst jetzt sah ich, dass Margret einen kleinen Koffer in der Hand hielt. »Ich bleibe bei euch. Ihr habt mir versprochen, dass ich, wenn irgendetwas nicht stimmt, auf jeden Fall auf meine Kinder zählen kann.«

Ach, du Scheiße, wäre mir beinahe herausgerutscht, aber ich beherrschte mich. Ich war nicht ihr Kind. Ich hatte meine eigenen komplizierten Eltern. Cassandra und Alexander waren ihre Kinder.

»Was ist denn passiert?«

Margret sah mir fest in die Augen. »Willst du mich hier draußen stehen lassen?«

»Nein, natürlich nicht. Komm doch bitte herein.«

Aber nur auf einen Kaffee, hätte ich am liebsten hinzugefügt. Gerade wollte ich deinen Sohn in flagranti ertappen, und du versaust mir die Tour. Vielleicht sollte ich sie mitnehmen, damit sie sieht, was ihre so genannten Wennel'schen Traditionen und Gesetze angerichtet haben, dachte ich. Ihr Sohn ist ein Pascha, ein Egoist und wahrscheinlich ein Ehebrecher.

Margret schritt würdevoll in unser Wohnzimmer und setzte sich auf das Sofa. Den Koffer stellte sie direkt neben sich, als wären Kronjuwelen darin.

»Was ist passiert?«, wiederholte ich.

»Ich gehe nicht mehr zurück«, sagte meine Schwiegermutter.

Ich spürte Panik in mir aufsteigen. Wollte sie ernsthaft hier unterkommen? Das fehlte mir noch. Was war mit Cassi? Aber erst musste ich der Sache auf den Grund gehen.

»Hast du Cassandra schon angerufen? Oder Alex?«

Margret räusperte sich. »Meine Tochter Cassandra ist bei mir in Ungnade gefallen, deshalb gedenke ich nicht, sie um Hilfe zu bitten.«

Hatte ich etwas verpasst? Sagte sie tatsächlich »in Ungnade gefallen«?

»Was hat Cassi getan?«

Ich ging davon aus, dass Margret mich mit »Familienangelegenheiten« abspeisen würde, aber ich täuschte mich.

»Stell dir vor: Cassandra hat mir mitgeteilt, dass der

Makler einen Käufer für das Haus gefunden hat. Ich hatte ihr die Abwicklung überlassen.«

Ich verstand nicht. »Aber das ist doch gut, oder nicht?«

Die alte Dame runzelte die Stirn. »Sie hat mich hintergangen. Gestern habe ich erfahren, dass meine Tochter selbst die Käuferin ist. Wie findest du das? Die eigene Mutter so zu täuschen?«

Ich musste mich beherrschen, um nicht laut loszulachen. Sieh mal an, die schlaue Cassi! Deshalb hatte sie nicht gewollt, dass ich die Maklertermine wahrnahm! Sie hatte ja schon vorab die Hoffnung gehegt, Margret würde ihr das Haus schenken, und war sauer geworden, als sie erfuhr, dass das nicht der Fall war. Jetzt hatte sie es kurzerhand selbst gekauft!

»Ihr hättet euch die Maklergebühr sparen können«, rutschte es mir heraus.

Margret sah mich empört an. »Mehr hast du dazu nicht zu sagen? Sie hat das alles hinter meinem Rücken geplant!«

Ich seufzte. »Ich bitte dich. Du solltest dich freuen, dass deine Tochter so sehr an ihrem Elternhaus hängt, dass sie sogar bereit ist, es offiziell über einen Makler zu erstehen. Ich finde, ihr hättet euch vorab einigen sollen, aber da es anders gelaufen ist … Sei doch glücklich, dass es nicht in fremde Hände fällt. Auf diese Weise kannst du immer mal wieder dorthin und musst es nicht ganz aufgeben.«

»Sie hätte es mir sagen sollen!«

Ich nickte. »Ja, vielleicht. Aber ihr seid beide Wennel-Dickköpfe. Du solltest nicht nachtragend sein. Ich finde es schön, dass Cassandra euer Haus haben will! Freu dich doch!«

Margret schien tatsächlich einen Augenblick über meine Worte nachzudenken. »Nun … vielleicht. Wenn sie sich entschuldigt …«, sagte sie zögernd.

Ich würde dafür schon sorgen. Notfalls konnte ich ihr über Facebook einen Tipp geben. Jetzt musste ich nur noch herausfinden, warum Margret aus ihrem neuen Domizil geflüchtet war.

»Jetzt erzähl doch mal, was in deinem neuen Zuhause vorgefallen ist«, bat ich meine Schwiegermutter.

Sie bekam einen trotzigen Gesichtsausdruck. »Dort wohnen unmögliche Leute, und Helga ist eine Schlange«, sagte sie mit Grabesstimme.

Ich hatte mich schon gefragt, wann sich die beiden Schwestern das erste Mal streiten würden. Auf engem Raum zusammenzuleben schloss zwangsläufig Konflikte mit ein.

»Was hat sie gemacht?«

»Sie betrügt beim Bingo-Spielen. Und sie und die anderen Damen ärgern mich, weil sich Hermann für mich interessiert.«

Großer Gott, die Grundschulzeit hört niemals auf, dachte ich. Die sollten im Seniorenheim die gelben und roten Strafkarten einführen.

Während ich uns beiden einen Kaffee kochte, berichtete Margret, dass sie sich von Helga hatte überreden lassen, an den Bingonachmittagen teilzunehmen, wo sie einen »sehr netten, niveauvollen, distinguierten und geistvollen Herrn« namens Hermann kennengelernt hatte.

»Alle Frauen in der Sonnenblumenvilla sind hinter ihm her, aber er interessiert sich offensichtlich nur für mich. Rein platonisch, versteht sich«, beeilte sich meine Schwiegermutter zu erklären. »Als meine Schwester das merkte, wurde sie eifersüchtig und vertauschte unsere Bingokarten. Natürlich hat sie gewonnen! Und damit nicht genug: Seit drei Tagen ziehen sie und zwei der Nachbarinnen mich permanent damit auf, dass Hermann und ich ein schönes Paar seien und dass ich ihn ermutigen soll, aufs Ganze zu gehen! Ist das nicht absolut unerhört? Ich kann keinen einzigen Tag mehr dort wohnen!«

Das Telefon klingelte, bevor ich noch etwas dazu sagen konnte.

»Margret ist verschwunden!« Die atemlose Helga schien den Tränen nahe. »Niemand hat sie gesehen! Wir haben vorhin noch in aller Ruhe mit unseren neuen Freundinnen gefrühstückt, und plötzlich war sie weg. Ich erreiche weder Alexander noch Cassandra. Wir müssen die Polizei rufen!«

»Nein, das brauchen wir nicht. Margret ist hier, keine Sorge«, beruhigte ich sie.

So wie Helga die Ereignisse schilderte, konnte ich mir zusammenreimen, wieso Margret sauer war. Wahrscheinlich hatten die Damen meine Schwiegermutter ein wenig mit Hermann geneckt. Margret fühlte sich beleidigt, also lief sie davon. Das kam mir sehr bekannt vor. Man konnte es fast eine Wennel'sche Tradition nennen.

»Ehrlich? Ein Glück aber auch! Geht es ihr gut? Hier machen sich alle Sorgen um sie! Frau Rönsken, Frau Geyer und Herr Adamski …«

»Sag Frau Rönsken, Frau Geyer und Herrn Adamski, dass sie bald wieder da ist. Und mach dir keine Gedanken, Margret geht es sehr gut.«

Bei meinen Worten kam Bewegung in meine Schwiegermutter. Sie setzte sich aufrecht hin, schob ihr Kinn vor und verschränkte die Arme vor der Brust – wie Alex und Rick es taten, wenn sie beleidigt waren, weil sie ihren Willen nicht bekamen. Ich wusste sogar noch genau, wann mein Sohn das erste Mal wie ein typischer Wennel ausgesehen hatte: als ich ihm damals sagte, dass ich ihm diesen blöden Goldfisch nicht kaufen würde. Großmutter, Sohn und Enkel – die Wennels waren alle gleich.

Ich unterbrach die Verbindung und sah Margret an. »Hast du das mitbekommen? Helga und deine neuen Freunde machen sich Sorgen um dich.«

Margrets Lippen wurden schmal. »Das sind nicht meine Freunde. Es sind Nachbarn.«

»Dann eben deine Nachbarn. Ist es nicht schön, dass du in so kurzer Zeit so nette Bekanntschaften geschlossen hast? Margret, ich glaube, du solltest ihnen allen eine Chance geben. Das mit dem Bingospiel ist lächerlich, das musst du selbst zugeben. Aber mir scheint, deine Schwester hat es nett gemeint, ihre Wortwahl war vielleicht nicht richtig. ›Aufs Ganze gehen‹ sollte bestimmt nur heißen, dass du dich auch vor männlichen Freundschaften nicht verschließen sollst. Du warst lange genug allein.«

»Elisabeth!«

»Ich meine natürlich eine platonische Freundschaft. Davon hast du doch selbst gesprochen. Aber man muss sie pflegen. Ich glaube, deine Schwester will dich nur dazu ermutigen, dich darauf einzulassen. Und wenn die anderen Damen eifersüchtig sind, dann ist es ihr Problem. Du kannst stolz sein, dass der nette, geistvolle Herr sich für dich interessiert.«

Ich wählte meine Worte mit Bedacht, aber am liebsten hätte ich ihr deutlich gesagt, dass sie froh sein konnte, noch einen Mann kennenzulernen, der sich für sie interessierte. Von *thirty something* war sie schließlich sehr weit entfernt.

Damit war ich wieder bei meiner eigenen Situation. Wo war mein Mann? Ich musste ihn finden und endlich Klarheit zwischen uns schaffen.

Margret riss mich aus meinen Gedanken. »Aber ich lasse mich nicht beleidigen!«, sagte sie trotzig.

Jetzt musste ich die Taktik ändern, sonst würde ich sie nicht überreden können. »Du sagst doch immer, man müsse Contenance bewahren und auf eine gute Erziehung Wert legen. Vielleicht solltest du nicht nur den Gärtner beaufsichtigen, sondern mit einem guten Beispiel vorangehen und den anderen zeigen, wie sich eine wirkliche Dame benimmt! Sieh es als eine Mission! Ich glaube, die Sonnenblumenvilla braucht eine Patronin mehr, als du glaubst!«

Endlich. Der Gesichtsausdruck meiner Schwiegermutter veränderte sich. »Ich merke, Elisabeth«, sagte sie hoheitsvoll, »dass du einiges von uns Wennels gelernt hast. Das freut mich außerordentlich, obwohl es Jahre gedauert hat, bis es so weit war.«

Ich stand auf. »Genau. Das was hier momentan läuft, habe ich nur dir zu verdanken. Komm, ich fahre dich zurück, und du klärst alles. Aber einen Rat möchte ich dir noch mit auf den Weg geben …«

»Du willst mir einen Rat geben?« Da war die alte Margret wieder, aber ich ließ mich nicht beirren.

»Ja. Ich gebe dir heute einen Rat. Lass die Menschen, die dir wichtig sind, nicht einfach stehen, sondern rede mit ihnen über alles, was dich beschäftigt. Du kannst sie ermahnen, wenn du dich im Recht wähnst, aber hör ihnen vor allem auch zu. Ansonsten wird es immer wieder Missverständnisse geben, die sich vielleicht nicht mehr klären lassen.«

Meine Schwiegermutter sah mich einen Moment lang schweigend an. »Ist zwischen meinem Sohn und dir alles in Ordnung?«, fragte sie.

Nein, wollte ich sagen, aber ich beherrschte mich. Das war meine eigene Ü-40-Baustelle. »Natürlich, es ist alles wie immer.«

Und das war noch nicht einmal gelogen.

Als ich Margret wohlbehalten im Haus Sonnenblume absetzte, wo sie von einem ganzen Empfangskomitee überschwänglich begrüßt wurde, fuhr ich schnurstracks in Richtung Alex' Büro. Da ich noch immer den Reserveschlüssel für sämtliche Türen an meinem Schlüsselbund hatte, stand ich bald wieder im Firmenfahrstuhl und überlegte, welche Szene sich mir gleich bieten würde.

Würde ich Alex mit seiner F. F. wirklich in flagranti erwischen? Was sollte ich dann tun? Mein Handy bereithalten, um mögliche Beweisfotos zu schießen? Was, wenn sie nur arbeiteten, weil sie Sex in Hotels bevorzugten? Sollte ich vielleicht nicht hineingehen, sondern sie endlich beschatten, wie Karina es mir seit Wochen riet?

Aber ich wollte meinen Mann eigentlich zu einer Aussprache zwingen! Ich hatte keine Lust, mühselige Detektivarbeit zu verrichten, ich brauchte nur Klarheit! Ich musste verhindern, dass er sich hinter seiner Arbeit versteckte!

Als sich die Aufzugtüren öffneten, spürte ich, wie mir das Herz bis zum Hals schlug. Ich ging mit leisen Schritten auf Alexanders Büro zu und stellte mir vor, ihn darin nackt vorzufinden. Lieber sich vorab mit der Situation auseinandersetzen, als einen Schock zu bekommen, dachte ich.

Ich drückte vorsichtig die Klinke herunter und … es tat sich nichts! Ich rüttelte – die Tür war verschlossen!

Von innen?

Ich lauschte, nahm aber kein Geräusch wahr.

Verdammt!

Wahrscheinlich haben sie sich ein kuschligeres Plätzchen gesucht. Wo war eigentlich das Büro dieser Marketingtussi? Auf Zehenspitzen schlich ich den grauen Flur entlang. Hinter dem Kopierer auf der linken Seite fand ich das Türschild, das ich suchte: Marketingabteilung.

Ich lauschte und beugte mich zum Schlüsselloch hinunter. Ob man etwas sehen konnte?

»Elisa? Suchst du mich?«

Ich fuhr zusammen und drehte mich um. Mein Mann! Er war nicht nackt, sondern trug Jeans und Pullover. Er sah gut und nicht nach Arbeit aus. Kam er gerade aus einem Hotel?

»Ja, ich suche dich. Wir müssen endlich miteinander reden, ich akzeptiere keine Ausreden mehr«, sagte ich bestimmt und schluckte.

Es war so weit. In diesem Moment wurde mir klar, dass die nächsten Minuten über meine Ehe, unsere Familie und die weitere Zukunft entscheiden würden.

Zu meiner Verwunderung nickte Alexander ernst. »Ich weiß. Deshalb bin ich auch auf der Suche nach dir.«

Er war auf der Suche nach mir? In seinem eigenen Büro? Wer sollte das glauben?

»Ich war bei deinen Eltern, die mir von der Geschichte am Flughafen erzählt haben, dann war ich zu Hause, da warst du aber nicht, schließlich rief mich Mutter an. Wir haben uns heute wohl ständig verpasst.«

Nicht nur heute. Wir verpassen uns seit einiger Zeit, wollte ich sagen, aber ich nickte nur. »Und woher wusstest du, dass ich hier bin?«

Alex zuckte mit den Schultern. »Es war nur eine Vermutung. Ich hab auch Karina und Rick angerufen, weil ich dich auf dem Handy nicht erreichen konnte.«

Log er mich gerade an? »Ich hab es doch dabei.«

Ich nahm mein Handy aus der Tasche und stellte fest, dass ich sieben verpasste Anrufe hatte. Dann fiel mir ein, dass ich das Telefon am Flughafen stummgeschaltet hatte.

»Oh, ich hab es nicht gehört. Aber wenn du mit allen gesprochen hast, dann weißt du ja, was heute los war.«

Mein Mann nickte. »Und nicht nur heute. Komm, gehen wir in mein Büro. Es ist niemand hier, also können wir ungestört reden. Ich hab auch ein paar Fragen an dich.«

Aha.

Wollte er etwa jetzt schon wissen, wie man die Waschmaschine bediente, oder gar klären, an welchen Wochenenden er Rick haben konnte?

Wir setzten uns an den kleinen Besprechungstisch, und ich scannte wieder den Raum nach verdächtigen Affärenspuren, konnte aber nichts entdecken. Also bevorzugte man eindeutig das Hotel oder hatte eine hervorragende Putzfrau.

Alexander stellte eine Flasche Mineralwasser und zwei Gläser auf den Tisch. »Oder hättest du lieber Kaffee?«

Klasse. Wir beendeten unsere Ehe bei einer Konferenz am Besprechungstisch seines Büros. Es fehlte nur noch, dass jemand ein Protokoll unserer Sitzung führte. Ich hoffte, dass ich eines Tages über diese absurde Situation würde lachen können.

Da ich es nicht mehr aushielt, startete ich zum Angriff. »Lass doch das geschäftliche Getue! Ich brauche keinen Kaffee, wenn mein Mann mir endlich mitteilt, dass er eine Affäre hat! Mineralwasser tut es auch!« Alex öffnete den Mund, aber ich war noch nicht fertig. »Ich will jetzt alles wissen, der Reihe nach! Und du wirst meine Fragen ehrlich beantworten, das bist du mir nach all unseren Ehejahren schuldig, oder?«

Er nickte. »Ich verspreche es. Womit fangen wir an?«

»Hast du ein Verhältnis mit deiner Marketingassistentin?«

»Nein.«

Diese Antwort brachte mich so sehr aus dem Konzept, dass der Fragenkatalog in meinem Kopf plötzlich schrumpfte. Nein, er schrumpfte nicht, er war plötzlich ganz verschwunden. »Wie … nein? Aber sie ist doch der *Stranger in the night*?«

»Ja.«

Ich kam mir vor, als würde ich mit meinem pubertierenden Sohn sprechen. »Antworte gefälligst in ganzen Sätzen!«, herrschte ich Alex an. »Wie passt das alles zusammen?«

Ich sah meinen Mann erwartungsvoll an, er suchte sichtlich nach Worten. »Fiona Feldhoff arbeitet seit gestern nicht mehr für mich«, fing er an. Er hatte sich offensichtlich für die umgekehrte Reihenfolge entschieden.

»Was? Warum?«

»Ich habe gemerkt, dass sie andere … Absichten als nur berufliche hat … Ich meine, mir gegenüber. Es hat länger gedauert, ich gebe es zu, aber dann hab ich es kapiert. Sie war auch ganz offen … Also musste ich ihr kündigen.«

Ich verstand immer noch nicht ganz, obwohl mir langsam dämmerte, dass sich da irgendetwas hinter meinem Rücken abgespielt hatte, wovon ich nichts wusste, das aber ganz anders war als das, was ich annahm.

»Kannst du das bitte näher erklären?«, bat ich und lehnte mich vor, um ja kein Wort zu verpassen.

Alexander sah erst auf den Tisch und dann mich an. »F. F., ich meine, Fiona Feldhoff, hat sich vor einiger Zeit unentbehrlich für mich gemacht. Sie hat unermüdlich gearbeitet, schob Überstunden und Arbeitswochenenden und wollte dafür kein Geld. Sie sagte, das würde zu ihrem Job gehören, und wenn ich ständig arbeite, könne sie mich doch nicht im Stich lassen.«

Ich ballte die Fäuste, denn ich ahnte, was jetzt kommen würde.

»Sie hat dann auch vorgeschlagen, mein Handy so zu programmieren, dass ich anhand der Anrufmelodie erkennen würde, dass sie dran ist. Du weißt doch, Elisa, dass ich technisch nicht so versiert bin, Rick muss mir doch ständig helfen bei diesen Dingen. Und plötzlich war dann dieser Song von Frank Sinatra drauf, und Fion… Frau Feldhoff meinte, das sei ihr Lieblingsstück. Es war mir irgendwie peinlich, weil ich mir schon dachte, dass du das komisch findest, deshalb hab ich versucht, das Handy möglichst nicht offen liegen zu lassen.«

Ich nickte. »Verstehe, aber warum hast du das Lied nicht einfach wieder gelöscht, wenn es dir peinlich war?«

Die Antwort hätte ich eigentlich wissen müssen, denn sie war typisch für Alexander: »Wieso? Die Idee zu wissen, wer da gerade anruft, ist doch eigentlich ganz gut.«

»Ein bisschen doof ist niedlich, aber …«, sagte ich und schüttelte den Kopf. »Und dann? Du sagst, Fucking Fiona hatte andere Absichten? Wann hast du das bemerkt?«

»Fu… Ich habe mich also am Flughafen nicht verhört.« Mein Mann trank einen Schluck Wasser. »Egal. Es ist mir unangenehm, ja. Ich hielt dich für paranoid, dabei hattest du diese … wie sagt man … weiblichen Instinkte … Ihr Frauen kennt euch eben untereinander besser als wir …«

Ich wurde ungeduldig. »Rede nicht in Klischees, Alex. Wie ging es weiter? Was war in Paris?«

»Am Anfang war mir nicht bewusst, dass sie irgendetwas von mir wollte, ehrlich nicht. Sie hat sich immer sehr … aufreizend angezogen, war sehr direkt, lustig, immer gut gelaunt und gab mir das Gefühl, der Superheld zu sein. Dann wollte sie unbedingt mit nach Paris, sie hatte alles perfekt für mich organisiert.«

Ich seufzte. Die ganz alte billige Masche. Sag dem Typen, den du gut findest, dass er für dich der Allergrößte ist, schon hast du ihn um den Finger gewickelt.

»In Paris, aber auch schon vorher, gab es ein paar Andeutungen, aber das ist mir erst später bewusst geworden. Ich dachte nur, dass sie mich gut findet und einen Mann wie mich suchen würde«, fuhr Alexander fort.

Ich hätte fast laut aufgelacht. So naiv konnte doch niemand sein, oder? »Aber es hat dir bestimmt auch geschmeichelt, gib es zu«, sagte ich.

Mein Mann lächelte. »Du kennst mich einfach zu gut«, sagte er. Dann wurde er wieder ernst. »Deine Anschuldigungen … Sie haben mich genervt, weil sie der Wahrheit so gefährlich nahekamen. Verstehst du, Elisa, ich hatte nichts mit Fiona, aber ja, ich fühlte mich geschmeichelt von ihrem Interesse. Sie hat mich angehimmelt. Vielleicht hab ich ihr nicht eindeutig genug zu verstehen gegeben, dass sie bei mir nicht landen kann. Wir haben geflirtet, aber ich fand das immer ganz harmlos! Sie offenbar nicht. Und du hast das alles mal wieder durchschaut. Das ist das Unangenehme an dir, diese hellseherischen Fähigkeiten. Das hat mich genervt. Die ganzen letzten Wochen. Deshalb bin ich dir aus dem Weg gegangen.«

Okay, das war wieder typisch Alex. Sein Geständnis saß zwar, schien aber ehrlich.

»Ich will das jetzt zu Ende erzählen«, meinte Alex, »damit du alles weißt. Also, nach Paris bekam ich immer wieder SMS von Fiona, die schon eindeutiger waren, ich merkte, dass sie mit mir etwas anfangen wollte. Und dann fand ich die Telefonnummer von diesem Anwalt.«

Jetzt hatte ich irgendwie den Faden verloren. »Von welchem Anwalt? Hat sie einen Anwalt eingeschaltet?«

Mein Mann schlug mit der flachen Hand auf den Tisch. »Nicht Fiona! Du! Du hast einen Anwalt eingeschaltet! Leopold Geissen! Hast du ihn wegen einer Scheidung kontaktiert?«

Ich war so perplex, dass ich Alex nur anstarrte.

»In der vergangenen Woche hab ich den Zettel mit dem Namen eines Mannes und einer Telefonnummer gefunden, beides konnte ich nicht zuordnen. Als ich die Nummer wählte, meldete sich eine Anwaltskanzlei – eine, die sich auf Scheidungsrecht spezialisiert hat. Ich war total schockiert, Elisa. Und dann ist mir klar geworden, dass es so nicht mehr weitergehen kann.«

Ich nickte und errötete, als ich daran dachte, dass ein anderer Zettel mich viel mehr in Teufels Küche hätte bringen können, aber zum Glück hatte ich Haralds Telefonnummer direkt weggeworfen.

»Hättest du die Feldhoff weitermachen lassen, wenn du bei mir die Anwaltsnummer nicht gefunden hättest?«, fragte ich.

Alex zögerte kurz. »Keine Ahnung, eine Zeitlang vielleicht.«

Das war wieder ehrlich, auch wenn es mich ziemlich erschreckte. Ich beschloss daher als kleine Rache, ihm nichts von meinen Flirts mit Harald und Matthew zu erzählen. Das waren meine Momente, die mir geschmeichelt hatten. Vielleicht brauchte jeder von uns hin und wieder etwas Selbstbestätigung. Es mussten ja nicht gleich Grenzen überschritten werden.

Das Ende seiner Geschichte war dann schnell erzählt. Alex stellte Fiona Feldhoff zur Rede, und sie gestand ihm offen ihre Gefühle. »Sie sagte, sie wolle mich für sich allein. Ich machte ihr klar, dass ich verheiratet bin. Und dass ich meine Frau liebe. Fiona konnte das nicht nachvollziehen – sie machte mir eine sehr hässliche Szene, worauf ich ihr fristlos kündigte. Gestern hat sie sich mit üblen Beschimpfungen von mir verabschiedet. Es wird mir eine Lektion bleiben, und ich hoffe, dass du meine Entschuldigung annimmst. Es war blöd von mir.«

Der eine kleine Satz in seinem Monolog ließ mich lächeln. *Und dass ich meine Frau liebe.* Mit einem Mal wurde mir klar, dass auch ich Alexander noch liebte und gerade ziemlich erleichtert über den Ausgang dieser »Konferenz« am Besprechungstisch war. Eigentlich schade, dass niemand unser Gespräch protokolliert hatte, denn dann hätte ich seinen Satz in dreifacher Ausfertigung zu Hause aufhängen können.

»Eine Frage habe ich noch«, meinte ich. »Wohin bist du heute Vormittag verschwunden?«

Alex sah mich verlegen an. »Ich war in der Stadt und habe etwas für dich gekauft. Etwas, das du in Paris selbst besorgen wolltest …«

Ich begann zu verstehen und grinste.

»Das hast du dir gemerkt? Etwas Hübsches für ganz besondere Nächte?«

Er nickte und griff nach meiner Hand. »Und deinen Lieblingsduft. Eigentlich sollte es eine Überraschung werden. Ich dachte, da wir seit langer Zeit einen Samstagabend zu zweit vor uns haben, müssten wir das eigentlich ausnutzen. Dafür müssen wir nicht in Paris sein, oder? Ich habe in dem kleinen Restaurant im Wald, das du so gern magst, einen Tisch bestellt. Du erzählst mir alles über deinen neuen Job, und dann, du weißt schon … Wir haben einiges nachzuholen.«

In meinem Bauch begann es zu kribbeln. »Und wir machen die Klingel aus und gehen nicht ans Telefon. Margret und meinen Eltern traue ich nicht mehr über den Weg.«

Alexander stand auf und zog mich zu sich hoch. »Das hört sich nach einem perfekten Plan an. Die Bundesliga pausiert an diesem Wochenende auch.«

Ich sah ihn an und merkte, dass er lachte. »Kleiner Scherz. Für dich verzichte ich sogar auf das Topspiel Dortmund gegen Schalke.« Das nannte man ein richtiges Opfer.

Dann wurden wir wieder ernst und sahen uns einen Moment lang schweigend an.

»Elisa, ich liebe dich«, sagte mein Mann. Laut und deutlich.

»Ich dich auch«, antwortete ich.

Als er mich küsste, fühlte ich mich mehr als glücklich. Alles war wieder gut. Die Probleme schienen sich nach und nach in Luft aufgelöst zu haben. Es war einfach wunderbar, *thirty something* zu sein!

Dann fiel mir noch etwas ein. »Sag mal, warum sind wir eigentlich heute Abend allein? Übernachtet Rick schon wieder bei O. J.?«

Alex hielt mich noch immer fest. »Nein. Er meinte, er sei auf der Übernachtungsparty von seiner Freundin Anastasia. Du wüsstest Bescheid.«

Ich riss mich los. »Sagtest du gerade von seiner Freundin?«

Mein Mann nickte. »Er fährt direkt von O. J. aus zu ihr. Wir sollen uns keine Sorgen machen, er kommt morgen nach dem Frühstück nach Hause. Ganz schön groß, unser Sohn, was? Hat schon eine Freundin. Mit vierzehn, das muss man sich mal vorstellen. Was für ein cooler Typ!«

Ich sah Alex entsetzt an, während in meinem Kopf eine ganze Sirene anschlug. Die Dauerbaustellen Ü40 würden niemals aufhören.

Bei Männern war die Pubertät nie wirklich vorbei!

Rick hatte eine Freundin.

Die Probleme fingen gerade erst an!

Ich war das blond gefärbte Epizentrum sämtlicher Generationskonflikte.

Das Auge des Hurrikans!

Am Montag würde ich mir ein Blutdruckmessgerät kaufen.

In eigener Sache …

Alle Figuren in diesem Roman sind frei erfunden!

Wer trotzdem glaubt, sich wiedererkannt zu haben, dem ist einfach nicht zu helfen. ☺

Bedanken möchte ich mich …

… bei Jürgen, der sich auch spät in der Nacht noch geduldig meine Ideen anhört, selbst wenn er heimlich die Augen verdreht (ich sehe das!), weil er todmüde ist.

… bei Vince und Melli, die einfach die tollsten Kinder auf der Welt sind (es gibt aber trotzdem keine Taschengelderhöhung!).

… bei meinen Eltern, die sehr viel Humor haben (zum Glück seid ihr nicht wie Annemarie und Alfred!).

… bei meiner besten Freundin Claudia Groß, die wahrscheinlich wieder auf eine Filmrolle wartet (ich tue, was ich kann!).

… bei allen meinen Freundinnen, die mir ihre Schwiegermütter-Storys erzählt haben (es ist und bleibt ein spannendes Thema!).

… bei meiner Lektorin Wiebke Rossa und meiner Agentin Cristina Bernardi, die zum Glück über meine Witze lachen können (und schwören, dass sie es auch so meinen!).

… bei den Ärzten für den tollen Song *Männer sind Schweine* (wenn auch wirklich nicht alle!).

Und last but not least …

… falls Markus Lanz, Stefan Raab, Barbara Schöneberger, Bettina Böttinger, Judith Rakers, Bettina Tietjen, Kai Pflaume, Giovanni di Lorenzo, Hubertus Meyer-Burckhardt oder andere Talkmaster das Buch in die Hände bekommen: Bitte laden Sie mich in Ihre Sendung ein, solange ich noch *thirty something* bin!!!

blanvalet
DAS IST MEIN VERLAG

... auch im Internet!

twitter.com/BlanvaletVerlag

facebook.com/blanvalet